Cuentos escogidos de 'Clarín'

Leopoldo Alas
'Clarín'

CUENTOS ESCOGIDOS

Edited with an Introduction
by
G. G. BROWN

The Dolphin Book Co. Ltd.
Oxford, 1977

First published, 1964
Reprinted, 1977

© *1977. The Dolphin Book Co. Ltd.*

Published by The Dolphin Book Co. Ltd., Oxford, and distributed by
The Dolphin Book Co. (Tredwr) Ltd., Llangranog, Llandyssul,
Dyfed SA44 6BA, Great Britain.

Printed in Spain
ISBN 085215-017-2

Depósito Legal: V. 3.607 - 1976   I.S.B.N. (España) 84-399-6078-6
Artes Gráficas Soler, S. A., Valencia

CONTENTS

INTRODUCTION

T H E basis of Leopoldo Alas's reputation as a writer has changed considerably since his death in 1901. During his own lifetime he was less well known as a novelist and writer of short stories than as the critic *Clarín*, the author of innumerable articles in newspapers and literary reviews. Alas first used his pen-name to sign an article in *El Solfeo* in 1875, when he was twenty-three; within a few years *Clarín* had become the most influential literary critic in Spain. Successful, established authors such as Valera and Pereda, when publishing a new book, awaited *Clarín*'s comments with much apprehension. Lesser men saw their hopes of literary glory disintegrate in a few scathing paragraphs from the great man's pen (a contemporary cartoon shows the pen of *Clarín* dripping with blood). An even worse fate was not to be mentioned by *Clarín* at all, as the pleading letters of the young Unamuno pathetically testify.

Alas's articles were by no means confined to literary topics. In newspapers like *El Solfeo, La Unión, El Imparcial* and *Madrid Cómico* he wrote a regular column — or *palique* as he invariably called it — in which he commented freely on all kinds of controversial issues, literary, political, social, religious and philosophical. Sometimes his articles were serious and thoughtful, but more often his tone was mocking, disrespectful and malicious. In an age of bitter polemics, *Clarín* made many enemies while he was acquiring his reputation as a literary journalist.

Clarín was popular because he wrote entertainingly, wittily and fearlessly, and because he was always topical. His wide reading kept him well informed about contemporary intellectual developments, abroad as well as in Spain; indeed his articles often give a very strong impression that Alas wants to show that he is absolutely up to date as regards new ideas and new books. Although he frequently expressed a wish to devote his critical attention to the literature of past ages, in practice he rarely managed to write of anything more remote than the publications or events of the previous week. The extremely topical nature of his critical writings, which helped to make them famous during his lifetime, has naturally made them less and less interesting for most readers during the half-century that has elapsed since his death. Even his most solid and serious studies suffer, inevitably, from lack of perspective. Alas spent a lot of critical energy in demonstrating the shortcomings of literary nonentities who have since been forgotten. And when he deals with the better writers among his contemporaries, in spite of his reputation as the scourge of Spanish letters, his penetration tends to be inhibited by polite and indiscriminate admiration. His whole critical outlook is indeed conventional and rather conservative. Like most critics of his age, he disliked Rubén Darío's innovations, ignored Bécquer and paid no attention to the group of young writers who were later to be called the Generation of 1898.

While he was producing this steady flow of articles, however, Alas was also writing fiction — a fact which, in his own day, passed almost unnoticed. From the beginning of his literary career he had published occasional short stories among his critical articles, and he continued to do so until his death. In 1884-5 he published a two-volume novel, *La Regenta,* and in 1890 his only other novel, *Su único hijo.* He had plans for at least two more full-length novels, but they were never written. During the eighties and early nineties he also published a number of stories long enough to be considered short novels, though Alas himself did not distinguish between "cuentos" and "novelas cortas". None of these works was received with much enthusiasm by the public, and all of them remained little read for many years. Alas does not seem to have been much concerned by their poor reception. It would appear that for him the writing of imaginative fiction was much more of a private matter than was the production of his critical articles — on which he depended for a substantial part of his income. He never refers to himself as a novelist in his own writings, and indeed very rarely mentions his own fictional work at all, even in his letters.

Nevertheless, it is as a writer of fiction that Alas is appreciated today, and above all as the author of *La Regenta*. When critics like Azorín and González Blanco began to say, in the early years of this century, that Alas's important work was to be found among his novels and short stories, theirs were lonely voices; recognition has come fairly slowly, but such a view would meet with little opposition today. Azorín was particularly interested in Alas's second novel, *Su único hijo,* and in the shorter pieces. In this respect modern opinion has not followed his lead. *La Regenta* remains the work for which Alas is most admired, and the opinion that it is one of the best Spanish novels of the nineteenth century is now widely held. Some would rate it high among nineteenth-century European novels generally.

I see no reason to suppose that this overall assessment of Alas's work will change. *Su único hijo* is an interesting novel, but it is an inward-looking, private work, and lacks most of the complex and powerful fascination of the earlier novel. Alas's intensely personal involvement in *Su único hijo* upsets his artistic sense and lands him in inconsistency, while the quasi-symbolic roles his characters are required to play makes them less convincing than those of *La Regenta*. As a short-story writer, too, Alas is uneven, often using his tales merely as vehicles for personal propaganda and setting out to lecture rather than persuade his readers. This is particularly true of his later work.

But Alas's short stories are extremely interesting for the light they throw on the personality of this interesting man, and on the ideological climate of his age. Alas felt very deeply about the age in which he lived, and reacted to its ways of thinking and behaving as passionately as any Spaniard of his time. This is why he is often compared with Larra and with the Generation of 1898. Yet, in spite of his outspoken comments on controversial issues, Alas remains a somewhat enigmatic figure. Literary critics and historians have reached extraordinarily different conclusions about him, and I think it is fair to say that the existing confusion of critical opinions about Alas ultimately derives from actual inconsistencies in his works. In his articles, which brought Alas fame and money, he is undoubtedly prepared to take up different points of view according to the audience he is addressing. The tone of his articles in the left-wing, anticlerical Madrid daily *El Solfeo* is very different from that of the work he contributed at the same period to the conservative, provincial *Revista de Asturias,* for example. Nor is it easy to reconcile Alas's lifelong profession of admiration — and at times active support — of Krausist influence in Spanish education with the *Discurso* he pronounced in the University of Oviedo in 1891, in which he urges the paramount need for a return to religion in education.

This does not necessarily mean that he was a deliberate hypocrite. Alas was anything but a systematic thinker, and his whole outlook was constantly affected by much the same kind of inner conflict as Unamuno was later to expound with such vigour. But Alas was never able to face this conflict as steadily or as frankly as Unamuno, and where Unamuno crystallizes his problems into aggresive paradoxes, Alas remains merely confused und uncertain. So his works provide examples of fashionable intellectual freethinking side by side with passionate emotional rejections of rationalism and kindred evils. It was a dilemma he shared with many Spaniards of his age.

Alas's fictional work, however, very frequently provides the key to his personal attitudes. It is very much more consistent than his critical writings, and provides a much more authentic expression of his total outlook. And it is in his short stories that this expression finds its clearest form.

Leopoldo Alas's short stories comprise six volumes, published between 1886 and 1916. The first five of these are collections made by Alas himself, and the sixth is a posthumous collection of almost all the stories which had been published in newspapers or periodicals during his lifetime, but which until then had never been collected for publication in book form. In most studies that have been made of the works of Alas, it has

been customary to treat the date of publication of each of
these volumes as the approximate date when the pieces contained in it were written. This custom has led to a certain
amount of speculation about the development of Alas's ideas
and artistic techniques, speculation which is not generally sup-
ported by the facts of Alas's literary career. The most obvious
pitfall is to suppose that the stories included in the posthumous,
1916 collection, *Doctor Sutilis,* were written late in Alas's life.
In fact many of them were undoubtedly written at the beginning of his career as a writer. Nor is the problem of dating
confined to the stories included in *Doctor Sutilis.* The basic
difficulty of dating individual stories lies in the fact that, in
each volume of stories, some of the pieces were written for
immediate publication in the collection, while others are repub-
lications of stories that had previously appeared in periodicals.
So, for example, *Cuentos morales,* a collection published in
1896, contains one story, *El caballero de la mesa redonda,*
which first appeared no less than ten years earlier in the *Revista de Asturias.* Alas made up his non-fictional collections in
the same way, and these books of essays and articles often
include two or three short stories as well, either written express-
ly for the collection, or republished after original publication
in a periodical. There are some stories which appeared first in
a periodical, then in a collection of mainly non-fictional pieces,
and finally in one of the six volumes. To complicate matters
further, Alas occasionally contributed to a periodical a story
which had already appeared in a collected volume, or in a
different periodical, so that publication in a periodical is not
necessarily original publication. As Alas readily admitted, re-
publication meant more money, and if an editor would accept
an old piece, so much the better.

   In the case of more than half of the ninety-six stories included in the collected volumes, however, it is possible to establish
an original date of publication earlier than the date of the
whole volume. Although this earlier date is, strictly speaking,
simply the date of first publication and not necessarily the date
when the story was written, it is invariably reasonable to suppose that Alas's work for periodicals was written very close to

the time of publication. Alas was a busy and prolific writer with many deadlines to meet, and once he was established with the public he had no difficulty in finding a market for his work. It may be assumed that most of his contributions were produced just in time for the issue in which they appear. Apart from the testimony of those who knew him, or of editors kept waiting for his work, there is evidence for this in the fact that many of his longer stories, published in serial form, do not follow the plan announced at the beginning of the series. Either the plan goes astray and changes its form, or the series is left unfinished because Alas cannot find time to continue it. For these reasons, where a date of publication earlier than that of the collected volume can be established, it may reasonably be regarded as the date when the story was written. The stories included in the present selection are arranged chronologically by dates of original publication.

This chronological rearrangement of Alas's short stories tends on the whole to invalidate a common belief that Alas's outlook changed considerably as he grew older. It can now be seen, for example, that the emotional dislike of rationalism and intellectualism, with its corresponding exaltation of a vague, religious and aesthetic idealism, usually considered to be characteristic of the last years of Alas's life, is in fact clearly discernible in his earliest work. The attitudes expressed in Alas's short stories indeed remain virtually unchanged throughout his life.

What does change is the manner in which Alas presents his ideas. Alas's most attractive stories, by and large, are his longest ones, and for the last ten years of his life he wrote no long stories. After the publication of *Doña Berta* in 1891, the purely ideological content of the stories became increasingly dominant, at the expense of more specifically literary elements — narrative interest, character portrayal, construction and manner of presentation. The careful, conscious craftsmanship, the human interest, the profound and relatively detached realism of *La Regenta* disappear almost entirely after 1891. The later stories are disembodied propositions, crude and impassioned affirmations of Alas's attitudes, presented for the most part with stark and impatient disregard for the skills and techniques which gave

La Regenta its power and *Doña Berta* its charm. They assert without offering insight, they defend without evoking sympathy or understanding, and the assertions they make remain mere assertions, which could just as well have been expressed in generalised propositions. The loss, in terms of artistic merit, is very great, and even their didactic force is impaired by Alas's neglect of methods of persuasion.

Why this change occurred is difficult to determine. The later stories, short, arrogant, dogmatic in tone, have an air of impatience with a world that obstinately refuses to recognize Alas's point of view. They have a good deal of Unamuno's attitude that a man who does not feel as he does is either dishonest, or incorrigibly stupid, or a monster of wickedness. During the last ten years of his life Alas frequently admitted to feeling tired and ill, and increasingly indifferent to many questions that had concerned him in earlier days. In letters to his friends he complains of pain and fatigue, and expresses an increasing disillusionment with the literary and journalistic world. Against such a background, it is possible to see in the later stories a reflection of Alas withdrawn, at bay, husbanding his failing energy to defend his basic ideals.

But these later stories are nevertheless very important to an understanding of Alas's total outlook. The propositions contained in them are fundamentally the same as those of the earlier stories and the novels, and for the purposes of simply assessing Alas's attitudes to controversial issues of his day, it is perhaps a convenience that the aggresive, authoritarian, intolerant manner of his last years stripped his fictional work of almost everything except the ideas it was intended to express.

The selection of Alas's short stories offered in the present edition is intended to be representative of Alas's work as a whole. The six volumes in which the stories were originally collected are now very hard to come by. Only two of them have ever been reprinted. A new edition of *El Señor, y lo demás son cuentos,* originally published in 1893, was brought out by Espasa-Calpe in 1919, but it has long been out of print. *Doña Berta, Cuervo, Superchería,* three long stories published as a collection in 1892, have been republished twice in Argentina, in 1946 and 1953, but these collections too are now out of print.

Various selections of Alas's stories have been published since his death. The first of these, *Páginas escogidas de Leopoldo Alas* (Editorial Calleja, Madrid, 1917), with introduction and notes by Azorín, is no longer available. The most representative selection still in print is the one contained in the edition of *Obras selectas* of Alas, published by Biblioteca Nueva, Madrid, in 1947. This is an expensive luxury edition, which includes the full texts of *La Regenta* and *Su único hijo,* as well as a fairly extensive selection from Alas's non-fictional writings. No information is offered about the twenty-five stories included, and no reasons for selection are given. Obviously this volume is in no way intended to fill the gap created by the inaccessibility of most of Alas's short stories.

In 1947, Espasa-Calpe produced a collection of Alas's stories, in the *Colección Austral* series. It is entitled *¡Adiós, Cordera! y otros cuentos* and is in fact simply the original collection *El Señor, y lo demás son cuentos,* of 1893, minus the title story, *El Señor*. It is clearly not meant therefore, to be a representative selection. Nor is the one made by J. M. Martínez Cachero — *Cuentos,* Oviedo, 1953. Martínez Cachero explains in his introduction that these twenty pieces were chosen because they were not already available in any of the existing selections. So, while this collection is a useful supplement to earlier volumes, in itself it gives a very unrepresentative impression of Alas as a writer.

There is still a need, then, for a selection of Alas's short stories which attempts to offer examples of all aspects of his creative work, and to show what kind of a man the author of *La Regenta* was. This is what the present selection aims to do. Each story included in some sense represents a number of Alas's works ; Alas returns again and again to the themes that concern him most deeply, and each story that expresses an important element in his general outlook is necessarily related to a group of other stories and to parts of his two novels. Alas writes more convincingly and entertainingly on some themes than on others, so the stories included here are not necessarily his best. A selection of his most artistically satisfying works would be bound to ignore important areas of Alas's thought. *Doña Berta,* for example, was Alas's own favourite among his short stories, and many readers would agree with his choice. But it is a long piece, and to have included it here would have entailed leaving out examples of other important aspects of Alas's art and thought.

La mosca sabia is one of a group of short stories which Alas wrote very early in his career, and which demonstrate clearly the uneasy ambivalence of his reaction to contemporary developments in Spanish intellectual life. During the period when the young Alas was living in Madrid, completing his doctorate and beginning to make a name for himself with his contributions to newspapers and periodicals, he frequently used his articles to defend the new generation of liberal intellectuals who had been inspired by Sanz del Río's version of Krausism, and who had done a great deal to revitalize Spanish university education. These scholars suffered considerable persecution at the hands of right-wing Catholic traditionalists, who believed their unorthodox influence on education to be pernicious and damaging to Spain's best interests. Alas disagreed, publicly and often, and welcomed the effect that these men had had on the intellectual climate of Spain:

> Está la patria muy cambiada, y ya no es la España preocupada por el fanatismo, incapaz de pensar libremente y apreciar en lo que vale la investigación filosófica y a fuerza de despreciar la ciencia... (*Solos de Clarín,* Madrid, 1881, p. 56).

This statement is typical of many he made at about this time. Yet the short stories he was writing at this very period imply a very different point of view, for if there is one characteristic common to all his fictional work at this time, it is contempt for philosophic investigation and "ciencia". "Ciencia" was used by all Spanish writers at this time in the Krausist sense, as a translation of "Wissenschaft": it meant intellectual activity and knowledge in general, and included philosophy, jurisprudence, theology, history and aesthetics. The Krausists themselves had immense respect for "ciencia" while tending to neglect the physical sciences and to regard scientific knowledge as somewhat limited. There can be no doubt that in many of his early stories, Alas's main aim is to ridicule "ciencia". *La vocación* (1877), *La mosca sabia* (1880), *Doctor Angelicus, Don Erme-guncio* and *Doctor Pertinax* (1881) are all about philosophers and intellectuals of the Krausist or Hegelian type, "hombres de ciencia", and they are all treated with utter contempt. The subject is dealt with in various ways, but the conclusion is always that these learned men are ridiculous in their sterile theorizing, their ineffectual remoteness from real life, and their inhuman and unrealistic determination to be logical and consistent instead of 'natural' and impulsive. In *La mosca sabia,* the learned fly is dessicated and lifeless because he has read too much and knows too much. The fly's master, who, as his name implies, is one of Spain's foremost "hombres de ciencia", is an even more pitiful figure. At first sight a supremely rational man who will not kill a fly until he is satisfied that it is morally justifiable, he turns out to be motivated only by coarse sensuality and infantile vindictiveness; even his scholarship is fraudulent. The real Macrocéfalo is the man who appears at the end of the story.

This is one of Alas's earliest stories, but it contains many elements that can be traced throughout his life's work. The anti-intellectualism which is the main theme of the story crops up again in a number of the pieces included in the present selection. Another characteristic element is the strange, obsessive attitude to physical sexuality that appears in the story. It is worth noting at the outset that Alas himself, like the learned fly, was small, ugly, and notoriously timid in his relations with women. His concept of love was a highly idealized one, and in many writings he contrasts physical love most unfavourably with a spiritualized marriage of true minds. In this story it can be seen that this attitude is extended, at least as far as the fly is concerned, to include the suggestion that the female is somehow corrupt by her very nature. The fly is sickened simply by his apprehension of the physical attributes of the object of his idealized day-dreams. At the same time he is saddened and made jealous by the fact that the female prefers the physical charms of the big, handsome flies, and that although "el sabio es el más capaz de amar a la mujer ... la mujer es incapaz de estimar al sabio."

This pessimistic outlook on reality is what has caused the fly to turn inwards, and to construct for himself a spiritual world which offers consolation:

> Poetizar la vida con elementos puramente interiores, propios, éste es el único consuelo para las miserias del mundo; no es gran consuelo, pero es el único.

This is a theme to which Alas constantly returns in his fictional work. The fly stands, chronologically, at the head of a long list of characters — such as Ventura Rodríguez, Ana Ozores, Víctor Quintanar, Saturnino Bermúdez, Narciso Arroyo, Berta Rondaliego, Bonifacio Reyes, Jorge Arial, Aurelio Marco — who cannot come to terms with the harsh and barren reality of the world in which they find themselves, and who therefore try to deny its importance, and to exalt in its place a better, inner world ordered in accordance with their personal spiritual needs. At times Alas presents this effort as sheer delusion — as in the case of Quintanar's Calderonian fantasies — but where the values that are being striven for are closer to his own, he invests the struggle against reality with dignity, or even, as in Doña Berta's case with heroism.

El diablo en Semana Santa was first published in *La Unión* in March 1880. Its close relation to *La Regenta* is quite plain: its theme is simply an embryonic version of the novel that Alas was to produce four years later. This alone makes it an interesting story, and one that should be more easily available — it has never been republished since its appearance in *Doctor Sutilis* in 1916. Two points about it deserve special attention. Firstly, the element of anticlericalism in the story. When *La Regenta* was first published, Alas's treatment of the clergy in his novel and the close resemblance of some of the characters to real priests in Oviedo caused a considerable scandal and a lively argument between Alas and the outraged Bishop of Oviedo. In the polemical atmosphere of Restoration Spain, *La Regenta* gained an immediate reputation as an incendiary anticlerical document, and this reputation has clung to the book, and to its author, down to the present day. While it cannot be denied that the novel contains a great deal of implied criticism of the Church and its ministers, it seems to me that such a view of *La Regenta* leaves too many other things out of consideration to be a valuable or meaningful approach to the book. One of the things it leaves unsaid is that there is very little anticlericalism in the rest of Alas's fictional work. In his short stories, priests are invariably treated with great respect, and indeed are frequently contrasted with those who would presume to criticize them, to the great detriment of the latter. In stories like *Fray Melitón, El Cura de Vericueto* and *El sombrero del señor cura,* the clergy are portrayed as examples of stability and traditional good sense, while anticlerical attitudes are shown as shallow and slanderous. It can safely be said that *El diablo en Semana Santa* is the nearest Alas gets to anticlericalism in his short stories, and that this story is not typical of his explicit attitude to the Church as displayed in his fictional work. Even in this story, the fun he pokes at the young Magistral is very gentle. His ironic observation that of course it would not have occurred to the Magistral to desire the "jueza" had he not been the victim of the magical arts of the Devil in person may seem malicious enough when it is remembered what treatment the same theme gets in *La Regenta;* but in this story the treatment remains very light-hearted, and by setting it so firmly in the realm of fantasy, Alas takes most of the sting out of its critical implications.

The other important aspect of the story is the difference between its plot and the plot of *La Regenta*. The difference of tone and purpose is fairly obvious, but it is also to be noted that the judge's wife in the short story has a small son, whereas Ana Ozores is childless. In the story, the Devil's mischief is foiled largely because his attention is diverted by the little boy.

Had there been no child, the priest and the judge's wife might
have fallen in love. When Alas transferred the theme to the
more realistic terms of the novel, he removed the child, and
the absence of a child in the novel is no less significant than
his presence in the short story: Ana becomes involved with
De Pas partly because she is childless.

De la comisión, first published in *Solos de Clarín* in 1881,
is one of Alas's many satirical pieces about Spanish political
life. The sadness underlying many of the jokes ("... hubo nuevas elecciones, porque las Cortes las disolvió no sé quién, pero,
en fin, uno de tropa ...") is strongly reminiscent of Larra, an
author whose real importance Alas was one of the first to
recognize. Like many writers of his day, Alas was totally dis-
illusioned by politics, and his attitude to contemporary political life is essentially negative. For all his "Europeanism", and
his radical criticism of Spanish society, Alas is never in any
sense a "regeneracionista" of the Joaquín Costa type. His consistent scepticism about the value of political or social reform
is totally defeatist, and in spite of his avowed republicanism,
the political ideas he expressed in his writings are profoundly conservative.

The roots of this attitude are to be found in his feelings
about idealism and materialism, in the widest senses of the
two words. It is difficult to define precisely what Alas meant
by idealism, because he himself always insisted on the vague,
mysterious, ineffable nature of all the most important human
experiences. But broadly speaking, Alas's idealism was direct-
ed towards experiences of beauty in the realms of religion, art
— especially poetry and music — and love of all kinds except
physical love. He believes these experiences to be an expression of the noblest part of man's nature, and sees them as
aspirations towards some vague and all-embracing Absolute,
which he describes as "el misterio", or "las hondas causas misteriosas". Needless to say, this spiritual exaltation is an intuitive
and emotional business. Rational and material considerations
are its enemies: they are totally incompatible with idealism,
and the struggle between the two has very strong ethical impli-

cations for Alas, as some of these stories demonstrate. He never ceased to hate and fear materialism in all its forms.

A curious illumination of this outlook is to be seen at the beginning of *De la comisión,* where we learn that Pastrana was once a poet, but that he is certainly not one now, and indeed denies ever having been one. This something he has in common with a number of Alas's characters. Emma Valcárcel of *Su único hijo* was vaguely attracted to Romantic idealism in her youth, before she was converted to the grossly egotistical materialism which Alas presents with such unconcealed distaste. Similarly, the title-story of the collection *Doctor Sutilis,* a story which was first published as early as 1878, is about a poetry-writing idealist who decides to abandon his idealism and go into commerce. Alas intervenes with a plea to his readers not to judge this defection too harshly. It is easy for those who merely play at being idealists to go on pretending all their lives, says Alas; but the sincere idealist knows that his aspirations bring only pain and poverty, and no one should blame him if he chooses to renounce it all. The point is that there has to be a straight choice. Just as the protagonist of *Doctor Sutilis* cannot succeed in business until he has definitely abjured a "poetic" outlook on life, just as Pastrana must stop being a poet before he can begin the social-political climb so scathingly described in *De la comisión,* so the true idealists cannot hope for material success or reward as long as they cling to their ideals. This is the theme of stories like *Las dos cajas, Doctor Angelicus* and *Doña Berta;* it is also very much at the heart of both of Alas's novels.

Almost all Alas's serious work is about the conflict between idealism and material reality. The theme is treated in various ways. *Zurita,* written in 1884, is the story of such a conflict in the life and thought of a would-be professional philosopher. The story is, of course, first and foremost a satire of Krausism. In Alas's day, Krausism had little to do with the philosophy of Krause, but a great deal to do with the fierce ideological warfare that virtually divided Spain into two camps. Krausism represented a rallying-point for all shades of liberal opinion, and its enemies recognized it as such. In 1865 the "neocatólicos" — the powerful, absolutist and traditionalist right wing of the Conservative party — managed to have Sanz del Río's Spanish adaptation of Krause's major work, *Ideal de la humanidad para la vida,* put on the Index. During that and the following year they succeeded in having various Krausist professors removed from their chairs, and in 1867 the Minister of Education was persuaded to require from all university professors an oath of narrow religious, dynastic and political loyalty, phrased in terms which the Krausists could not conscientiously accept. The liberals of the 1868 revolution had reinstated all the professors evicted under this order, but that was by no means the end of "neo" hostility. During the Restoration, consistent attacks from the extreme right wing caused many Krausists to withdraw from public life, and in 1876, after another wave of dismissals by the same Minister of Education who had dismissed them in 1867, the *Institución Libre de Enseñanza* was founded, and its teachers began their remarkable, crusading effort to provide a serious, comprehensive, liberal education for Spaniards. But this withdrawal into a more private sphere or influence did not end the attacks either. Conservatives like Menéndez Pelayo went on abusing them vigorously in the eighties. And Alas, in his newspaper articles, went on defending them. It was difficult to be neutral about Krausism.

It is therefore rather surprising to find, in *Zurita*, such a merciless satire of Krausism. Spanish Krausists presented ample opportunity for mockery, of course, with their abstracted air of high seriousness, the sombre gravity of their manner and dress, their difficult and involved terminology and their readiness to discuss almost any topic in metaphysical terms and to relate it to their concept of the universe as a whole — their so-called "racionalismo armónico". There would be nothing strange in Alas's having the occasional joke at the expense of these men he professed to admire. What does seem significant is that admiration itself is wholly absent from his treatment of scholars and philosophers in his short stories. It may be that he means to mock only the lunatic fringe of Krausism, and that in presenting Zurita as a deluded simpleton taken in by the pretentious gibberish of his hypocritical Krausist friend, Alas does not intend a comment on the whole of Krausism. But the fact remains that this is the only kind of comment that he does make about Krausism in his fictional works. Krausists are never taken seriously. The idiots who represent Krausism in Alas's stories are never contrasted with a more serious type of Krausist thinker, but with people who hold very different views indeed.

Zurita is not only about Krausism, however. It reveals a great deal of Alas's general feelings about idealism and materialism. Zurita is an idealist. For Alas, idealism in the philosophical sense is inseparable from idealism in the everyday sense. It is not that he fails to understand the difference: he asserts that they are two manifestations of the same outlook. A man like Zurita, who is disposed to admire the great achievements of the human spirit, who aspires to high intellectual standards, and whose generous and innocent nature is further purified by the rigorous moral discipline he imposes on himself, will naturally be attracted to metaphysical systems of the Hegelian or Krausist type. Conversely, a person who has no interest in religious or metaphysical absolutes, and who accepts the limitations imposed on philosophical speculation by Positivism, will naturally be mean-spirited, selfish and immoral, says Alas. This viewpoint is fundamental to all Alas's writing. Not only did he reject Positivist philosophy on what he believed to be logical grounds: he hated it because he believed that it corrupted and depraved people in a strictly moral sense. This attitude to Positivism though hard to justify rationally, was not uncommon in Spain during the nineteenth century. One of its effects on people like Alas, people who in some respects were anxious to break down Spain's intellectual isolation from Europe and to welcome certain elements of European thought, was to damp their enthusiasm for foreign ideas, and to drive them back into a defensive traditionalism which at least afforded them the emotional comfort of familiarity. *Zurita* provides an example of this effect. Zurita's main weakness, according to Alas, is his pathetic enthusiasm for anything new and foreign. Although an idealist — and *therefore* a traditionalist, says Alas — by nature, his indiscriminate admiration for all things foreign lays him open to the danger of being corrupted by books of French Positivism currently circulating in Spain. As it happens, before this can occur, Zurita is converted to Krausism by Don Cipriano. But Don Cipriano is a fraud, an unprincipled self-seeker, a Positivist at heart. His defection to Positivism surprises no one but poor Zurita; and since the Positivism in question is Alas's version of Positivism, the defection entails abandoning all moral principle and lapsing into the most cynical kind of egotism. Zurita himself, when he momentarily considers the advantages of becoming a Positivist, reflects that he would then be able to forget about sexual morality, and give in to the women who want to seduce him. Happily, however, metaphysical considerations, in the form of the Kantian Categorical Imperative, rescue him from this depravity in the nick of time, and he goes on to find his own salvation by forgetting about philosophy among the vital, unintellectual fishermen of a remote provincial seaport.

El caballero de la mesa redonda, first published in *La Revista de Asturias* in 1886, deals with this same theme at a less intellectual level. Don Mamerto, the 'Don Juan de Termasaltas', is a repetition of the character of Alvaro Mesía who had appeared in *La Regenta* two years earlier, but in this story the point that Alas wants to make is made more succinctly. Mamerto despises all kinds of idealism, all the things that Alas values, religion, holy matrimony, the spiritual bonds of family life and friendship, and literature, Alas's life's work. As an absolute materialist and sensualist, Mamerto is naturally a complete egotist, and Alas makes him pay the price for his lack of idealism. Like Mesía, Mamerto has misgivings about the thought of his own death, for Alas shares with Unamuno the conviction that no man is capable of continuing to be an atheist on his deathbed. When death approaches, Mamerto's pose collapses, he becomes lonely and afraid and whines for compassion and friendship — the things he had previously called effects of indigestion. When other people who profess his own materialistic creed abandon him in his moment of need, he learns his lesson. Here, as elsewhere, Alas points the moral with confident severity. Selfishness and sensual gratification equal materialism and atheism, and such philosophies do not pay. The Don Juan of Termas-altas dies like a dog. In the novels the same theme leads to less didactically contrived, but no less forceful, conclusions: the penalty for holding beliefs like those of Alvaro Mesía or Emma Valcárcel is simply to become wretched, empty individuals like them.

Superchería, first published in *La Ilustración ibérica* in serial form in 1889 and 1890, contains a number of autobiographical elements. A few details apart, the initial description of the protagonist would fit Alas — or Alas's idea of himself — fairly well at this period. Like Alas too, Serrano was a precocious and spiritual child who was given to mystical experiences during adolescence, and who spent six months in Guadalajara as a boy of twelve. Serrano also compares very closely with the protagonist of *Cuesta abajo,* an even more definitely autobiographical story which Alas began to publish in *La Ilustración ibérica* in 1890. Both characters are intellectuals who feel that they have reached a cross-roads in their inner lives: having passed through a period of rationalist scepticism, they find that their academic knowledge and the formal philosophy they have studied mean little to them now. What they want is faith and reassurance, the confident beliefs of the world of their childhood.

This nostalgia for the lost world of childhood certainty is one of the most persistent features of Alas's mature work. In *Superchería* the link between childhood memories and spiritual consolation is firmly forged. When Serrano first meets Caterina, the remote and inaccessible woman whom he quickly idealizes, his immediate thoughts are of maternal "consuelo", "un regazo", a warm protection against loneliness and doubt. His idealistic aspirations with regard to Caterina (there is never any question of a love affair in the ordinary sense) are merely another expression of his hunger for philosophical consolation. The anguished uncertainty that besets Serrano on a philosophi-

cal plane is emphasized by the parallel between the spiritual
longing that Caterina excites in Serrano and the vulgar decep-
tion she practises in her professional capacity of mind-reader.
The latter fraud is exposed when they become friends, but
Serrano is left with his doubts as to whether his yearning to
idealize and draw comfort from Caterina, and indeed his whole
search for absolute certainty, is not just another *superchería*
of the same kind.

Since his first attack of scepticism, as a young man, he has
been all too aware of the probable validity of the outlook
represented by the pragmatical, Positivist dog of the closing
paragraphs. The dog's life is relative, particulate, without need
or desire to harmonize the various elements of his experience
or to find in them a purpose, a meaning, a comfort. The dog
investigates each new sight, sound and smell strictly on its
own merits, forgetting it as soon as its immediate practical
relevance is exhausted. The dog would have known at once
that Caterina's apparent penetration of Serrano's inmost
thoughts was no mysterious or miraculous phenomenon; but
he would have had the same opinion of Serrano's hopeful belief
that the whole of his idealistic relationship with Caterina was
not mere self-deception. At the end of the story, Serrano simply does not know whether the dog's answer is the only possible one or not.

But if he does not know where the truth lies, at least he
is sure that idealism offers the only hope for emotional security and consolation. Alas himself had known this all his
life, in spite of his obvious wish to identify himself with these
characters who have undergone a youthful experience of rationalist scepticism. Serrano's outlook is not a product of Alas's
middle age; it is essentially the same as the observations about
spiritual consolation which Alas made in *La mosca sabia* when
he was only twenty-seven years old. From that time onwards,
his short stories provide consistent evidence that Alas did not
stray very far or very willingly from his traditional beliefs,
whatever fashionable intellectual poses he was prepared to take
up in some of his newspaper articles. There was no change of
heart in middle life, only a renewed insistence on the need to

protect idealistic feelings from the damaging effect of too much thinking. After writing *Superchería,* Alas bothers less and less about trying to justify his feelings in intellectual terms, and emotional criteria are increasingly adopted as a basis for belief, at the expense of rational considerations. By 1894 Alas had reached a point where he felt able to say outright that an idea may be "demasiado horrorosamente miserable para no ser falsa", a sentiment expressed by the protagonist of the story *Un grabado,* and clearly endorsed by Alas himself.

El Señor, first published in 1892 in the volume significantly entitled *El Señor, y lo demás son cuentos,* is a story which would surprise a reader whose only knowledge of Alas's attitude to the Catholic church came from *La Regenta.* But as the stories in the present volume show, Alas's idealism was always essentially in accordance with traditional Spanish values. It has not been sufficiently noticed that *La Regenta* itself contains a great deal of very severe criticism of anticlerical and liberal attitudes. Alas's opinion of the liberals of Vetusta never rises above contempt, whereas behind his criticism of the Church there is a genuine respect for the basic Catholic values which are being abused by bad priests and bad Catholics. And even this reformist type of anticlericalism disappears from his fiction after 1885; *El Señor* is much more typical of Alas's attitude to religious matters than is *La Regenta.*

In *La Regenta* there had been strong undertones of sympathy in Alas's treatment of the dilemma of the priest in love, but the overall picture of De Pas remains a discreditable one by Catholic standards. In stories like *Fray Melitón* (1877) and *El cura de Vericueto* (1894), one written at the very beginning and one towards the end of his literary career, Alas goes further than sympathy, and actually tries to demonstrate that the apparent laxity of some priests, always seized on with glee by shallow, dogmatic anticlerical critics, may often have an explanation which makes it perfectly compatible with the deepest Christian principles. But in *El Señor,* as in *La rosa de oro* (1893) and *El frío del Papa* (1894), Alas is not appealing for sympathy or understanding, but outright admiration for specifically Catholic ideals. The priest in love in this case is a saintly man, and his love remains ideal, unspoken, selfless. Unlike De Pas and Melitón, who found they had become priests before they knew what priesthood meant, Juan de Dios was born to be a minister of the faith and "llevar el Señor a quien lo necesitaba". Alas's presentation of the story is not impartial. He intervenes in the first person to express his sorrow that children of today do not have toy altars, and observes that their lives are thus deprived of a 'poetic' element. Phrases like "el poema místico de su niñez", "las imágenes de inenarrable inocencia, frescas, lozanas, de la religiosidad naciente, confiada, feliz, soñadora", bring Alas's feelings unequivocally into the story. All his comments on the precocious mysticism of Juan's childhood devotion to the Catholic cult are his personal views, and we are invited to share his sense of reverent wonder at such a firm vocation, such readiness for martyrdom and, ultimately, such spiritual discipline and capacity for sacrifice in his relations with the woman he idealizes. One notices that although Juan de Dios distinguished himself intellectually in his seminary, he never made the mistake of supposing that intellectual achievements had any great value compared with that of a sure and wholesome faith. Juan de Dios is the triumphant answer to the dilemmas of the tragic figures of earlier stories. Just as he avoids Serrano's error of intellectualism, so he is never assailed by the learned fly's revulsion at the prospect of relations with an actual, living female. The purity of Juan's love for this woman whom he does not even know is preserved ideally intact to the end: when the dying Rosario remarks that his face is familiar, he knows that she only means that she knows him as an anonymous priest. His conscience rests serene in the knowledge that no personal relationship has ever threatened the purity of his ideal.

Although it is known from Adolfo Posada's biography, *Leopoldo Alas, 'Clarín'* (Oviedo, 1946) that Alas was very much like Juan de Dios as a child, he grew up differently, for he lost the mystical zeal of his infancy and early adolescence, and entered a period when his intellect warred with his feelings. Stories like *Superchería* (1889), *Cuesta abajo* (1890), *Cambio de luz* (1892), *La rosa de oro* (1892), *El frío del Papa* (1894) and *Diálogo edificante* (1894), leave the reader in no doubt that the difference between himself and the protagonist of *El Señor* was a matter of anguish for Alas, and that he regarded the loss of his own childhood faith as a tragedy. In his own case, the emotional security of the beliefs of his infancy was first undermined by rationalist doubt when he was a university student in Madrid — also his first experience of being away from home. In Alas's fiction, this kind of shock is always presented as traumatic, and is followed by a feeling of desolation and emptiness. After a long sojourn in the spiritual desert, Alas's middle-aged philosopher-figures return to the search for their childhood paradise. The sentimental associations of the childhood period then become very precious, and defences are erected against rational evaluation of belief.

This is why vagueness is an important ally in the struggle to retrieve consolation. Feeling and emotion must be restored to the primary role they played in the pre-rational period: they come to be regarded as more genuine, sincere, "authentic" than thinking. And since rational activity — now exposed as the villain of the piece — tends to seek exactness, clarity, knowledge and certainty, Alas exalts the vague, the veiled, the unknowable and the mysterious. In 1895 he wrote a severe little moral tale called *El número uno,* in which the protagonist is punished for being good at what Alas calls "sórdidas matemáticas", and similar subjects. For this offence, Alas makes him suffer first the disillusionment of discovering that coming first in exams does not necessarily lead to a happy life, and then in having no source of solace for his disillusion, because naturally a mathematician like this

> ... en su espíritu no podía buscar consuelo para tantos desengaños, porque allí no había nada *vago, poético, misterioso, ideal, religioso.* Todo era allí *positivo*; todo estaba *cuadriculado,* ordenado, numerado.

The qualities that this poor unfortunate lacks (the italics are Alas's), Juan de Dios has in abundance. But Juan is an ideal figure, one of the lucky ones who never sustained the great loss

that makes the lives of characters like Serrano barren and mean-
ingless. It is important to understand that in all Alas's short
stories about intellectual scepticism, the only characters who
are emotionally convinced by the results of their rational enquir-
ies are grotesque, ridiculous figures like Doctor Pertinax and
Doctor Angelicus, or deluded fools like Macrocéfalo and Zurita.
Serious and sincere thinkers remains dissatisfied with the rational solution. For them, and by strong and consistent implication
for Alas as well, the problem is how to return to the kind of
belief that has always inspired the protagonist of *El Señor*.

Viaje redondo, as its title suggests, is the story of this whole
process — the loss of faith, the years of exile, and the return.
The figure of the mother is of paramount importance at all
stages in the process. *Viaje redondo* was first published in 1896,
and in September of this year Alas's own mother died. Alas's
mother features prominently in the memories of those who knew
him, and everything Alas ever wrote about parenthood reflects
the influence of this long-lived woman. Adolfo Posada tells of
an infancy dominated by this strong and intensely religious figure. She lived in Oviedo for almost the whole of her son's life,
her death preceding Alas's own by only five years, and throughout her life Alas made a ritual of visiting her every day. Posada, who regards Alas as a profoundly religious man, attributes
his sentiments to his extreme reverence for his mother, and to
the religious atmosphere with which she surrounded him during
his infancy. She was by no means an educated woman, and
when Alas came back from Madrid full of rationalist, freethinking arguments and unorthodox philosophical ideas, he had
passed into a world with which she could not communicate.
In later life, according to Posada, Alas used to recall with deep
emotion his mother's silent grief at realising that her son had
lost his religious faith.

Viaje redondo is not autobiographical in every detail. Alas's
father did not die until Alas himself was thirty-two, so the student of twenty-one who enters the church with his widowed
mother is not re-enacting an actual experience from Alas's life.
But when the 'miracle' begins, the story leaves realistic consid-

erations of this kind behind, and simply goes once again the history of Alas's most intimate personal preoccupations. A close parallel with Unamuno's *Del sentimiento trágico de la vida* is evident at every stage. No doubt Unamuno would have written exactly as he did had he never known or admired Alas's work, but this does not alter the fact that *Viaje redondo* is a brief, unsophisticated sketch of the personal origins of exactly the same tragic sense of life. In the beginning there was a vague, sentimental security and sense of beauty, "el argumento poético de la fe", comforting because it satisfied the emotions, but at variance with the demands of reason. Reason and knowledge, on the other hand, could offer no comfort, but only truth — "lo que fuera verdadero, aunque fuera horroroso, eso había que creer". Not a solution but a dissolution: *Viaje redondo* has as its theme of central statement of *Del sentimiento trágico* — "Ni el sentimiento logra hacer del consuelo verdad, ni la razón logra hacer de la verdad consuelo".

The way Alas's protagonist reaches the end of his round trip is also Unamuno's way, a total scepticism that ends by undermining the authority of rational truth itself. For Unamuno this opened a crack of absolute doubt which he was then able to force open and struggle through to irrational consolation. Alas interrupts the account of this process at a crucial moment ("todo se reducía a una especie de polvo moral, incoherente ...") by returning to the thoughts of the mother. When we next see the student he has progressed to a stage where reason and knowledge are defeated, and "... aparecía la evidencia de la verdad sin nombre". Of course, the vagueness of Alas's thinking once he has reached this stage in no way represents a failure to think clearly and precisely. It is his triumph. Rationalism and doubt cannot get to grips any more with a man who possesses "evidence of a nameless truth". This is also the triumph of Bonifacio Reyes in *Su único hijo*. Just as there are things too horribly wretched not to be false, so there are things too beautiful and comforting not to be true.

Viaje redondo, like *El número uno* and *El frío del Papa*, was published in a collection called *Cuentos morales* in 1896.

Moral tales, says Alas in his preface, not in any ethical or edifiying sense, but "... porque en ellos predomina la atención del autor a los fenómenos de la conducta libre, a la psicología de las acciones intencionadas". In fact most of the stories in this volume seem to be intended above all to demonstrate truths in which Alas wants to believe. With the possible exception of *El caballero de la mesa redonda,* which was in any case written much earlier than most of the other pieces, the stories in this collection make few concessions to the reader who expects more of a story than mere instruction as to how he should think about certain issues. This remains true on the whole of the stories contained in the last volume to be published during Alas's lifetime, *El gallo de Sócrates* of 1901. The title story itself is an example of how little Alas cared at this stage in his career about the formal art of short-story telling. But there are in this collection one or two items to remind us of Alas's earlier abilities, and I think *El entierro de la sardina* is one of them.

In his many portrayals of characters who cannot come to terms with real life, particularly when they are weak, ineffectual or insignificant people, Alas often has a very sure touch. Compassion is a difficult emotion to handle well in literature, but at his best Alas can manage it with great delicacy. His understanding of pitiful people can be serious and unsentimental, and his presentation of pitiful situations restrained and realistic. One of his most original stories about the twilight world of frustration and despair is *El dúo de la tos* (1896), a sad, romantic little tale of an agonisingly wistful moment of contact between two guests in a large hotel by the sea, a man and a woman, both dying of tuberculosis and both utterly alone. In the silence of the night they hear each other coughing, and the sound forges a momentary bond between them, so that for a little while they both feel themselves accompanied in their desperate, doomed solitude. They never meet, indeed they only know each other by the numbers of their hotel rooms. The next night the woman listens in vain; her companion has gone, to die alone some days later, as she herself dies after two or three years.

The same forlorn kind of contact and the same wistful glimpse of what might have been are offered to the reader of *El entierro de la sardina*. The theme of frustration is a very common one in Alas's work; it is one aspect of his general preoccupation with the painful discrepancy between human needs and the reality of human experience. Sexual frustration in particular interests Alas. In all his fictional work there is no account of a satisfactory, permanent sexual relationship. Occasionally we are informed that a character is happily married, but we never see what this means in real terms. The nearest Alas gets to depicting a satisfied relationship is when he describes Bonifacio's affair with Serafina in *Su único hijo*, but even that is soon brought to an end by Bonifacio's feeling of guilt. For the rest, in two novels and over a hundred short stories, love relations between men and women are either frustrated by circumstances or ruined by lust.

This is so consistently true that it would appear that Alas himself never resolved the adolescent conflict where physical desire and idealistic love seem to be mutually incompatible. Adolfo Posada's biography tells us that Alas's adolescent sexuality was entirely sublimated in solitary, religious experiences of great mystical intensity, sometimes accompanied by hallucinations: in the autobiographical *Cuesta abajo* the protagonist confesses that until the age of seventeen his only "novia" was the Virgin, and it is known that Alas wrote love-poetry to the Virgin as a young man. There is a strong hostility to real women and sexual relationships in his writing at all periods of his life, and at times he confessed explicitly to his preference for idealistic and platonic love, though it is also true that at other times he dwells on the illicit delights of lasciviousness with what amounts to a thrill of disgust, as in his extraordinary account of the relations between the sensual Emma and Bonis in *Su único hijo*, or in the powerful unpleasantness of the last lines of *La Regenta*.

Alas married when he was thirty, and had three children. His biographers display a uniform reticence about his married life. Those who refer to it at all assert with brief formality that it was a happy one; yet in all Alas's writings, including his letters, and in all that has been written about him, there is scarcely a mention of his wife. In his general attitude to women the influence that can be most easily detected is not his wife's, but his mother's.

It can be detected, for example, in Alas's ardent antifeminism. His blatantly propagandist antifeminist stories (*Los sábados de Doña Quirotecas, Cuento futuro, El centauro, El filósofo y la vengadora,* etc.) all show that his obsessive hatred of educated, "progressive" women derives directly from his reverence for the traditional feminine virtues embodied in the person of his simple, old-fashioned mother. The mother's influence can also be detected, I would suggest, in Alas's extreme prudery, with its concomitant guilty hints of frustration and suppressed lasciviousness, hints which are broadened in *La Regenta* until they form into an extraordinary, permanent undercurrent of furtive lust. Alas's ambivalent feelings about sexual relations could very well have resulted from the fact that the relationship between him and his mother was the most important one he ever had with a woman. Taboo plays a primary role in Alas's writings about women. The love of Juan de Dios for Rosario is the best kind because it involves the strongest taboos. Don Mamerto's kind is the worst kind because it frankly seeks satisfaction.

Psychologists tell us that the kind of neurotic who complains that nobody understands him has invariably enjoyed a very close relationship with his mother during childhood, and has experienced subsequent difficulty in making himself independent of maternal support. One is inevitably reminded of the characteristic lament which Alas puts into the mouth of the learned fly: "… la mujer es incapaz de estimar al sabio".

But if there were corners of Alas's mind inhabited by immature fears of this kind, or by misgivings about his unprepossessing physical appearance and about the possibility that no other woman could love him as his mother had done, it is also true that he was sometimes able to turn his knowledge of these fears to considerable artistic advantage. *El entierro de la sardina,* like a number of other romantic tales of impossible love that remains a dream, is quite a different way of looking at the same problem. Alas's restraint and detachment in this story are almost painful. We do not really even know if Cecilia Pla spent her whole life longing for the love of Don Celso; we only know that she might have done. The bad joke at the end, which Celso makes in a nervous effort to avoid thinking about the tragedy that this obscure life might have contained, has the same anti-sentimental function as the sad facetiousness of the title of *El dúo de la tos*. The stark, abrupt ending of *El entierro de la sardina* suddenly illuminates the possibility of a world full of forlorn and wasted lives like that of Cecilia.

It is a world that Alas seems to have known about from personal experience, and which he is capable of describing with great compassion. It is easy to feel sympathy for these humble failures who populate his works, and to understand the origins of the illusions with which they seek to protect themselves from a painful reality. But there are times when Alas goes beyond sympathy and actually exalts illusion above reality, regarding dreams as more authentic than mere factual truth. At the end of *Su único hijo,* for example, the facts made known to the reader make it at least possible that Bonis is not the father of his wife's child at all. But his emotional need to be a father transcends all rational and circumstantial considerations. Bonis knows he is right because of the force of his emotional need to believe — just like the student at the end of *Viaje redondo.*

Alas never seems to have understood the problem presented by the fact that there are other people who feel as strongly as he does about their beliefs, yet who disagree with him. If he ever does glimpse this problem, his solution is to fall back on a dogmatic, autocratic belief that certain and absolute truth has somehow been vouchsafed to him and to people whose way of thinking he admires. Alas suffers from that kind of insecurity that grows authoritarian under pressure, and which leads quickly to the belief that the masses should be instructed in the truth by their betters.

El gallo de Sócrates provides an interesting illustration of this. It is a story that has been all things to all people — one could even see in it an outspoken criticism of the Catholic Church, though such an interpretation would be wholly incon-

sistent with all Alas's other fictional work. At first sight the
story may appear to be making an unimpeachably humane criticism of blind, fanatical devotion to a mistaken principle.
Alas frequently condemns people for doing this. In *Doña Berta*,
for example, when he tells of the swift and brutal determination
of Berta's brothers to deprive her of her baby child, Alas intervenes with the comment:

> Los Rondaliegos se habían portado en este punto con la
> crueldad especial de los fanatismos que sacrifican a las
> abstracciones absolutas las realidades relativas que llegan a
> las entrañas.

Yet the latter part of the story tells how Berta sacrificed everything to a fanatical abstraction just as much as her brothers
did. But this is an irony which Alas clearly neither intended nor
understood. He would claim that the difference between them
was simply that Berta was right while the brothers were wrong.

El gallo de Sócrates ultimately leaves Alas in the same dilemma. Crito is probably wrong in his manner of interpreting Socra-
tes' last words, but the oracular cock does not convincingly
demonstrate why. The cock's basic complaint is not that Crito
is reasoning falsely, but that he is reasoning. No sooner has a man
of genius ended his life's work of enlightening humanity, says
Alas, than people start trying to interpret his work rationally:
their insistence on positive evidence leads to dogmatism, and in
no time wisdom is stained with the blood of violence. Yet Alas's
way of apprehending the truth is intuitive and incommunicable. It
is noticeable that for all his experience of philosophical argument the cock does not succeed in sowing any effective
doubts in Crito's mind. The famous phrase which sums up all
Alas's feelings about faith and reason — "el que demuestra la
vida la deja hueca" — is not really an answer to Crito: he has
reasoned in too limited and unimaginative a way, and he is not
demonstrating truth but merely asserting belief and backing it
up with brute force.

Alas clearly associates himself with the cock in condemning
Crito, but in the last analysis, as happened in *Doña Berta*, Alas
is the victim of an irony which he did not intend. His point of

view is radically opposed to that of Crito, but the quality of his dogmatic beliefs is similar. In place of brute force, Alas has recourse to vagueness and mystery in order to overwhelm opposition to his beliefs, but his tone, in all his stories, is no less authoritarian than Crito's. Alas is not a writer who asks questions about experience: he knows all the answers before he begins to write, because he is so sure about what he wants to believe. The function of his short stories is not the one he claimed for them in the preface to *Cuentos morales* — an exploration of the psychology of voluntary human behaviour. The function of Alas's stories is to externalize his ideological predicament in the lives of imaginary characters. The characters do what he tells them, and give him support, until he reaches a point where the predicament resolves itself into assurance. The tales are more moral than he supposed.

G. G. B.

Queen Mary College, London.

LA MOSCA SABIA

I

Don Eufrasio Macrocéfalo me permitió una noche penetrar en el *sancta sanctorum,* en su gabinete de estudio, que era, más bien que gabinete, salón-biblioteca; las paredes estaban guarnecidas de gruesos y muy respetables volúmenes, cuyo valor en venta había de subir a un precio fabuloso el día en que don Eufrasio cerrase el ojo y se vendiera aquel tesoro de ciencia en pública almoneda; pues si mucho vale Aristóteles por su propia cuenta, un Aristóteles propiedad del sabio Macrocéfalo tenía que valer mucho más para cualquier bibliómano capaz de comprender a mi ilustre amigo. Era mi objeto al visitar la biblioteca de don Eufrasio verificar notas en no importa qué autor, cuyo libro no era fácil encontrar en otra parte; y llegó a tanto la amabilidad insólita del erudito, que me dejó en aquel santuario de la sabiduría, mientras él iba a no sé qué Academia a negar un premio a cierta Memoria en que se le llamaba animal, no por llamárselo, sino por demostrar que no hay solución de continuidad en la escala de los seres.

La Biblioteca de don Eufrasio era una habitación abrigada, tan herméticamente cerrada a todo airecillo indiscreto por lo colado, que no había recuerdo de que jamás allí se hubiera tosido ni hecho manifestación alguna de las que anuncian constipado; don Eufrasio no quería constiparse, porque su propia tos le hubiera distraído de sus profundas meditaciones. Era, en fin, aquélla una habitación en que bien podría cocer pan un panadero, como dice Campoamor. Junto a la mesa-escritorio estaba un brasero todo ascuas, y al extremo de la sala, en una chimenea de construcción anticuada, ardían troncos de encina, que se quejaban al quemarse. Mullida alfombra cubría el pavimento; cortinones de tela pesada colgaban en los huecos, y no había rendija sin tapar, ni por lado alguno pretexto para que el aire frío del exterior penetrase atropelladamente, sino por sus pasos contados y bajo la palabra de ir calentándose poco a poco.

Largo rato pasé gozando de aquel agradable calorcillo, que yo juzgaba tan ajeno a la ciencia, siempre tenida por fría y casi helada. Creíame solo, porque de ratones no había que hablar en casa de Macrocéfalo, químico excelente, especie de Borgia de los mures. Yo callaba, y los libros también; pues aunque me decían muchas cosas con lo que tenían escrito sobre el lomo, decíanlo sin hacer ruido; y sólo allá en la chimenea alborotaban todo lo que podían, que no era mucho, porque iban ya de vencida, los abrasados troncos.

En vez de evacuar las citas que llevaba apuntadas, arrellanéme en una mecedora, cerca del brasero, y en dulce soñolencia dejé a la perezosa fantasía vagar a su antojo, llevando el pensamiento por donde sea fuere. Pero la fantasía se quejaba de que le faltaba espacio entre aquellas paredes de sabiduría, que no podía romper, como si fuesen de piedra. ¿Cómo atravesar con holgura aquellos tomos que sabían todo lo que Platón dijo, y que gritaban aquí ¡Leibnitz!, más allá ¡Descartes! ¡San Agustín! ¡Enciclopedia! ¡Sistema del mundo! ¡Crítica de la razón pura! *Novum organum!* Todo el mundo de la inteligencia se interponía entre mi pobre imaginación y el libre ambiente. No podía volar. ¡Ea!, le dije; busca materia para tus locuras dentro del estrecho recinto en que te ves encerrada. Estás en la casa de un sabio; este silencio, ¿nada te dice? ¿No hay aquí algo que hable del misterioso vivir del filósofo? ¿No quedó en el aire, perceptible a tus ojos, algún rastro que sea indicio de los pensamientos de don Eufrasio, o de sus pesares, o de sus esperanzas, o de sus pasiones, que tal vez, con saber tanto, Macrocéfalo las tenga? Nada respondió mi fantasía; pero en aquel instante oí a mi espalda un zumbido muy débil y de muy extraña naturaleza; parecía en algo el zumbido de una mosca, y en algo parecía el rumor de palabras que sonaban lejos, muy apagadas y confusas.

Entonces dijo la fantasía: "¿Oyes? ¡Aquí está el misterio! Ese rumor es de un espíritu acaso; acaso va a hablar el genio de don Eufrasio, algún demonio, en el buen sentido de la pa-

labra, que Macrocéfalo tendrá metido en algún frasco." Sobre
la pantalla de transparentes que casi tapaba por completo el
quinqué colocado sobre la mesa, que yo tenía muy cerca, se
vino a posar una mosca de muy triste aspecto, porque tenía
las alas sucias, caídas y algo rotas, el cuerpo muy delgado y
de color... de ala de mosca; faltábale alguna de las extremidades, y parecía andar sobre la pantalla baldada y canija. Re-
pitióse el zumbido, y esta vez ya sonaba más a palabras; la
mosca decía algo, aunque no podía yo distinguir lo que decía. Acerqué más a la mesa la mecedora, y aplicando el oído
al borde de la pantalla, oí que la mosca, sin esquivar mi indiscreta presencia, decía con muy bien entonada voz, que para
sí quisieran muchos actores de fama:

> —*Sucedió en la suprema monarquía*
> *de la Mosquea; un rey que, aunque valiente,*
> *la suma de riquezas que tenía*
> *su pecho afeminaron fácilmente.*

—¿Quién anda ahí? *Hospes, quis es?*— gritó la mosquita
estremecida, interrumpiendo el canto de Villaviciosa, que tan
entusiasmada estaba declamando; y fue que sintió como estrépito horrísono el ligero roce de mis barbas con la pantalla en
que ella se paseaba con toda la majestad que le consentía la
cojera. —Dispense usted, caballero —continuó, reportándose—,
me ha dado usted un buen susto; soy nerviosa, sumamente
nerviosa, y, además, soy miope y distraída, por todo lo cual
no había notado su presencia.

Yo estaba perplejo; no sabía qué tratamiento dar a aquella
mosca que hablaba con tanta corrección y propiedad y recitaba versos clásicos.

—Usted es quien ha de dispensar —dije al fin, saludando
cortésmente—; yo ignoraba que hubiese en el mundo dípteros
capaces de expresarse con tanta claridad y de aprender de memoria poemas que no han leído muchos literatos primates.

—Yo soy políglota, caballero; si usted quiere, le recito
en griego la *Batracomomaquia*, lo mismo que le recitaría la
Mosquea. Estos son mis poemas favoritos; para usted son

poemas burlescos; para mí son epopeyas grandiosas, porque un ratón y una rana son a mis ojos verdaderos gigantes cuyas batallas asombran y no pueden tomarse a risa. Yo leo la *Batracomomaquia* como Alejandro leía la *Ilíada*...

Arjómenos proton Mouson yoron ex Heliconos...

¡Ay! Ahora me consagro a esta amena literatura, que refresca la imaginación, porque harto he cultivado las ciencias exactas y naturales, que secan toda fuente de poesía; harto he vivido entre el polvo de los pergaminos, descifrando caracteres rúnicos, cuneiformes, signos hieráticos, jeroglíficos, etc.; harto he pensado y sufrido con el desengaño que engendra siempre la Filosofía; pasé mi juventud buscando la verdad, y ahora que lo mejor de la vida se acaba, busco afanosa cualquier mentira agradable que me sirva de Leteo para olvidar las verdades que sé.

Permítame usted, caballero, que siga hablando sin dejarle a usted meter baza, porque ésta es la costumbre de todos los sabios del mundo, sean moscas o mosquitos. Yo nací en no sé qué rincón de esta biblioteca; mis próximos ascendientes y otros de la tribu volaron muy lejos de aquí, en cuanto llegó la amable primavera de las moscas y en cuanto vieron una ventana abierta; yo no pude seguir a los míos, porque don Eufrasio me cogió un día que, con otros mosquitos inexpertos, le estaba yo sorbiendo el seso que por la espaciosa calva sudaba el pobre señor; guardóme debajo de una copa de cristal, y allí vivía días y días, los mejores de mi infancia. Servíle en numerosos experimentos científicos; pero como el resultado de ellos no fuera satisfactorio, porque demostraba todo lo contrario de lo que Macrocéfalo quería probar, que era la teoría cartesiana, que consideraba como máquinas a los animales, el pobre sabio quiso matarme, cegado por el orgullo, tan mal herido en aquella lucha con la realidad.

Pero en la misma filosofía que iba a ser causa de mi muerte hallé la salvación, porque en el momento de prepararme el suplicio, que era un alfiler que debía atravesarme las entrañas, don Eufrasio se rascó la cabeza, señal de que dudaba, en efecto, si tenía o no tenía derecho para matarme. Ante todo, ¿es legítima a los ojos de la razón la pena de muerte? Y, dado que no lo sea, ¿los animales tienen derecho? Esto le llevó a pensar lo que sería el derecho, y vio que era propiedad; pero, ¿propiedad de qué? Y de cuestión en cuestión, don Eufrasio llegó al *punto de partida* necesario para dar un solo paso en firme. Todo esto le ocupó muchos meses, que fueron dilatando el plazo de mi muerte. Por fin, analíticamente, Macrocéfalo llegó a considerar que era derecho suyo el quitarme de en medio; pero como le faltaba el rabo por desollar, o sea la sintética que hace falta para conocer el fundamento, el porqué, don Eufrasio no se decidió a matarme por ahora, y está esperando el día en que llegue al primer principio, y desde allí descienda por todo el sistema real de la ciencia, para acabar conmigo sin mengua del imperativo categórico. Entretanto fue sin conocerlo, tomándome cariño, y, al fin, me dio la libertad relativa de volar por esta habitación; aquí el aire caliente me guarda de los furores del invierno, y vivo, y vivo, mientras mis compañeras habrán muerto por esos mundos, víctimas del frío que debe hacer por ahí fuera. ¡Mas, con todo, yo envidio su suerte! Medir la vida por el tiempo, ¡qué necedad! La vida no tiene otra medida que el placer, la pasión desenfrenada, los accidentes infinitos que vienen sin que se sepa ni cómo ni por qué, la incertidumbre de todas las horas, el peligro de cada momento, la variedad de las impresiones siempre intensas. ¡Esa es la vida verdadera!

Calló la mosca para lanzar profundo suspiro, y yo aproveché la ocasión y dije:

—Todo eso está muy bien; pero todavía no me ha dicho usted cómo se las compone para hablar mejor que algunos literatos...

—Un día —continuó la mosca— leyó don Eufrasio en la *Revista de Westminster* que dentro de mil años, acaso, los perros hablarían, y, preocupado con esta idea, se empeñó en demostrar lo contrario; compró un perro, un podenco, y aquí, en mi presencia, comenzó a darle lecciones de lenguaje hablado; el perro, quizá porque era podenco, no pudo aprender; pero yo, en cambio, fui recogiendo todas las enseñanzas que él perdía, y una noche, posándome en la calva de don Eufrasio, le dije:

—Buenas noches, maestro; no sea usted animal; los animales sí pueden hablar, siempre que tengan regular disposición; los que no hablan son los podencos y los hombres que lo parecen.

Don Eufrasio se puso furioso conmigo. Otra vez había echado por tierra sus teorías; pero yo no tenía la culpa. Procuré tranquilizarle, y, al fin, creía que me perdonaba el delito de contradecir todas sus doctrinas, cumpliendo las leyes de mi naturaleza. "Perdido por uno, perdido por ciento uno", se dijo don Eufrasio, y accedió a mi deseo de que me enseñara lenguas sabias y a leer y escribir. En poco tiempo supe yo tanto chino y sánscrito como cualquier sabio español; leí todos los libros de la biblioteca, pues para leer me bastaba pasearme por encima de las letras, y en punto a escribir, seguí el sistema nuevo de hacerlo con los pies; ya escribo regulares patas de mosca.

Yo creía al principio, ¡incauta!, que Macrocéfalo había olvidado sus rencores; mas hoy comprendo que me hizo sabia para mi martirio. ¡Bien supo lo que hacía!

Ni él ni yo somos felices. Tarde los dos echamos de menos el placer, y daríamos todo lo que sabemos por una aventurilla, de un estudiante él; yo, de un mosquito.

—¡Ay! Una tarde —prosiguió la mosca— me dijo el tirano: "Ea, hoy sales a paseo."

Y me llevó consigo.

Yo iba loca de contenta. ¡El aire libre! ¡El espacio sin fin! Toda aquella inmensidad azul me parecía poco trecho para volar. "No vayas lejos", me advirtió el sabio cuando me vio apartarme de su lado. ¡Yo tenía el propósito de huir, de huir por siempre! Llegamos al campo. Don Eufrasio se tendió sobre el césped, sacó un pastel y otras golosinas, y se puso a merendar como un ignorante. Después se quedó dormido. Yo, con un poco de miedo a aquella soledad, me planté sobre la nariz del sabio, como en una atalaya, dispuesta a meterme en la boca entreabierta a la menor señal de peligro. Había vuelto el verano, y el calor era sofocante. Los restos del festín es-

taban por el suelo, y al olor apetitoso acudieron bien pronto
numerosos insectos de muchos géneros, que yo teóricamente
conocía por la Zoología que había estudiado. Después llegó
el bando zumbón de los moscones y de las moscas, mis her-
manas. ¡Ay! En vez de la alegría que yo esperaba tener al
verlas, sentí pavor y envidia; los moscones me asustaban con
sus gigantescos corpachones y sus zumbidos rimbombantes;
las moscas me encantaban con la gracia de sus movimientos,
con el brillo de sus alas; pero al comprender que mi figura
raquítica era objeto de sus burlas, al ver que me miraban con
desprecio, yo, mosca macho, sentí la mayor amargura de la
vida.

El sabio es el más capaz de amar a la mujer; pero la mujer es incapaz de estimar al sabio. Lo que digo de la mujer
es también aplicable a las moscas. ¡Qué envidia, qué envidia
sentí al contemplar los fecundos juegos aéreos de aquellas co-
quetas enlutadas, todas con mantilla, que huían de sus respec-
tivos amantes, todos más gallardos que yo, para tener el placer, y darlo, de encontrarse a lo mejor en el aire y caer juntos
a la tierra en apretado abrazo!

Volvió a callar la mosca infeliz; temblaron sus alas rotas,
y continuó tras larga pausa:

—Nessun meggior dolore
che ricordasi del tempo felice
nella miseria...

Mientras yo devoraba la envidia y la vergüenza de tenerle
y sentir miedo, una mosca, un ángel diré mejor, abatió el vuelo
y se posó a mi lado, sobre la nariz aguileña del sabio. Era
hermosa como la Venus negra, y en sus alas tenía todos los
colores del iris; verde y dorado era su cuerpo airoso; las
extremidades eran robustas, bien modeladas, y de movimientos tan seductores, que equivalían a los seis pies de las Gracias aquellas patas de la mosca gentil. Sobre la nariz de don
Eufrasio, la hermosa aparecida se me antojaba Safo en el salto de Léucade. Yo, inmóvil, la contemplé sin decir nada. ¿Con
qué lenguaje se hablaría a aquella diosa? Yo lo ignoraba. ¿Sa-

ber tantos idiomas, de qué me servía, no sabiendo el del amor? La mosca dorada se acercó a mí, anduvo alrededor, por fin se detuvo en frente, casi tocando en mi cabeza con su cabeza. ¡Ya no vi más que sus ojos! Allí estaba todo el Universo. *Kalé*, dije en griego, creyendo que era aquella lengua la más digna de la diosa de las alas verdes y oro. La mosca me entendió, no porque entendiera el griego, sino porque leyó el amor de mis ojos.

—Ven —me respondió, hablando en el lenguaje de mi madre—, ven al festín de las migajas, serás tú mi pareja; yo soy la más hermosa, y a ti te escojo, porque el amor para mí es capricho; no sé amar, sólo sé agradecer que me amen; ven, y volaremos juntos; yo fingiré que huyo de ti...

—Sí, como Galatea, ya sé —dije neciamente.

—Yo no entiendo de Galateos, pero te advierto que no hables en latín; vuela en pos de mis alas, y en los aires encontrarás mis besos...

Como las velas de púrpura se extendían sobre las aguas jónicas de color de vino tinto, que dijo Homero, así extendió sus alas aquella hechicera, y se fue por el aire zumbando: *¡Ven, ven!*... Quise seguirla, mas no pude. El amor me había hecho vivir siglos en un minuto; no tuve fuerzas, y en vez de volar, caí en la sima, en las fauces de don Eufrasio, que despertó despavorido, me sacó como pudo de la boca, y no me dio muerte porque aún no había llegado a la metafísica sintética.

II

La mosca de mi cuento.

Tras nueva pausa prosiguió llorando:
¡Cuánta afrenta y dolor el alma mía
halló dentro de sí, la luz mirando
que brilló, como siempre, al otro día!

Sí, volvimos a casa, porque yo no tenía fuerzas para volar ni deseo ya de escaparme. ¿Cómo? ¿Para qué? Mi primera visi-

ta al mundo de las moscas me había traído, "con el primer placer, el desengaño" (dispense usted si se me escapan muchos
versos en medio de la prosa; es una costumbre que me ha
quedado de cuando yo dedicaba suspirillos germánicos a la
mosca de mis sueños). Como el *joven enfermo* de Chenier, yo
volví herida de amor a esta cárcel lúgubre y sin más anhelo
que ocultarme y saborear a solas aquella pasión que era imposible satisfacer, porque primero me moriría de vergüenza que
ver otra vez a la mosca verde y dorada que me convidó al
festín de las migajas y a los juegos locos del aire. Un enamorado que se ve en ridículo a los ojos de la mosca amada es el
más desgraciado mortal, y daría de fijo la salvación por ser
en aquel momento, o grande como Dios, o pequeño como un
infusorio. De vuelta a nuestra biblioteca, don Eufrasio me preguntó con sorna:

—¿Qué tal, te has divertido?

Yo le contesté mordiéndole en un párpado; se puso colérico.

—¡Máteme usted! —le dije.

—¡Oh! ¡Así pudiera! Pero no puedo; el sistema no está
completo; *subjetivamente* podría matarte; pero falta el fundamento, falta la síntesis.

¡Qué ridículo me pareció desde aquel día Macrocéfalo!
¡Esperar la síntesis para matar, cuando yo hubiera matado
a todas las moscas machos y a todos los moscones del mundo
que me hubiesen disputado el amor, a que yo no aspiraba,
de la mosca de oro! Más que el deseo de verla, pudo en mí el
terror que me causaba el ridículo, y no quise volver a la calle
ni al campo. Quise apagar el sentimiento y dejar el amor en
la fantasía. Desde entonces fueron mis lecturas favoritas las
leyendas y poemas en que se cuentan hazañas de héroes hermosos y valientes: la *Batracomomaquia*, la *Gatomaquia*, y,
sobre todo, la *Mosquea*, me hacían llorar de entusiasmo. ¡Oh,
quién hubiera sido *Marramaquiz*, aquel gato romano que, atro-
pellando por todo, calderas de fregar inclusive, buscaba a
Zapaquilda por tejados, buhardillas y desvanes! Y aquel rey
de la *Mosquea*, Salomón en amores, ¡qué envidia me daba!
¡Qué de aventuras no fraguaría yo en la mente loca, en la
exaltación del amor comprimido! Dime a pensar que era un

Reinaldos o un Sigfrido o cualquier otro personaje de leyenda, y discurrí la traza de recorrer el mundo entero del siguiente modo: pedíle a don Eufrasio que pusiera a mi disposición los magníficos atlas que tenía, donde la tierra, pintada de brillantísimos colores en mapas de gran tamaño, se extendía a mis ojos en dilatados horizontes. Con el fingimiento de aprender Geografía, pude a mis anchas pasearme por todo el mundo, mosca andante en busca de aventuras. Híceme una armadura de una pluma de acero rota, un yelmo dorado con restos de una tapa de un tintero; fue mi lanza un alfiler, y así recorrí tierras y mares, atravesando ríos, cordilleras, y sin detenerme al dar con el océano, como el musulmán se detuvo.

Los nombres de la Geografía moderna parecíanme prosaicos, y preferí para mis viajes las cartas de la Geografía antigua, mitad fantástica, mitad verdadera: era el mundo para mí según lo concebía Homero, y por el mapa que esta creencia representaba, era por donde yo, de ordinario, paseaba mis aventuras; iba con los dioses a celebrar las bodas de Tetis al océano, un río que daba vuelta a la tierra; subía a las regiones hiperbóreas, donde yo tenía al cuidado de honradísima dueña, en un castillo encerrada, a mi mosca de oro. Cazaba los insectos menudos que solían recorrer las hojas del atlas y se los llevaba prisioneros de guerra a mi mosca adorada, allá a las regiones fabulosas.

—Éste —le decía— fue por mí vencido, sobre el empinado Cáucaso, y aún en sus cumbres corre en torrentes la sangre del mosquito que a tus pies se postra, malferido por la poderosa lanza a que tú prestas fuerza, ¡oh mosca mía!, con dársela a mi brazo por conducto del alma que te adora y vive de tu recuerdo.

Todas estas locuras, y aun infinitas más, hacía yo y decía, mientras pensaba don Eufrasio que estudiaba a Estrabón y Ptolomeo. La novela en Grecia empezó por la Geografía; fueron viajeros los primeros novelistas, y yo también me consagré en cuerpo y alma a la novela geográfica. Aunque el placer del fantasear no es intenso, tiene una singular voluptuosidad, que en ningún otro placer se encuentra, y puedo jurar a usted que aquellos meses que pasé entregado a mis viajes imaginarios, paseándome por el atlas de don Eufrasio, son los que guardo como dulces recuerdos, porque en ellos, el alivio que sentí a mis dolores lo debí a mis propias facultades.

Poetizar la vida con elementos puramente interiores, propios, éste es el único consuelo para las miserias del mundo; no es gran consuelo, pero es el único.

Un día Eufrasio puso encima de la mesa un libro de gran tamaño, de lujo excepcional. Era un regalo de Año Nuevo, era un tratado de Entomología, según decían las letras góticas doradas de la cubierta. El canto del grueso volumen parecía un espejo de oro. Volé y anduve hora tras hora alrededor de aquel magnífico monumento, historia de nuestro pueblo en todos sus géneros y especies. El corazón me decía que había allí algo maravilloso, regalo de la fantasía. Pero yo por mis propias fuerzas no podía abrir el libro. Al fin, don Eufrasio vino en mi ayuda: levantó la pesada tapa, y me dejó a mis anchas recorrer aquel paraíso fantástico, museo de todos los portentos, iconoteca de insectos, donde se ostentaban en tamaño natural, pintados con todos los brillantes colores con que los pintó Naturaleza, la turbamulta de flores aladas, que son para el hombre insectos, para mí ángeles, ninfas, dríadas, genios de lagos y arroyos, fuentes y bosques. Recorrí ansiosa, embriagada con tanta luz y tantos colores, aquellas soberbias láminas, donde la fantasía veía a montones argumentos para mil poemas; el corazón me decía "más allá"; esperaba ver algo que excediera a toda aquella orgía de tintas vivas, dulces o brillantes. ¡Llegué, por fin, al tratado de las moscas! El autor les había consagrado toda la atención y esmero que merecen: muchas páginas hablaban de su forma, vida y costumbres; muchas láminas presentaban figuras de todas las clases y familias.

Vi y admiré la hermosura de todas las especies, pero yo buscaba ansiosa, sin confesármelo a mí misma, una imagen conocida; ¡al fin!, en medio de una lámina, reluciendo más que todas sus compañeras, estaba ella, la mosca verde y dorada, tal como yo la vi un día sobre la nariz de don Eufrasio, y desde entonces a todas las horas del día y de la noche, dentro de mí. Estaba allí, saltando del papel, grave, inmóvil, como muerta, pero con todos los reflejos que el sol tenía al besar con sus rayos las alas de sutil encaje. El amante que haya robado alguna vez un retrato de su amada desdeñosa, y que a solas haya saciado en él su pasión comprimida, adivinará los excesos a que me arrojé, perdida la razón, al ver en mi poder aquella imagen, fiel exactísima, de la mosca de oro. Mas no crea usted, si no entiende de esto, que fue de pronto el atreverme a acercarme a ella; no, al principio turbéme y retrocedí como hubiera hecho a su presencia real. Un amante grosero no respeta la castidad de la materia, de la forma; para mí no sólo el alma de la mosca era sagrada; también su figura, su sombra misma, hasta su recuerdo. Para atreverme a besar el castísimo bulto tuve que recurrir a mi eterno novelar; en mis diálogos imaginarios ya estaba yo familiarizado con mi felicidad de amante correspondido; y así, como si no fuese nuevo el encanto de tener aquella esplendorosa beldad dócil y fiel al anhelante mirar de mis ojos, sin apartarse de ellos, como quien sigue un deliquio de amor, acerquéme, tras una lucha tenaz con el miedo, y dije a la mosca pintada: "Estoy, señora, tan acostumbrado a que todo sea en mi amor desdichas, que al veros tan cerca de mí y que no huís al verme, no avanzo de miedo de deshacer este encanto, que es teneros tan cerca; tantas espinas me punzaron el corazón, señora, que tengo miedo a las flores; si hay engaño, sépalo yo después del primer beso, porque, al fin, ello ha de ser que todo acabe en daño mío." No contestó la mosca, ni yo lo necesitaba; mas yo, en vez de ella, díjeme tantas ternuras, tan bien me convencí de que la mosca de oro sabía despreciar el vano atavío de la hermosura aparente y conocer y sentir la belleza del espíritu, que, al cabo, con todo el valor y la fe que el amante necesita para no ser desairado o desabrido en sus caricias, lancéme sobre la imagen de ricos colores y de líneas graciosas, y en besos y abrazos consumí la mitad de mi vida en pocos minutos.

En medio de aquel vértigo de amor, en que yo estaba amando por dos a un tiempo, vi que la mosca pintada me decía, a intervalos de besos y entre el mismo besar, casi besándome con las palabras: "Tonto, tonto mío, ¿por qué dudas de mí, por qué creer que la hembra no sabe sentir lo que tú

sabes pensar? Tus alas rotas, tus movimientos difíciles y sin
gracia aparente, tu miedo a los moscones, tu rubor, tu debilidad, tu silencio, todo lo que te abruma, porque juzgas que te
estorba para el amor, yo lo aprecio, yo lo comprendo, y lo
siento y lo amo. Ya sé yo que en tus brazos me espera oir
hablar de lo que jamás supieron de amor otros machos más
hermosos que tú; sé que al contarme tus soledades, tus luchas
interiores, tus fantasías, has de ser para mí como ser diviniz-
ado por el amor; no habrá voluptuosidad más intensa que la
que yo disfrute bebiendo por tus ojos todo el amor de un alma
grande, arrugada y oscurecida en la cárcel estrecha de tu
cuerpo flaco y empobrecido por la fiebre del pensar y del querer." Y a este tenor, seguía diciéndome la mosca dorada tan
deliciosas frases, que yo no hacía más que llorar y besarle los
pies, aún más agradecido que enamorado. ¡Bendita fuerza de
la fantasía que me permitió gozar este deliquio, momento sublime de la eternidad de un cielo! Al fin hablé yo (por mi
cuenta), y sólo dije con voz que parecía sonar en las mismas
entrañas:

—¿Tu nombre?

—Mi nombre está en la leyenda que tengo al pie.

Esto dijo mi razón fría y traidora, tomando la voz que yo
atribuía a mi amada. Bajé los ojos, y leí: *Musca vomitoria.*

Al llegar aquí, la voz de la mosca sabia se debilitó, y siguió
hablando como se oye en la iglesia hablar a las mujeres que
se confiesan. Yo, como el confesor, acerqué tanto, tanto el
oído, que a haber sido la mosca hermosa penitente, hubiera
sentido el perfume de su aliento (como el confesor) acariciarme
el rostro. Y dijo así:

—¡Mosca vomitoria! Este era el nombre de mi amada. En
el texto encontré su historia. Era terrible. Bien dijo Shakespeare: "Estos jóvenes pálidos que no beben vino acaban por ca-
sarse con una meretriz." Yo, casta mosca, enamorada del ideal,
tenía por objeto de mis sueños a la enamorada de la podre-
dumbre. Allí donde la vida se descompone, donde la Química
celebra esas orgías de miasmas envenenados que hay en los
estercoleros, en las letrinas, en las sepulturas y en los campos
de batalla después de la carnicería, allí acudía mi mosca de

las alas de oro, de los metálicos cambiantes, Mesalina del cieno y de la peste. ¡Yo amaba a la mosca vampiro, a la mosca del *vomitorium!* Yo había colocado en las regiones soñadas, en las regiones hiperbóreas, su palacio de cristal, y en las Hespérides su jardín de recreo; ¡por ella había corrido yo las aventuras más pasmosas que forjó la fantasía, estrangulando mosquitos y otras alimañas en miniatura, sin remordimientos de conciencia! Pero lo más horroroso no fue el desengaño, sino que el desengaño no me trajo el olvido ni el desdén. Seguí amando ciega a la *musca vomitoria,* seguí besando loca sus alas de colores pintadas en el tremendo libro que me contó la vergonzosa historia.

Procuré, si no olvidar, porque esto no era posible, distraer mi pena, y como se vuelve al hogar abandonado por correr las locuras del mundo, así volvía a la ciencia, tranquilo albergue que me daría el consuelo de la paz del alma, que es la mayor riqueza. ¡Ay! Volví a estudiar; pero ya los problemas de la vida, los misterios de lo alto no tenían para mí aquel interés de otros días; ya sólo veía en la ciencia la miseria de lo que ignora, el pavor que inspiran sus arcanos; en fin, en vez de la calma del justo, sólo me dio la calma del desesperado, engendradora de las eternas tristezas. ¿Qué es el cielo? ¿Qué es la tierra? ¿Qué nos importa? ¿Hay un más allá para las moscas que sufrieron en la vida resignadas el tormento del amor? Ni yo sufro resignada, ni sé nada del más allá. La ciencia ya sólo me da la duda anhelante, porque en ella ya no busco la verdad, sino el consuelo; para mí no es un templo en que se adora, es un lugar de asilo; por eso la ciencia me desdeña. Perdida en el mar del pensamiento, cada vez que me engolfo en sus olas, las olas me arrojan desdeñosas a la orilla como cáscara vacía. Y éste es mi estado. Voy y vengo de los libros sabios a la poesía, y ni en la poesía encuentro la frescura lozana de otros días ni en los libros del saber veo más verdades que las amargas y tristes. Ahora espero tan sólo, ya que no tengo el valor material que necesito para darme la muerte, que don Eufrasio llegue a la sintética, y sepa, bajo principio, que puede, en derecho, aplastarme. Mi único placer consiste en provocarle, picando y chupando sin cesar en aquella calva mollera, de cuyos jugos venenosos bebí, en mal hora, el afán de saber, que no trae aparejada la virtud que para tanta abnegación se necesita.

Calló la mosca, y al oir el ruido de la puerta que se abría, voló hacia un rincón de la biblioteca.

III

Don Eufrasio volvía de la Academia.

Venía muy colorado, sudaba mucho, hacía eses al andar, y sus ojillos, medio cerrados, echaban chispas. Yo estaba en la sombra y no me vio. Ya no recordaba que me había dejado en su *camarín*, perfumado con todos los aromas bien olientes de la sabiduría.

Creía estar solo, y habló en voz alta (al parecer era su costumbre), diciendo así a las paredes sapientísimas que debían de conocer tantos secretos:

—¡Miserables! ¡Me han vencido! Han demostrado que no hay razón para que el animal no llegue a hablar; pero, afortunadamente, no se fundan en ningún dato positivo, en ninguna experiencia. ¿Dónde está el animal que comenzó a hablar? ¿Cuál fue? Esto no lo dicen, no hay prueba plena; puedo, pues, contradecirlo. Escribiré una obra en diez tomos negando la posibilidad del hecho; desacreditaré la hipótesis. Estas copitas que he bebido en casa de Friné me han reanimado. ¡Diablos! Esto da vueltas; ¿si estaré borracho? ¿Si iré a ponerme malo? No importa; lo principal es que les falte el hecho, el dato positivo. ¡Ja, ja, ja! ¡Qué hermosa es Friné! ¡Qué hermosa bestia! ¡Pues Friné habla! Bien, pero ésa no se cuenta: habla como una cotorra, y no es ése el caso. Friné habla como ama, sin saber lo que hace; aquello no es amar ni hablar. ¡Pero vaya si es hermosa!

Macrocéfalo sacó del bolsillo de la levita una petaca; en la petaca había una miniatura: era el retrato de Friné. Le contempló con deleite, y volvió a decir:

—No, no hablan, los animales no hablan. ¡Bueno estaría que yo hubiese sostenido un error toda la vida!

En aquel momento la mosca sabia dejó oir su zumbido, voló, haciendo una espiral en el aire, y acabó por dejarse caer sobre la miniatura de Friné.

Macrocéfalo se puso pálido, miró a la mosca con ojos que ya no arrojaban chispas, sino rayos, y dijo en voz ronca:

—¡Miserable! ¿A qué vienes aquí? ¿Te ríes? ¿Te burlas de mí?

—¡Como usted decía que los animales no hablan!

—¡No hablarás mucho tiempo, bachillera! —gritó el sabio.

Y quiso coger entre los dedos a su enemiga. Pero la mosca voló lejos, y no paró hasta meter las patas en el tintero. De allí volvió arrogante a posarse en la petaca.

—Oye —dijo a Macrocéfalo—, los animales hablan... y escriben...

Y diciendo y andando, sobre la piel de Rusia, al pie del retrato de Friné, escribió con las patas mojadas en tinta roja: *Musca vomitoria*. Don Eufrasio lanzó un bramido de fiera. La mosca había volado al cráneo del sabio; allí mordió con furia..., y yo vi caer sobre su cuerpo débil y raquítico la mano descarnada de Macrocéfalo. La mosca sabia murió antes de que llegase don Eufrasio a la filosofía sintética.

Sobre la tersa y reluciente calva quedó una gota de sangre, que caló la piel del cráneo, y filtrándose por el hueso llegó a ser una estalactita en la conciencia de mi sabio amigo. Al fin había sido capaz de matar una mosca.

EL DIABLO EN SEMANA SANTA

COMO un león en su jaula, bostezaba el diablo en su trono; y he observado que todas las potestades, así en la tierra como en el cielo y en el infierno, tienen gran afición al aparato majestuoso y solemne de sus prerrogativas, sin duda porque la vanidad es flaqueza natural y sobrenatural que llena los mundos con sus vientos, y acaso los mueve y rige. Bostezaba el diablo del hambre que tenía de picardías que por aquellos días le faltaban, y eran los de Semana Santa.

Tal como se muere de inanición el cómico en esta época del año, así el diablo expiraba de aburrido; y no bastaban las invenciones de sus palaciegos para divertirle el ánimo, alicaído y triste con la ausencia de bellaquerías, infamias y demás proezas de su gusto.

Según bostezaba y se aburría, ocurriósele de pronto una idea, como suya, diabólica en extremo; y como no peca S. M. *in inferis* de irresoluta, dando un brinco como los que dan los monos, pero mucho más grande, saltó fuera de sus reales, y se quedó en el aire muy cerca de la tierra, donde es huésped agasajado y bienquisto por sus frecuentes visitas.

Fue la idea que se le ocurrió al demonio, que por entonces comenzaba la tierra madre a hincharse con la comezón de dar frutos, yéndosele los antojos en flores, que lo llenaban todo de aromas y de alegres pinturas, ora echadas al aire, y eran las alas de las mariposas, ora sujetas al misterioso capullo, y eran los pétalos.

Bien entiende el diablo lo que es la primavera, que antes de ser diablo fue ángel y se llamó luz bella, que es la luz de la aurora, o la luz triste de la tarde, que es la luz de la melancolía y de las aspiraciones sin nombre que buscan lo infinito. Lo que sabe el diablo de argucias, díganlo San Antonio y otros varones benditos, que lucharon con fatiga y sudor entre las tentaciones del enemigo malo y las inefables y austeras delicias de la gracia. Claro es que el atractivo celestial, nada hay comparable, ni de lejos, y que soñar con tales comparaciones es pecar mortalmente; pero también es cierto que, aparte de Dios, nada hay tan poderoso y amable, a su manera, como el diablo; siendo todo lo que queda por el medio, insulso, tibio y de menos precio, sea bueno o malo. Para todo corazón grande, el bien, como no sea el supremo, que es Dios mismo, vale menos que el mal cuando es el supremo, que es el demonio.

Al ver que brotaba la primavera en los botones de las plantas y en la sangre bulliciosa de los animales jóvenes, se dijo "ésta es la mía", el diablo, gran conocedor de las inclinaciones naturales. Aunque le teme y huye, no quiere el diablo mal a Dios, y mucho menos desconoce su fuerza omnipotente, su sabiduría y amor infinito, que a él no le alcanza, por misterioso motivo, cuyo secreto el mismísimo demonio respeta, más reverente que algunos apologistas cristianos. Y así, mirando al cielo, que estaba todo azul al Oriente y al Poniente se engalanaba con ligeras nubecillas de amaranto, decía el diablo con acento plañidero, pero no rencoroso, digan lo que quieran las beatas, que hasta del diablo murmuran y le calumnian; digo que decía el diablo: "Señor, de tu propia obra me valgo y aprovecho: tú fuiste, y sólo tú, quien produjo esta maravilla de las primaveras en los mundos, en una divina inspiración de amor dulcísimo y expansivo, que jamás comprenderán los hombres que son religiosos por manera ascética; ¿y qué es la primavera, Señor? Un beso caliente y muy largo que se dan el sol y la tierra, de frente, cara a cara, sin miedo. ¡Pobres mortales! Los malos, los que saben algo de la verdad del buen vivir, están en mi poder, y los buenos, los que vuelven a Ti los ojos, Dios Eterno, quiérente de soslayo, no con el alma entera; no entienden lo que es besar de frente y cara a cara, como besa el sol a la tierra, y tiemblan, vacilan y gozan de tibias delicias, más ideadas que sentidas; y acaso es mayor el placer que les causa la tentación con que yo les mojo los labios, que el alabado gozo del deliquio místico, mitad enfermedad, mitad buen deseo..."

Comprendió el diablo que se iba embrollando en su discurso, y calló de repente, prefiriendo las obras a las palabras, como suelen hacer los malvados, que son más activos y menos habladores que la gente bonachona y aficionada al *verbo*.

Sonrió S. M. infernal con una sonrisa que hubiera hecho temblar de pavor a cualquier hombre que le hubiese visto: y varios ángeles que de vuelta del mundo pasaban volando cerca de aquellas nubes pardas donde Satanás estaba escondido, cambiaron por instinto la dirección del vuelo, como bandada de palomas que vuelan atolondradas con distinto rumbo al oir el estrépito que hace un disparo cuando retumba por los aires. Mira el diablo a los ángeles con desprecio, y volviendo en seguida los ojos a la tierra, que a sus pies se iba deslizando como el agua de un arroyo, dejó que pasara el Mediterráneo, que era el que a la sazón corría hacia Oriente por debajo, y cuando tuvo debajo de sí a España, dejóse caer sobre la llanura, y como si fuera por resorte, redújose con el choque de la caida, la estatura del diablo, que era de leguas, a un escaso kilómetro.

El sol se escondía en los lejanos términos, y sus encendidos colores reflejábanse en el diablo de medio cuerpo arriba, dándole ese tinte mefistofélico con que solemos verle en las óperas, merced a la lámpara Drumont o a las luces de bengala. Puso el Señor de los Abismos la mano derecha sobre los ojos y miró en torno, y no vio nada a la investigación primera, mas luego distinguió de la otra parte del sol como la punta de una lanza enrojecida al fuego. Era la veleta de una torre muy lejana. En unos doce pasos que anduvo, viose el diablo muy cerca de aquella torre, que era la de la catedral de una ciudad muy antigua, triste y vieja, pero no exenta de aires señoriales y de elegancia majestuosa. Tendióse cuan largo era por la ribera de un río que al pie de la ciudad corría (como contando con las quejas de su murmullo la historia de su tierra), y estirando un tanto el cuello, con postura violenta, pudo Satanás mirar por las ventanas de la catedral lo que pasaba dentro. Es de advertir que los habitantes de aquella ciudad no veían al diablo tal como era, sino parte en forma de niebla que se arrastraba al lado del río perezosa, y parte como nubarrón negro y bajo que amenaza tormenta y que iba en dirección de la catedral desde las afueras. Verdad es que el nubarrón tenía la figura de un avechucho raro, así como cigüeña con gorro de dormir; pero esto no lo veían todos, y los niños, que eran los que mejor determinaban el parecido de la nube, no merecían el crédito de nadie. Un acólito de muy tiernos años, que había subido en compañía del campanero a tocar las oraciones, le decía: —Señor Paco, mire usted este nubarrajo que está tan cerca, parece un aguilucho que vuelve a la torre, pero trae una alcuza en el pico; vendrá por aceite para las brujas. Pero el compañero, sin contestar palabra ni mirar al cielo, daba la primer campanada, que despertaba a muchos vencejos y lechuzas dormidas en la torre. Sonaba la segunda campanada solemne y melancólica, y los pajarracos revolaban cerca de las veletas de la catedral; el chico, el acólito, continuaba mirando al nubarrón, que era el diablo; y a la campanada tercera seguía un repique lento, acompasado y grave, mientras que los campanarios de la ciudad vetusta comenzaban a despertarse y a su vez bostezaban con las tres campanadas primeras de las oraciones.

Cerró la noche, el nubarrón se puso negro del todo, y nadie vio las ascuas con que el diablo miraba al interior de la catedral por unos vidrios rotos de una ventana que caía sobre el altar mayor, muy alumbrado con lámparas que colgaban de la alta bóveda y con velas de cera que chisporroteaban allá abajo.

El aliento del diablo, entrando por la ventana de los vidrios rotos, bajaba hasta el altar mayor en remolinos, y movía el pesado lienzo negro que tapaba por aquellos días el retablo de nogal labrado. A los lados del altar, dos canónigos, apoyados en sendos reclinatorios, sumidos los pliegues del manteo en ampuloso almohadón carmesí, meditaban a ratos, y a ratos leían la pasión de Cristo. En el recinto del altar mayor, hasta la altísima verja de metal dorado con que se cerraba, nadie más había que los dos canónigos; detrás de la verja, el pueblo devoto, sumido en la sombra, oía con religiosa atención las voces que cantaban las *Lamentaciones,* los inmortales *trenos* de Jeremías. Cuando el monótono cántico de los clérigos cesaba, tras breve pausa, los violines volvían a quejarse, acompañando a los *niños de coro,* tiples y contraltos, que parecían llegar a las nubes con los ayes del *Miserere*. Diríase que cantaban en el aire, que se cernían las notas aladas en la bóveda, y que de pronto, volando, volando, subían hasta desvanecerse en el espacio. Después las voces del violín y las voces del colegial tiple emprendían juntas el vuelo, jugaban, como las mariposas, alrededor de las flores o de la luz, y ora bajaban las unas en pos de las otras hasta tocarse cerca del suelo, ora, persiguiéndose también, salían en rápida fuga por los altos florones de las ventanas, a través de las cortinas cenicientas y de los vidrios de colores. Nuevo silencio; cerca del altar mayor se extinguía una luz, de varias colocadas en alto, sobre un triángulo de madera sostenido por un mástil de nogal pintado. Entonces como risas contenidas, pero risas lanzadas por bocas de madera, se oían algunos chasquidos; a veces los chasquidos formaban serie, las risas eran carcajadas; eran las carcajadas de las carracas que los niños ocultaban, como si fueran armas prohibidas preparadas para el crimen. El incipiente motín de las carracas se desvanecía al resonar otra vez por la anchurosa nave el cántico pesado, estrepitoso y lúgubre de los clérigos del coro.

El diablo seguía allá arriba alentando con mucha fuerza, y llenaba el templo de un calor pegajoso y sofocante: cuando oyó el preludio inseguro y contenido de las carracas, no pudo contener la risa y movió las fauces y la lengua de un modo que los fieles se dijeron unos a otros:

—¿Será el carracón de la torre? ¿Pero por qué le tocan ahora?

Un canónigo, mientras se limpiaba el sudor de la frente con un pañuelo de hierbas, decía para sí:

—¡Ese Perico es el diablo, el mismo diablo! ¡Pues no se ha puesto a tocar el carracón del campanario!

Y todo era que el diablo, no Perico, sino el diablo de veras, se había reído. El canónigo, que sudaba, miró hacia el retablo y vio el lienzo negro que se movía; volvió los ojos a su compañero, sumido en la meditación, y le dijo en voz muy baja y sin moverse:

—¿Qué será? ¿No ve usted cómo se menea eso?

El otro canónigo era muy pálido. No sudaba ni con el calor que hacía allí dentro. Era joven; tenía las facciones hermosas y de un atrevido relieve; la nariz era acaso demasiado larga, demasiado inclinada sobre los labios y demasiado carnosa; aunque aguda, tenía la ventanas muy anchas, y por ellas alentaba el canónigo fuertemente, como el diablo de allá arriba.

—No es nada —contestó sin apartar los ojos del libro que tenía delante—; es el viento que penetra por los cristales rotos.

En aquel momento todos los fieles pensaban lo mismo y miraban al mismo sitio; miraban al altar y al lienzo que se movía y pensaban: "¿qué será esto?". Las luces del triángulo puesto en alto se movían también, inclinándose de un lado a otro alrededor del pábilo, y brillaban cada vez más rojas, pero como envueltas en una atmósfera que hiciera difícil la combustión. El canónigo viejo se fue quedando aletargado o dormido; la misma torpeza de los sentidos pareció invadir a los fieles, que oían como en sueños a los que en el coro cantaban con perezoso compás y enronquecidas voces. El diablo seguía alentando por la ventana de los vidrios rotos. El canónigo joven estaba muy despierto y sentía una comezón que no pudo dominar al cabo; pasó una mano por los ojos, anduvo en los registros del libro, compuso los pliegues del manteo, hizo mil movimientos para entretener el ansia de no sabía qué, que le iba entrando por el corazón y los sentidos; respiró con fuerza inusitada, levantando mucho la cabeza... y en aquel momento volvió a cantar el colegial que subía a las nubes con su voz de tiple. Era aquella voz para los oídos del canónigo inquieto de una extraña naturaleza, que él se figuraba así, en aquel mismo instante en que estaba luchando con sus angustias; era aquella voz de una pasta muy suave, tenue y blanquecina; vagaba en el aire, y al chocar con sus ondas, que la labraban como si fueran finísimos cinceles, iba adquiriendo graciosas curvas que parecían, más que líneas, sutiles y vagarosas ideas, que suspiraban entusiasmo y amor; al cabo, la fina labor de las ondas del aire sobre la masa de aquella voz, que era, aunque muy delicada, materia, daba por maravilloso producto los contornos de una mujer que no acababan de modelarse con precisa forma; pero que, semejando todo lo curvilíneo de Venus, no paraban en ser

nada, sino que lo iban siendo todo por momentos. Y según
eran las notas, agudas o graves, así el canónigo veía aquellas
líneas que son símbolo en la mujer de la idealidad más alta, o
aquellas otras que toman sus encantos del ser ellas incentivo de
más corpóreos apetitos.

Toda nota grave era, en fin, algo turgente, y entonces el
canónigo cerraba los ojos, hundía en el pecho la cabeza y
sentía pasar fuego por las hinchadas venas del robusto cuello;
cuando sonaban las notas agudas, el joven magistral (que ésta
era su dignidad) erguía su cabeza apolina, abría los ojos, miraba
a lo alto y respiraba aquel aire de fuego con que se estaba enve-
nenando, gozoso, anhelante, mientras rodaban lágrimas lentas
de sus azules ojos, llenos de luz y de vida.

Aunque la voz del colegial cantaba en latín los dolores del
Profeta, el magistral creía oir palabras de tentación que en claro
español le decían:

"Mientras lloras y gimes por los dolores de edades enterra-
das después de muchos siglos, las golondrinas preparan sus
nidos para albergar el fruto del amor.

"Mientras cantas en el coro tristezas que no sientes, corre la
savia por las entrañas de las plantas y se amontona en los pétalos colorados de la flor como la sangre se transparenta en las
mejillas de la virgen hermosa.

"El olor del incienso te enerva el espíritu; en el campo huele
a tomillo, y la espinera y el laurel real embalsaman el ambiente
libre.

"Tus ayes y los míos son la voz del deseo encadenado; rom-
pamos estos lazos, y volemos juntos; la primavera nos convi-
da; cada hoja que nace es una lengua que dice: "ven: el misterio dionisíaco te espera".

"Soy la voz del amor, soy la ilusión que acaricias en sueños;
tú me arrojas de ti, pero yo vuelo en la callada noche, y muchas
veces, al huir en la obscuridad, enredo entre tus manos mis
cabellos; yo te besé los ojos, que estaban llenos de lágrimas
que durmiendo vertías.

"Yo soy la bien amada, que te llama por última vez: ahora
o nunca. Mira hacia atrás: ¿no oyes que me acerco? ¿Quieres

ver mis ojos y morir de amor? ¡Mira hacia atrás, mírame, mírame!..."

Por supuesto, que todo esto era el diablo quien lo decía, y no el niño del coro, como el magistral pensaba. La voz, al cantar lo de "¡mírame, mírame!", se había acercado tanto, que el canónigo creyó sentir en la nuca el aliento de una mujer (según él se figuraba que eran esta clase de alientos).

No pudo menos de volver los ojos, y vio con espanto detrás de la verja, tocando casi con la frente en las rejas doradas, un rostro de mujer, del cual partía una mirada dividida en dos rayos que venían derechos a herirle en sitios del corazón deshabitados. Púsose en pie el magistral sin poder contenerse, y por instinto anduvo en dirección de la verja cerrada. A nadie extrañó el caso, porque en aquel momento otro canónigo vino de relevo y se arrodilló ante el reclinatorio.

Aquella imagen que asomaba entre las rejas era de la jueza (que así llamaban a doña Fe, por ser esposa del magistrado de mayor categoría del pueblo).

Bien la conocía el magistral, y aun sabía no pocos de sus pecados, pues ella se los había referido; pero jamás hasta entonces había notado la acabadísima hermosura de aquel rostro moreno. Claro es que al magistral, sin las artes del diablo, jamás se le hubiera ocurrido mirar a aquella devota dama, famosa por sus virtudes y acendrada piedad.

Cuando el canónigo, sin saber lo que hacía, se iba acercando a ella, un caballero de elegante porte, vestido con esmerada riqueza y gusto, y ni más ni menos hermoso que el magistral mismo, pues se le parecía como una gota a otra gota, se acercó a la jueza, se arrodilló a su lado, y acercando la cabeza al oído de un niño que la señora tenía también arrodillado en su falda, le dijo algo que oyó el niño sólo, y que le hizo sonreír con suma picardía. Miró la madre al caballero y no pudo menos de sonreír a su vez cuando le vio pasar los labios sobre la melena abundosa y crespa de su hijo, diciendo: "¡hermoso arcángel!". El niño, con cautela y a espaldas de la madre, sacó de entre los pliegues de su vestido una carraca de tamaño descomunal, en cuanto carraca, y sin más miramientos, en cuanto vio que otra luz de las del triángulo se apagaba, trazó en el viento un círculo con la estrepitosa máquina y dio horrísono comienzo a la revolución de las carracas. No había llegado, ni con mucho, el momento señalado por el rito para el barullo infantil, pero ya era imposible contener el torrente; estalló la furia acorralada, y de todos los ángulos del templo, como grito de las euménides, salieron de las fauces de madera los discordantes ruidos, sofocados antes, rompiendo al fin la cárcel estrecha y llenando los aires, en desesperada lucha unos con otros, y todos contra los tímpanos de los escandalizados fieles.

Y era lo que más sonaba y más horrísono estrépito movía la carcajada del diablo, que tenía en sus brazos al hijo de la jueza y le decía entre la risa:

—¡Bien, bravo, ja, ja, ja; toca; eso, ra, ra, ra, ra!...

El niño, orgulloso de la revolución que había iniciado, manejaba la carraca como una honda, y griataba frenético:

—¡Mamá, mamá, he sido yo el primero! ¡Qué gusto, qué gusto, ra, ra, ra!

La jueza bien quisiera ponerse seria, a fuer de severa madre; pero no podía, y callaba y miraba al *hermoso arcángel* y al caballero que le sostenía en sus brazos; y oía el estrépito de las carracas como el ruido de la lluvia de primavera, que refresca el ambiente y el alma. Porque precisamente en aquel día había esta señora sentido grandes antojos de algo extraordinario, sin saber qué; algo, en fin, que no fuera el juez del distrito; algo que estuviera fuera del orden; algo que hiciese mucho ruido, como los besos que ella daba al arcángel de la melena; más todavía, como los latidos de su corazón, que se le saltaba del pecho pidiendo alegría, locuras, libertad, aire, amores... carracas. El magistral, que había acudido con sus compañeros de capítulo a poner dique a la inundación del estrépito, pero en vano, fingía, también en balde, tomar a mal la diablura irreverente de los muchachos, porque su conciencia le decía que aquella revolución le había ensanchado el ánimo, le había abierto no sabía qué válvulas que debía de tener en el pecho, que al fin respiraba libre, gozoso. Ni el magistral volvió a pensar en la jueza, ni la jueza miró sino con agradecimiento de madre al caballero que se parecía al magistral, a quien había mirado la espalda aquella noche antes de que entrase el caballero.

Los demás devotos, que al principio se habían indignado, dejaron al cabo que los *diablejos* se despacharan a su gusto; en todas las caras había frescura, alegría; parecíales a todos que despertaban de un letargo; que un peso se les había quitado de encima, que la atmósfera estaba antes llena de plomo, azufre y fuego, y que ahora con el ruido, se llenaba el aire de brisas, de fresco aliento que rejuvenecía y alegraba las almas. Y ¡ra, ra, ra, ra! los chicos tocaban como desesperados. Perico hacía sonar el carracón de la torre, y el diablo reía, reía como cien mil carracas.

Lo cierto es que el demonio tenía un plan como suyo; que la jueza y el magistral estuvieron a punto de perderse, allá en lo recóndito de la intención por lo menos; pero, como al diablo lo que más le agrada son las diabluras, en cuanto le infundió al chico de la jueza la tentación de tocar la carraca a deshora, todo lo demás se le olvidó por completo, y dejando en paz, por aquella noche, las almas de los justos, gozó como un niño con la tentación de los inocentes.

Cuando Satanás, a la hora del alba, envuelto por obscuras nubes, volvía a sus reales, encontró en el camino del aire a los ángeles de la víspera. Oyeron que iba hablando solo, frotándose las manos y riendo a carcajadas todavía.

—¡Es un pobre diablo! —dijo uno de los ángeles.

—¡Y ríe! —exclamó otro—. Y ríe en la condenación eterna...

Y callaron todos, y siguieron cabizbajos su camino.

DE LA COMISIÓN...

ÉL lo niega en absoluto; pero no por eso es menos cierto. Sí, allá por los años de 1840 a 50 hizo versos, imitó a Zorrilla como un condenado y puso mano a la obra temeraria (llevada a término feliz más tarde por un señor Albornoz) de continuar y dar finiquito a *El Diablo Mundo* de Espronceda.

Pero nada de esto deben saber los hijos de Pastrana y Rodríguez, que es nuestro héroe. Fue poeta, es verdad; pero el mundo no lo sabe, no debe saberlo.

A los diecisiete años comienza en realidad su gloriosa carrera este favorito de la suerte en su aspecto administrativo. En esa edad de las ilusiones le nombraron escribiente temporero en el Ayuntamiento de su valle natal, como dice *La Correspondencia* cuando habla de los poetas y del lugar de su nacimiento.

La vocación de Pastrana se reveló entonces como una profecía.

El primer trabajo serio que llevó a glorioso remate aquel funcionario público fue la redacción de un oficio en que el alcalde Villaconducho pedía al gobernador de la provincia una pareja de la Guardia civil para ayudarle a hacer las elecciones. El oficio de Pastrana anduvo en manos y en lenguas de todos los notables del lugar. El maestro de escuela nada tuvo que oponer a la gallarda letra bastardilla que ostentaba el documento; el boticario fue quien se atrevió a sostener que la filosofía gramatical exigía que ayer se escribiera con *h*, pues con *h* se escribe hoy; pero Pastrana le derrotó, advirtiendo que, según esa filosofía, también debiera escribirse mañana con *h*.

El boticario no volvió a levantar cabeza, y Perico Pastrana no tardó un año en ser nombrado secretario del Ayuntamiento con sueldo. Con tan plausible motivo se hizo una levita negra; pero se la hizo en la capital. El señor Pespunte, sastre de la localidad y alguacil de la Alcaldía, no se dio por ofendido; comprendió que la levita del señor secretario era una prenda que estaba muy por encima de sus tijeras. Cuando en la fiesta del Sacramento vio Pespunte a Pedro Pastrana lucir la rutilante levita cerca del señor alcalde, que llevaba el farol, es verdad, pero no llevaba la levita, exclamó con tono profético:

—¡Ese muchacho subirá mucho! —y señalaba a las nubes.

Pastrana pensaba lo mismo; pero su pensamiento iba mucho más allá de lo que podía sospechar aquel alguacil, que no sabía leer ni escribir, e ignoraba, por consiguiente, lo que enseñan libros y periódicos a la ambición de un secretario de Ayuntamiento.

Toda la poesía que antes le llenaba el pecho y le hacía emborronar tanto papel de barba, se había convertido en una inextinguible sed de mando y honores y honorarios. Pastrana amaba todo, como Espronceda; pero lo amaba por su cuenta y razón, a beneficio de inventario. Como era secretario del Ayuntamiento, conocía al dedillo toda la propiedad territorial del Concejo, y no se le escapaban las ocultaciones de riqueza inmueble. Así como el divino Homero, en el canto II de su *Ilíada*, enumera y describe el contingente, procedencia y cualidades de los ejércitos de griegos y troyanos, Pastrana hubiera podido cantar el debe y haber de todos y cada uno de los vecinos de Villaconducho.

Era un catastro semoviente. Su fantasía estaba llena de foros y subforos, de arrendamientos y enfiteusis, de anotaciones preventivas, embargos y céntimos adicionales. Era amigo del registrador de la Propiedad, a quien ayudaba en calidad de subalterno, y sabía de memoria los libros del Registro. Salía Perico a los campos a comulgar con la madre Naturaleza. Pero verán mis lectores cómo comulgaba Pastrana con la Naturaleza: él no veía la cinta de plata que partía en dos la vega verde, fecunda, y orlada por fresca sombra de corpulentos castaños que trepaban por las faldas de los montes vecinos; el río no era a sus ojos palacio de cristal de ninfas y sílfides, sino finca que dejaba pingües (pingüe era el adjetivo predilecto de Pastrana), pingües productos al marqués de Pozos-Hondos, que tenía el privilegio, que no pagaba, de pescar a bragas enjutas las truchas y salmones que a la sombra de aquellas peñas y enramadas buscaban mentida paz y engañoso albergue en las cuevas de los remansos. Al correr de las linfas cristalinas, fija la mirada sobre las hondas, meditaba Pastrana, pensando, no que nuestras vidas son los ríos que van a dar a la mar, que es el morir, sino en el valor en venta de los salmones que en un año con otro pescaba el marqués de Pozos-Hondos. "¡Es un abuso!", exclamaba, dejando a las auras un suspiro eminentemente municipal; y el aprendiz de edil maduraba un maquiavélico proyecto, que más tarde puso en práctica, como sabrá el que leyere.

Las sendas y trochas que por montes y prados descendían en caprichosos giros, no eran ante la fantasía de Pastrana sino servidumbres de paso; los setos de zarzamora, madreselva y espino de olor, donde vivían tribus numerosas de canoras aves, alegría de la aurora y música triste de la melancólica tarde a la hora del ocaso, teníalos Pastrana por lindes de las respectivas fincas, y nada más; y sonreía maliciosamente contemplando aquella seve de Paco Antúnez, que antaño estaba metida en un puño, lejos de los mansos del cura un buen trecho, y hogaño, desde que mandaban los liberales, andaba, andaba como si tuviera pies, prado arriba, prado arriba, amenazando meterse en el campo de la iglesia y hasta en el huerto de la casa rectoral. Cada monte, cada prado, cada huerta veíalos Perico, más que allí donde estaban, en el plano ideal del catastro de sus sueños; y así, una casita rodeada de jardín y huerta con pomarada, oculta allá en el fondo de la vega, mirábala el secretario abrumada bajo el enorme peso de una hipoteca próxima a ser pasto de voraz concurso de acreedores; el soto del marqués (¡siempre el marqués!), donde crecían en inmenso espacio millares de gigantes de madera, entre cuyos pies corrían, no los gnomos de la fábula, sino conejos muy bien criados, antojábasele a Pastrana misterioso personaje que viajaba de incógnito, porque el tal soto no tenía existencia civil, no sabían de él en las oficinas del Estado.

De esta suerte discurría nuestro hombre por aquellos cerros y vericuetos, inspirado por el dios Término que adoraron los romanos, midiéndolo todo y calculando el producto bruto y el producto líquido de cuanto Dios crió. Otro aspecto de la Naturaleza que también sabía considerar Pastrana, era el de la riqueza territorial en cuanto materia imponible; él, que manejaba todos los papeles del Ayuntamiento, sabía, en cierta topografía rentística que llevaba grabada en la cabeza, cuáles eran los altos y bajos del terreno que a sus ojos se extendía, ante la consideración del Fisco. Aquel altozano de la vega pagaba al Estado mucho menos que el pradico de la Solana, metido de patas en el río; por lo cual estaba, según Pastrana, el pradico mucho más alto sobre el nivel de la contribución que el erguido cerro del marqués de Pozos-Hondos, y por eso pagaba menos. Por este tenor, la imaginación de Pastrana convertía el monte en llano, y el llano en monte, y observaba que eran los pobres los que tenían sus pejugares por las nubes, mientras los ricos influyentes tenían bajo tierra sus dominios, según lo poco y mal que contribuían a las cargas del Estado.

Estas observaciones no hicieron de Pastrana un filántropo, ni un socialista, ni un demagogo, sino que le hicieron abrir el ojo para lo que se verá en el capítulo siguiente.

II

Pastrana no daba puntada sin hilo. Aquellos paseos por los campos y los montes dieron más tarde ópimo fruto a nuestro héroe. Era necesario, se decía, *sacar partido* (su frase favorita) de todas aquellas irregularidades administrativas. El salmón fue ante todo el objetivo de sus maquinaciones. Varios días se le vio trabajar asiduamente en el archivo del Ayuntamiento. Pespunte le ayudaba a revolver legajos, a atar y desatar y a limpiar de polvo, ya que de paja no era posible, los papelotes del Municipio. Ocho días duró aquel trabajo de erudición concejil. Otros ocho anduvo registrando escrituras y copiando matrices en los protocolos notariales, merced a la benévola protección que le otorgaba el señor Litispendencia, escribano del pueblo. Después... Pespunte no vio en quince días a Pedro Pastrana. Se había encerrado en su casa-habitación, como decía Pespunte, y allí se pasó dos semanas sin levantar cabeza.

En la Secretaría se le echaba de menos; pero el alcalde, que profesaba también profundo respeto a los planes y trabajos del secretario, no se dio por entendido, y suplió como pudo la presencia de Pastrana. En fin, un domingo, Pedro se presentó en público de levita, oyó misa mayor y se dirigió a casa del alcalde: iba a pedirle una licencia de pocos días para ir a la capital de la provincia. ¿A qué? Ni lo preguntó el alcalde, ni Pespunte se atrevió a procurar adivinarlo. Pastrana tomó asiento en el cupé de la diligencia que pasaba por Villaconducho a las cuatro de la tarde.

El resultado de aquel viaje fue el siguiente: un opúsculo de 160 páginas en 4.° mayor, letra del 8, intitulado *Apuntes para la historia del privilegio de la pesca del salmón en el río Sele, en los Pozos-Oscuros del Ayuntamiento de Villaconducho, que disfruta en la actualidad el excelentísimo señor marqués de Pozos-Hondos (Primera parte), por don Pedro Pastrana Rodríguez, secretario de dicho Ayuntamiento de Villaconducho.*

Sí; así se llamaba la primera obra literaria de aquel Pastrana que andando el tiempo había de escribirlas inmortales, o poco menos, no ya tratando el asunto, al fin baladí, de la pesca del salmón, sino otros tan interesantes como el de *La caza y la veda, La ocultación de la riqueza territorial, Fuentes o raíces de este abuso, Cómo se pueden cegar o extirpar estas fuentes o raíces.*

Pero volviendo al opúsculo piscatorio, diremos que produjo una revolución en Villaconducho, revolución que hubo de trascender a los habitantes de Pozos-Oscuros, queremos decir a los salmones, que en adelante decidieron dejarse pescar con cuenta y razón, esto es, siempre y cuando que el privilegio de Pozos Hondos resultare claro como el agua de Pozos-Oscuros: fundado en derecho. ¿Lo estaba? ¡Ah! Esta era la gran cuestión, que Pastrana se guardó muy bien de resolver en la primera parte de su trabajo. En ella se suscitaban pavorosas dudas histórico-jurídicas acerca de la legitimidad de aquella renta pingüe —pingüe decía el texto— de que gozaba la casa de Pozos-Hondos; en la sección del libro titulada "Piezas justificantes", en la cual había echado el resto de su erudición municipal el autor, había acumulado argumentos poderosos en pro y en contra del privilegio; "la imparcialidad, decía una nota, nos obliga, a fuer de verídicos historiadores y según el conocido consejo de Tácito, a ser atrevidos lo bastante para no callar nada de cuanto debe decirse, pero también a no decir nada que no sea probado. Suspendemos nuestro juicio por ahora; ésta es la exposición histórica; en la segunda parte, que será la síntesis, diremos, al fin, nuestra opinión, declarando paladinamente cómo entendemos nosotros que debe resolverse este problema jurídico-administrativo del *privilegio del Sele en Villaconducho,* como le denominan antiguos tratadistas".

El marqués de Pozos-Hondos, que se comía los salmones del Sele en Madrid, en compañía de una bailarina del Real, capaz de tragarse el río, cuanto más los salmones, convertidos en billetes de Banco; el marqués tuvo noticia del folleto y del efecto que estaba causando en su distrito (pues además de salmones tenía electores en Villaconducho). Primero se fue derecho al ministro a reclamar justicia; quería que el secretario fuese destituido por atreverse a poner en tela de juicio un privilegio señorial del más adicto de los diputados ministeriales; y, por añadidura, pedía el secuestro de la edición del folleto, que él no había leído, pero que contendría ataques directos o indirectos a las instituciones.

El ministro escribió al gobernador, el gobernador al alcalde y el alcalde llamó a su casa al secretario para que... redactase la carta con que quería contestar al gobernador, para que éste se entendiera con el ministro. Ocho días después, el ministro le decía al diputado: "Amigo mío, ha visto usted las cosas como no son, y no es posible satisfacer sus deseos; el secretario es excelente hombre, excelente funcionario y excelentísimo ministerial; el folleto no es subversivo, ni siquiera irrespetuoso respecto de sus salmones de usted; hoy lo recibirá usted por correo, y si lo lee, se convencerá de ello. Gobernar es transigir, y pescar viene a ser como gobernar, de modo, que lo mejor será que usted reparta los salmones con ese secretario, que está dispuesto a entenderse con usted. En cuanto a destituirlo, no hay que pensar en ello; su popularidad en Villaconducho crece como la espuma, y sería peligrosa toda medida contra ese funcionario..."

Esto de la popularidad era muy cierto. Los vecinos de Villaconducho veían con muy malos ojos que todos los salmones del río cayesen en las máquinas endiabladas del marqués; pero, como suele decirse, nadie se atrevía a echar la liebre. Así es que cuando se leyó y comentó el folleto de don Pedro Pastrana y Rodríguez, la fama de éste no tuvo rival en todo el Concejo, y, muy especialmente, adquirió amigos y simpatías entre los exaltados. Los exaltados eran el médico, el albéitar Cosme, licenciado del ejército; Ginés, el cómico retirado, y varios zagalones del pueblo, no todos tan ocupados como fuera menester.

Pespunte, que también tenía ideas (él así las llamaba) un tanto calientes, les decía a los demócratas, *para inter nos,* que el chico era de los suyos, y que tenía una intención atroz, y que ello diría, porque para las ocasiones son los hombres, y "obras son amores, y no buenas razones", y que detrás de lo del privilegio vendrían otras más gordas, y, en fin, que dejasen al chico, que amanecería Dios y medraríamos. Pastrana dejaba que rodase la bola; no se desvanecía con sus triunfos, y no quería más que *sacar partido* de todo aquello. Si los exaltados le sonreían y halagaban, no les respondía a coces, ni mucho menos, pero tampoco soltaba prenda; y le bastaba para mantener su benévola inclinación y curiosidad oficiosa, con hacerse el misterioso y reservado, y para esto le ayudaba no poco la levita de gran señor, que ahora le estaba como nunca. Pero, ¡ay!, pese a los cálculos optimistas de Pespunte, no iba por allí el agua del molino; los exaltados y sus favores no eran, en los planes de Pastrana, más que el cebo, y el pez que había de tragarlo no andaba por allí; de él se había de saber por el correo.

Y, en efecto: una mañana recibió el secretario una carta, cuyo sobre ostentaba el sello del Congreso de los Diputados. Era una carta del señor del privilegio, era lo que esperaba Pastrana desde el primer día que había contemplado desde Puentemayor correr las aguas en remolino hacia aquel remanso donde las sombras del monte y del castañar oscurecían la superficie del Sele. El marqués capitulaba y ofrecía al activo y erudito cronista de sus privilegios señoriales su amistad e influencia; era necesario que en este país, donde el talento sucumbe por falta de protección, los poderosos tendieran la mano a los hombres de mérito. En su consecuencia, el marqués se ofrecía a pagar todos los gastos de publicación que ocasionara la segunda parte de la *Historia del privilegio de pesca,* y en adelante esperaba tener un amigo particular y político en quien tan respetuosamente había tratado la arriesgada materia de sus derechos señoriales. Pastrana contestó al marqués con la finura del mundo, asegurándole que siempre había creído en los sólidos títulos de su propiedad sobre los salmones de Pozos-Oscuros, los cuales salmones llevaban en su dorada librea, como los peces del Mediterráneo llevan las barras de Aragón, las armas de Pozos-Hondos, que son escamas en campo de oro. De paso manifestaba respetuosamente al señor marqués que el soto grande estaba muy mal administrado, que en él hacían leña todos los vecinos, y que si se trataba de evitarlo, era preciso hacerlo de modo que no se enterase la Administración de la falta de existencia económico-civil-rentística del soto, finca anónima en lo que toca a las relaciones con el Fisco. El marqués, que algunas veces había oído en el Congreso hablar de este galimatías, sacó en limpio que el secretario sabía que el soto grande no pagaba contribución. Nueva carta del marqués, nuevos ofrecimientos, réplica de Pastrana diciendo que él era un pozo tan hondo como el mismísimo Pozos-Hondos, y que ni del soto ni de otras heredades, que en no menos anómala situación poseía el marqués, diría él palabra que pudiese comprometer los sagrados intereses de tan antigua y privilegiada casa. Pocos meses después, los exaltados decían pestes de Pastrana, a quien el marqués de Pozos-Hondos hacía administrador general de sus bienes raíces y muebles en Villaconducho, aunque a nombre de su señor padre, porque Pedro no tenía edad suficiente para desempeñar sin estorbos de formalidades legales tan elevado cargo.

Y en esto se disolvieron las Cortes, y se anunciaron nuevas elecciones generales. Por cierto que cuando leyó esta noticia en la *Gaceta* estaba Pastrana entresacando pinos en "La Grandota", otra finca que no tenía relaciones con el Fisco; entresaca útil, en primer lugar, para los pinos supervivientes, como los llamaba el administrador; en segundo lugar, para el marqués, su dueño, y en el último lugar, para Pastrana, que de los pinos entresacados entresacaba él más de la mitad moralmente en pago de tomarse por los intereses del amo un cuidado que sólo prestaría un diligentísimo padre de familia. Y ya que voluntariamente prestaba la culpa levísima, no quería que fuese a humo de

pajas. En cuanto leyó lo de las elecciones, comparó instintivamente los votos con los pinos, y se propuso, para un porvenir
quizá no muy lejano, entresacar electores en aquella dehesa electoral de Villaconducho. Pespunte, que se había reselado como
Pastrana, pues para los admiradores como el sastre, incondicio-
nales, las ideas son menos que los ídolos, Pespunte no podía
imaginar adónde llegaban los ambiciosos proyectos de don
Pedro. Lo único que supo, porque esto fue cosa de pocos días,
y público y notorio, que el alcalde no haría aquellas elecciones,
porque antes sería destituido. Como lo fue, efectivamente. Las
elecciones las hizo el señor administrador del excelentísimo
señor marqués de Pozos-Hondos, presidente del Ayuntamiento
de Villaconducho, comendador de la Orden de Carlos III, señor
don Pedro Pastrana y Rodríguez. Un día antes del escrutinio
general se publicó la segunda parte de los *Apuntes para la historia del privilegio;* en ella se demostraba, finalmente, que ya
en tiempo del rey Don Pelayo pescaban salmones en el Sele de
Pozos-Hondos, encargados de suministrar el pescado necesario
a todos los ejércitos del rey de la Reconquista durante la Cuaresma. Al siguiente día se recogieron las redes y se vació el
cántaro electoral, todo bajo los auspicios de Pastrana; jamás el
marqués había tenido tamaña cosecha de votos y salmones.

III

Es necesario, para el regular proceso de esta verídica historia, que el lector, en alas de su ardiente fantasía, acelere el
curso de los años y deje atrás no pocos. Mientras el lector atraviesa el tiempo de un brinco, Pastrana, por sus pasos contados,
atraviesa multitud de funciones públicas, unas retribuidas y
otras no, meramente honoríficas. Hechas las elecciones, resultó
que el marqués de Pozos-Hondos era cinco veces más popular
en Villaconducho que su enemigo el candidato de oposición.
De resultas de esta popularidad del marqués, hubo que hacer
a Pastrana administrador de Bienes Nacionales. También se le
formó expediente por cohecho, y se le persiguió en justicia por
no sé qué minuciosas formalidades de la ley Electoral; el mar-

qués bien hubiera querido dejar en la estacada a su administrador de votos, salmones y hacienda; pero don Pedro Pastrana hizo comprender perfectamente al magnate la solidaridad de sus intereses, y salió libre y sin costas de todas aquellas redes con que la ley quería pescarle. Pastrana no perdonó al marqués el poco celo que había manifestado por salvarle.

Al año siguiente, en que hubo nuevas elecciones para Constituyentes nada menos, el candidato de oposición fue cinco veces más popular que el marqués. Bueno es advertir que el candidato de oposición ya no era de oposición, porque habían triunfado los suyos. El marqués se quedó sin distrito; y como se había acabado el tiempo del monopolio (según decía Pespunte, que se había echado al río para deshacer a hachazos las máquinas de pescar salmones), como ya no había clases, el pueblo pudo pescar a río revuelto, y aquel año la bailarina del marqués no comió salmón. Pasó otro año, hubo nuevas elecciones, porque las Cortes las disolvió no sé quién, pero, en fin, uno de tropa, y entonces no fueron diputados ni el marqués ni su enemigo, sino el mismísimo don Pedro Pastrana, que, una vez *encauzada la revolución*... y encauzado el río, cogió las riendas del gobierno de Villaconducho, y, en nombre de la libertad bien entendida, y para evitar la *anarquía mansa* de que estaban siendo víctimas el distrito y los salmones, se atribuyó el privilegio de la pesca y el alto y merecido honor de representar ante el nuevo Parlamento a los villaconduchanos.

IV

Y aquí era donde yo le quería ver.

Tiene la palabra *La Correspondencia*:

"Ha llegado a Madrid el señor don Pedro Pastrana Rodríguez, diputado adicto por el distrito de Villaconducho, vencedor del marqués de Pozos-Hondos en una empeñada batalla electoral."

Pasan algunos días; vuelve a tener la palabra *La Correspondencia*:

"Es notabilísima, bajo muchos conceptos, y muy alabada de las personas competentes, la obra publicada recientemente sobre *Los amillaramientos y abusos inveterados de la ocultación de riqueza territorial,* por el diputado adicto señor don Pedro Pastrana Rodríguez."

"Ha sido nombrado de la Comisión de *** el reputado publicista financiero señor don Pedro Pastrana Rodríguez, diputado adicto por Villaconducho."

"No es cierto que haya presentado voto particular en la célebre cuestión de los tabacos de la Vuelta del Medio el ilustrado individuo de la Comisión señor Pastrana Rodríguez."

"Digan lo que quieran los maliciosos, no es cierto que el ilustre escritor señor Pastrana haya adquirido la propiedad de la marca "Aliquid chupatur", con que se distinguen los acreditados tabacos de Vuelta del Medio. No es el señor Pastrana el nuevo propietario, sino su paisano y amigo el alcalde de Villaconducho, señor Pespunte."

"Ha sido aprobado el proyecto de ley del ferrocarril de Villaconducho a los Tuétanos, montes de la provincia de ***, riquísimos en mineral de plata; los cuales Tuétanos serán explotados en gran escala por una gran Compañía, de cuyo Consejo de Administración no es cierto que sea presidente el individuo de la Comisión a cuya influencia se dice que es debida la concesión de dicho ferrocarril."

"Parece cosa decidida el viaje del Jefe del Estado a la provincia de ***. Asistirá a la inauguración del ferrocarril de los Tuétanos, hospedándose en la quinta regia que en aquella pintoresca comarca posee el señor Pastrana."

"...No pueden ustedes figurarse a qué grado llegan el acendrado patriotismo y la exquisita amabilidad que distinguen al gran hacendista, de quien fue huésped Su Majestad, nuestro amigo y paisano el señor marqués de Pozos-Oscuros, presidente, como saben nuestros lectores, de la Comisión encargada de gestionar un importante negocio en las capitales de Europa."

"Ha sido nombrado presidente de la Comisión que ha de presentar informe en el famoso negocio de los tabacos de Vuelta del Medio el señor marqués de Pozos-Oscuros, ya de vuelta de su viaje a las Cortes extranjeras."

"Satisfactoriamente para el sistema parlamentario y su prestigio, ha terminado en la sesión de ayer tarde el ruidoso incidente que había surgido entre el señor marqués de Pozos-Oscuros y el señor Pespunte, diputado por la Vuelta del Medio. El señor Pespunte, en el calor de la discusión, y un tanto enojado por el calificativo de *ingrato* que le había dirigido el presidente de la Comisión, pronunció palabras poco parlamentarias, tales como "ropa sucia", "manos puercas", "río revuelto", "bragas enjutas", "fumarse la isla", "merienda de negros", "presidio suelto", " cocinero y fraile", "peces gordos" y otras no menos malsonantes. El digno diputado de la isla hubo de retirarlas ante la actitud enérgica del señor marqués de Pozos-Hondos, ministro de Hacienda, que declaró que la honra del señor marqués de Pozos-Oscuros estaba muy alta para que pudieran mancharla ciertas acusaciones. Nos alegraríamos, por el prestigio parlamentario, de que no se repitieran escenas de esta índole, tan frecuentes en otros Parlamentos, pero no en el nuestro, modelo de templanza."

Hasta aquí *La Correspondencia*.

Ahora un oficio de la Fiscalía: "Advierto a usted, para los efectos consiguientes, que ha sido denunciado por esta Fiscalía el número primero del periódico *El Puerto de Arrebatacapas*, por su artículo editorial, que titula "¡Vecinos, ladrones!", que empieza con las palabras "Pozos oscuros, y muy oscuros", y termina con las "a la cárcel desde el Congreso".

V

EPÍLOGO

La Correspondencia: "Para el estudio del proyecto de reforma del Código Penal ha sido nombrada una Comisión compuesta por los señores siguientes: Presidente, don Pedro Pastrana Rodríguez..."

ZURITA

¿CÓMO se llama usted? preguntó el catedrático, que usaba anteojos de cristal ahumado y bigotes de medio punto erizados, de un castaño claro.

Una voz que temblaba como la hoja en el árbol respondió en el fondo del aula, desde el banco más alto, cerca del techo:

—Zurita, para servir a usted.

—Ese es el apellido; yo pregunto por el nombre.

Hubo un momento de silencio. La cátedra, que se aburría con los preliminares de su tarea, vio un elemento dramático, probablemente cómico, en aquel diálogo que provocaba el profesor con un desconocido que tenía voz de niño llorón.

Zurita tardaba en contestar.

—¿No sabe usted cómo se llama? —gritó el catedrático, buscando al estudiante tímido con aquel par de agujeros negros que tenía en el rostro.

—Aquiles Zurita.

Carcajada general, prolongada con el santo propósito de molestar al paciente y alterar el orden.

—¿Aquiles ha dicho usted?

—Sí..., señor —respondió la voz de arriba, con señales de arrepentimiento en el tono.

—¿Es usted el hijo de Peleo? —preguntó muy serio el profesor.

—No, señor —contestó el estudiante cuando se lo permitió la algazara que produjo la gracia del maestro. Y, sonriendo, como burlándose de sí mismo, de su nombre y hasta de su señor padre, añadió, con rostro de jovialidad lastimosa—: Mi padre era alcarreño.

Nuevo estrépito, carcajadas, gritos, patadas en los bancos, bolitas de papel que buscan en gracioso giro por el espacio las narices del hijo de Peleo.

El pobre Zurita dejó pasar el chubasco, tranquilo, como un hombre empapado en agua ve caer un aguacero. Era bachiller en Arte, había cursado la carrera del Notariado y estaba terminando con el doctorado la de Filosofía y Letras, y todo esto suponía multitud de cursos y asignaturas, y cada asignatura había sido ocasión para bromas por el estilo al pasar lista por primera vez el catedrático. ¡Las veces que se habían reído de él porque se llamaba Aquiles! Ya se reía él también; y aunque siempre procuraba retardar el momento de la vergonzosa declaración, sabía que, al cabo, tenía que llegar, y lo esperaba con toda la filosofía estoica que había estudiado en Séneca, a quien sabía casi de memoria, y en latín, por supuesto. Lo de preguntarle si era hijo de Peleo era nuevo, y le hizo gracia.

Bien se conocía que aquel profesor era una eminencia de Madrid. En Valencia, donde él había estudiado los años anteriores, no tenían aquellas ocurrencias los señores catedráticos.

Zurita no se parecía al vencedor de Héctor, según nos le figuramos, de acuerdo con los datos de la poesía.

Nada menos épico ni digno de ser cantado por Homero que la figurilla de Zurita. Era bajo y delgado, su cara no podía servir de puño de paraguas, reemplazando la cabeza de un perro ventajosamente. No era lampiño, como debiera, sino que tenía un archipiélago de barbas, pálidas y secas, sembrado por las mejillas enjutas. Algo más pobladas las cejas, se contraían constantemente en arrugas nerviosas, y con esto, y el titilar continuo de los ojillos, amarillentos, el gesto que daba carácter al rostro de Aquiles, era una especie de resol ideal esparcido por ojos y frente; parecía, en efecto, perpetuamente deslumbrado por una luz viva que le hería la cara, le lastimaba y le obligaba a inclinar la cabeza, cerrar los ojos convulsos y arrugar las cejas. Así vivía Zurita, deslumbrado por todo lo que quería deslumbrarle, admirándolo todo, creyendo en cuantas grandezas le anunciaban, viendo hombres superiores en cuantos metían ruido, admitiendo todo lo bueno que sus muchos profesores le habían dicho de la antigüedad, del progreso, del pasado, del porvenir, de la Historia, de la Filosofía, de la fe, de la razón, de la poesía, de la crematística, de cuanto Dios crió, de cuanto inventaron los hombres. Todo era grande en el mundo menos él. Todos oían el himno de los astros que descubrió Pitágoras; sólo él, Aquiles Zurita, estaba privado, por sordera intelectual, de saborear aquella delicia; pero, en compensación, tenía el consuelo de gozar con la fe de creer que los demás oían cánticos celestes.

No había acabado de decir su chiste el profesor de las gafas, y ya Zurita se lo había perdonado.

Y no era que le gustase que se burlaran de él, no, lo sentía muchísimo; le complacía vivamente agradar al mundo entero; mas otra cosa era aborrecer al prójimo por burla de más o de menos. Esto estaba prohibido en la parte segunda de la Ética, capítulo tercero, sección cuarta.

El catedrático de los ojos malos, que tenía diferente idea de la sección cuarta del capítulo tercero de la segunda parte de la Ética, quiso continuar su broma de aquella tarde a costa de Aquiles alcarreño, y en cuanto llegó la ocasión de las preguntas, se volvió a Zurita, y le dijo:

—A ver, el señor don Aquiles Zurita. Hágame el favor de decirme, para que podamos entrar en nuestra materia con fundamento propio, ¿qué entiende usted por conocimiento?

Aquiles se incorporó, y tropezó con la cabeza en el techo; se desconchó éste, y la cal cubrió el pelo y las orejas del estudiante. (Risas.)

—Conocimiento... Conocimiento... es... Yo he estudiado Metafísica en Valencia...

—Bueno, pues... diga usted qué es conocimiento en Valencia.

La cátedra estalló en una carcajada; el profesor tomó la cómica seriedad que usaba cuando se sentía muy satisfecho. Aquiles se quedó muy triste. "Se estaba burlando de él, y esto no era propio de una eminencia."

Mientras el profesor pasaba a otro alumno, para contener a los revoltosos, a quien sus gracias habían soliviantado, Zurita se quedó meditando con amargura. Lo que él sentía más era tener que juzgar de modo poco favorable a una eminencia como aquella de los anteojos. ¡Cuántas veces, allá en Valencia, había saboreado los libros de aquel sabio, leyéndolos entre líneas, penetrando hasta la médula de su pensamiento!

Tal vez no había cinco españoles que hubieran hecho lo mismo. ¡Y ahora la eminencia, sin conocerle, se burlaba de él porque se llamaba Aquiles, por culpa de su señor padre, que había sido amanuense de Hermosilla!

Sí. Aquiles era un nombre ridículo en él. Su señor padre le había hecho un flaco servicio; ¡pero cuánto le debía! Bien podía perdonarle aquella ridiculez recordando que por él había amado los clásicos, había aprendido a respetar las autoridades, a admirar lo admirable, a ver a Dios en sus obras y a creer que la belleza está en todo y que la poesía es, como decía Jovellanos, "el lenguaje del entusiasmo y la obra del genio". ¡Oh dómine de Azuqueca, tu hijo no reniega de ti ni de tu pedantería, a la que debe la rectitud clásica de su espíritu, alimento fuerte, demasiado fuerte para el cuerpo débil y torcido con que la Naturaleza quiso engalanarle interiormente.

Pero aquel mismo señor catedrático, seguía pensando Zurita, ¿hacía tan mal en burlarse de él? ¡Quién sabe! Acaso era un humorista; sí, señor, uno de esos ingenios de quien hablan los libros de retórica filosófica al uso. Nunca se había explicado bien Aquiles en qué consistía aquello del *humour* inglés, traducido después a todos los idiomas, pero ya que hombres más sabios que él lo decían, debía de ser cosa buena. ¿No aseguraban algunos estéticos alemanes (¡los alemanes!, ¡qué gran cosa ser alemán!) que el humorismo es el grado más alto del ingenio? ¿Que cuando ya uno, de puro inteligente, no sirve para nada bueno, sirve todavía para reírse de los demás? Pues de esta clase, sin duda, era el señor catedrático: un gran ingenio, un humorista, que se reía de él a su gusto. Claro, ¿a quién se le ocurre llamarse Aquiles y haber estudiado en Valencia?

II

Tenía ya treinta años. Hasta los quince había ayudado a su padre a hablar el latín; a los veinte se había hecho bachiller en Artes en el Instituto de Guadalajara; después había vivido tres años dando paso de Retórica, Psicología, Lógica y Ética a los niños ricos y holgazanes. Un caballero acaudalado se lo llevó a Oviedo en calidad de ayo de sus hijos, y allí pudo cursar la carrera del Notariado. A los veinticinco años, la Historia le encuentra en Valencia sirviendo de ayuda de cámara, disfrazado de maestro, a dos estudiantes de Leyes, huérfanos americanos. A cada nuevo título académico que adquiría Zurita cambiaba de amo, pero siempre seguía siendo criado con aires de pedagogo. Parecía que su destino era aprenderse de memoria, a fuerza de repetirlas, las lecciones que debían saber los demás. Al cabo, supo todo lo que ignoraban los que medraron mucho más que él. Zurita les enseñaba... y ellos no aprendían; pero ellos subían, y él no adelantaba un paso.

Estas reflexiones no son de Zurita. Aquiles seguía pensando que era muy temprano para medrar. A los veintisiete años emprendió la carrera de Filosofía y Letras, que, según él, era su verdadera vocación: "Ahora me toca estudiar a mí", se dijo el infeliz, que no había crecido de tanto estudiar; que tenía una palidez eterna, como reflejo de la palidez de las hojas de sus libros.

¿De qué vivía Zurita después que dejó de enseñar Retórica y cepillar la ropa a sus discípulos? Vivía de sus ahorros. El ahorro es una religión y una tradición familiar para Aquiles. El amanuense de Hermosilla, el que había copiado en hermosa letra de Torío toda la *Ilíada* en endecasílabos, había sido, además de humanista, avaro; guardaba un cuarto y lo ponía a parir, y a veces los cuartos del dómine de Azuqueca parían gemelos. Desde niño, Aquiles, que tenía la moral casera por una moral revelada, se había acostumbrado al ahorro como a una Segunda Naturaleza. La idea del fruto civil le parecía tan inherente a las leyes de la creación como la de todo desarrollo y florecimiento. Así como la tierra —o sea Demetera, según Zurita— de su fecundo seno saca todos los frutos, así el ahorro, en el orden social, produce el interés, su hijo legítimo. Malgastar un cuarto le parecía al tierno Aquiles tan bárbara acción como hacer malparir a una oveja o aplastarle en el vientre los póstumos recentales, o como destrozar un árbol robándole la misteriosa savia que corría a nutrir y dar color de salud a los frutos incipientes.

Cuando leyó, hombre ya, la apología que escribió Bastiat del *petit centime,* Aquiles lloró enternecido, Bastiat fue para él un San Juan del evangelio económico.

Aquello que la ciencia le decía lo había él adivinado. Pero, ¡con qué elocuencia lo demostraba el sabio! ¡La religión del interés! ¡La religión del ahorro! ¡Las armonías del tanto por ciento! Esto era lo que él había aprendido empíricamente en el hogar bendito. "El dómine de Azuqueca era, además de un Quintiliano, un Bastiat inconsciente." Zurita alababa la memoria de su padre, que tenía un altar en su corazón, y prestaba dinero a interés a sus condiscípulos. Como él era estoico, le costaba poco trabajo vivir como un asceta; apenas comía, apenas vestía; su posada era la más barata de Valencia; le sobraba casi todo el sueldo que le daban los estudiantes americanos, como antes le había sobrado la soldada que recibía del ricacho de Oviedo. Cuando Zurita se decidió a estudiar de veras, con independencia, sin dar lecciones ni limpiar las botas, reunir, merced a sus ahorros y a los que heredara de sus padres, una renta de dos mil trescientos reales, colocada a salto de mata en peligrosos parajes del crédito, pero a un interés muy respetable, en consonancia con el riesgo. Cobraba los intereses a toca teja, sin embargo, merced a su fuerza de voluntad, a su constancia en el pedir y a la pequeñez de las cantidades que tenían que entregarle sus deudores. Por cobrar una peseta de intereses daba tres vueltas al mundo y abrumaba al deudor con su presencia, y se dejaba insultar. Siempre cobraba. Peseta a peseta, y, a lo mejor, duro a duro, recogía sus rentas, las rentas de aquel capital esparcido a todos los vientos. De los dos mil trescientos reales le sobraban al año los trescientos para aumentar el capital. Las matrículas no le costaban dinero, sino disenterías, porque las ganaba a fuerza de estudiar. Su presupuesto exigía que los estudios se los pagase el Estado. Tenía, por consiguiente, que ganar de seguro el premio llamado... matrícula de honor; tenía que estudiar de manera que a ningún condiscípulo pudiera ocurrírsele disputarle el premio. Y conseguía su propósito. No había más que sacrificar el estómago y los ojos. Con sus dos mil reales pagaba la posada y se vestía y calzaba. Su ambición oculta, la que apenas se confesaba a sí mismo, era ir a Madrid. Su gran preocupación eran las eminencias, a quien también llamaba aquellas lumbreras. Aunque sus aficiones intelectuales y los recuerdos de las enseñanzas domésticas le inclinaban a las ideas que se suelen llamar reaccionarias, en punto a las lumbreras admiraba la de todos los partidos y escuelas, y lo mismo se pasmaba ante un discurso de Castelar que ante una lamentación de Aparisi. ¡Si él pudiese oir algún día y ver de cerca a todos aquellos sabios que explicaban en la Universidad Central, en el Ateneo y hasta en El Fomento de las Artes! A los muchachos valencianos que estudiaban en Madrid les preguntaba cuando volvían, por el verano, mil pormenores de las costumbres, figuras y gestos de las lumbreras. Leía todos los libros nuevos que caían en sus manos, y se desesperaba cuando no entendía bien las modernas teorías.

Quedarse zaguero en materia científica o literaria se le antojaba el colmo de lo ridículo, y los autores que le atraían a su causa enseguida eran los que trataban de ignorantes fanáticos y trasnochados a los que no seguían sus ideas. Por más que el corazón le llamaba hacia las doctrinas tradicionales, al espíritu más puro, los libros de cubierta de color de azafrán, que entonces empezaban a correr por España, anunciando, entre mil galicismos, que el pensamiento era una secreción del cerebro, trastornaba el juicio al pobre Zurita.

La duda entró en su alma como un terremoto, y sus entrañas padecieron mucho con aquellos estremecimientos de las creencias. Muchas veces, mientras sacaba lustre a las botas de algún condiscípulo muy amado, su pensamiento padecía torturas en el potro de una duda acerca de la permanencia del yo.

—¿El yo de hoy es el yo de ayer, señor Zurita? —le había preguntado un filósofo que acababa de cursar el doctorado de Letras en Madrid y venía con una porción de problemas en la maleta.

Zurita a sus solas meditaba: "Mi yo de hoy, ¿es el mismo de ayer? Este que limpia estas botas. ¿es el mismo que las limpió ayer?". Y, para sacar mejor el lustre, contrayendo los músculos de la boca, arrojaba sobre la piel de becerro el aliento de sus pulmones.

El aliento salía caliente, y esto le recordaba la teoría de Anaxímenes y, en general, la de toda la escuela jónica; y el materialismo antiguo, empalmado con el moderno, se le volvía a aparecer mortificándole con sus negociaciones supremas de lo espiritual, inmortal y suprasensible. El pobre muchacho pasaba las de Caín con estas dudas. En materias literarias, también su pensamiento había sufrido una revolución, como decía Zurita, imitando sin querer el estilo de las lumbreras. ¡Él, que se había criado en el estilo más clásico que pudo enseñar amanuense de retórica! Ya se había acabado la retórica complicada de las figuras, y, según veía por sus libros y según lo que le decían los estudiantes que venían de Madrid, ahora la poesía era objetiva o subjetiva, y el arte tenía una finalidad propia con otra porción de zarandajas filosóficas, todas extranjeras.

Para enterarse bien de todas estas y otras muchas novedades, deseaba, sin poder soñar otra cosa, verse en la corte de las cátedras de la Universidad Central, cara a cara con el profesor insigne de Filosofía a la moda y con el de Literatura trascendental y enrevesada.

Llegó el día esperado con tal ansia, y Zurita entró en la corte, y, antes de buscar posada, fue a matricularse en el doctorado de Filosofía y Letras. Licenciado ya se había hecho, según queda apuntado.

En la fonda de seis reales sin principio en que hubo de acomodarse encontró un filósofo cejijunto, taciturno y poco limpio que dormía en su misma alcoba, la cual tenía vistas a la cocina por un ventanillo cercano al techo..., y no tenía más vistas.

Era el filósofo hombre, o por lo menos filósofo, de pocas palabras y jamás a los disparates que decían los otros huéspedes en la mesa quería mezclar los que a él pudieran ocurrírsele. Zurita le pidió permiso la primera noche para leer en la cama hasta cerca de la madrugada. Separaba los dos miserables catres el espacio en que cabía apenas una mesilla de nogal mugrienta y desvencijada; allí había que colocar el velón de aceite (porque el petróleo apestaba), y como la luz podía ofender al filósofo, que no velaba, creyó Zurita obligación suya pedir licencia.

El filósofo, que tendría sus treinta y cuatro años y parecía un viejo malhumorado, seco y frío, se desnudaba mirando a

Zurita, que ya estaba entre sábanas, con gesto de lástima orgullosa, y contestó:

—Usted, señor mío, es muy dueño de leer las horas que
quiera, que a mí la luz no me ofende para dormir. El mal será
para usted, que con velar perderá la salud y con leer llenará
el espíritu de prejuicios.

No replicó Zurita por falta de confianza, pero no dejó de
asombrarle aquello de los prejuicios. Poco a poco, pero sin
trabajo, fue consiguiendo que el filósofo se dignara soltar delante de él alguna sentencia, no a la mesa al almorzar o en la cena,
sino en la alcoba antes de dormirse.

Como Zurita observase que el señor don Cipriano, que así
se llamaba, y nunca supo su apellido, sobre todo asunto de
ciencia o arte daba sentencia firme y en dos palabras condenaba a un sabio y en media absolvía a otro, se le ocurrió preguntarle un día que a qué hora estudiaba tanto como necesitaba
saber para ser juez inapelable en todas las cuestiones. Sonrió
don Cipriano, y dijo:

—Ha de saber el licenciado Zurita que nosotros no leemos
libros, sino que "aprendemos en la propia reflexión, ante nosotros mismos, todo lo que puesto en la conciencia para conocer
en vista inmediata, no por saberlo, sino por serlo".

Y se acostó el filósofo sin decir más, y a poco roncaba.

Zurita, aquella noche, no podía parar la atención en lo que
leía, y dejaba el libro a cada minuto y se incorporaba en el
catre para ver al filósofo dormir.

Empezaba a parecerle un tantico ridículo buscar la sabiduría en los libros, mientras otros roncando se lo encontraron todo
sabido al despertar.

Algunas veces había visto al don Cipriano en los claustros
de la Universidad; pero como sabía que no era estudiante, no
podía averiguar a qué iba allí.

Una noche, en que la confianza fue a más, se atrevió a pre-
guntárselo.

El filósofo le dijo que también él iba a la cátedra, pero no
con el intento de tomar grados ni títulos, sino con el de comulgar en la ciencia con sus semejantes, como también Zurita podía
hacer, si le parecía conveniente.

Contestó Aquiles que nada sería más de su agrado que estudiar desinteresadamente y comulgar con aquello que se le había dicho.

A los pocos días, Zurita comenzaba a ser krausista como el señor don Cipriano, con quien asistía a una cátedra que ponía un señor muy triste. Sin dejar las clases en que estaba matriculado, consagró lo más y principal de su atención a la nueva filosofía (nueva para él) que le enseñaba el señor taciturno con ayuda del filósofo de la posada. Don Cipriano decía que al principio no entendería ni una palabra; que un año, y aun dos, eran pocos para comenzar a iniciarse en aquella filosofía armónica, que era la única; pero que no por eso debía desmayar, pues, como aseguraba el profesor, para ser filósofo no se necesita tener talento. Estas razones no le parecían muy fuertes a Zurita, porque ni él necesitaba tales consuelos, ni había dejado de entender una de cuantas palabras oyera al profesor.

A esto replicaba don Cipriano que lo de creer entenderle era un puro prejuicio, preocupación subjetiva, y, al declarar que entendía, prueba segura de no entender.

Cada día iba estando más clara para el buen Aquiles la doctrina del maestro, pero como don Cipriano se obstinaba en probable que era imposible que comprendiese de buenas a primeras lo que otros empezaban a vislumbrar a los tres años de estudio, el dócil alcarreño se persuadió, al cabo, de que vivía a oscuras y de que el ver la luz de la razón iba para largo. Tendría paciencia.

Cuando el catedrático de los anteojos le preguntó si era hijo de Peleo y lo que era conocimiento en Valencia, Aquiles desahogó la tristeza que le produjo el ridículo en el pecho de su filósofo de la posada.

—Merecida se tiene usted esa humillación por asistir a esas cátedras de pensadores meramente subjetivos, que comienzan la ciencia desde la abstracción imponiendo ideas particulares como si fueran evidentes.

—Pero señor don Cipriano, como yo necesito aprobar el doctorado...

—Déjese usted de títulos y relumbrones. ¿No está usted ya licenciado? ¿No le basta eso?

—Pero como quiero hacer oposición a cátedras...

—Hágalas usted.

—¿Cómo, sin ser doctor?

—A cátedras de Instituto.

—Pero ésas no tienen ascensos ni derechos pasivos, y si llego a casarme...

—¡Ta, ta, ta! ¿Qué tiene que ver la ciencia con las clases pasivas ni con su futura de usted? El filósofo no se casa si no puede. ¿No sabe usted, señor mío, amar la ciencia por la ciencia? Concrétese usted a una aspiración; determine usted su vocación, dedicándose, por ejemplo, a una cátedra de Psicología, Lógica y Ética, y prescinda de lo demás. Así se es filósofo, y sólo así.

Zurita no volvió a la cátedra del señor de los anteojos ahumados.

Perdió el curso, es decir, no se examinó siquiera ni volvió a pensar en el doctorado, que era su ambición única allá en Valencia.

Lo que a él le importaba ahora ya no era un título más, sino encontrar a Dios en la conciencia, siendo uno con Él y bajo Él.

Buscaba Aquiles, pero Dios no parecía de ese modo.

Su vida material (la de Zurita) no tenía accidentes dignos de mención. Pasaba el día en la Universidad o en su cuartito junto a la cocina. En la mesa le dejaban los peores bocados, y los comía sin protestar. La patrona, que era viuda de un escritor público y tenía un lunar amarillo con tres pelos rizados cerca de la boca, miraba con ojos tiernos (restos de un romanticismo ahumado en la cocina) a su huésped predilecto, al pobre Zurita, capaz de comer suelas de alpargata si venían con los requisitos ordinarios de las chuletas rebozadas en pan tostado. Nunca atendía al subsuelo Aquiles. Debajo del pan, cualquier cosa; él, de todos los modos, lo llamaría chuleta. Mascaba y tragaba distraído; si el bocado de estopa o de lo que fuese oponía una resistencia heroica a convertirse en bolo alimenticio y no quería pasar del gaznate, a Zurita se le pasaba por la imaginación que estaba comiendo algo cuya finalidad no era la deglución ni la digestión; pero se resignaba: ¡Era cuestión tan baladí averiguar si aquello era carne o pelote!

¡Con qué lástima miraba Aquiles a un huésped, estudiante de Farmacia, que todos los días protestaba las chuletas de doña Concha (la patrona), diciendo que "aquello no constituía un plato fuerte, como exigían las bases del contrato, y que él no quería ser víctima de una mixtificación!". ¡Si estaría lleno de prejuicios aquel estudiante! Doña Concha le servía un par de huevos fritos, sucedáneos de la chuleta. El estudiante de Farmacia, por fórmula, pedía siempre la chuleta, pero dispuesto a comer los huevos. La criada acudía con el plato no constituyente, como le llamaban los otros huéspedes; el de Farmacia con un gesto majestuoso, lo rechazaba y decía: "¡Huevos!" como pudiera haber dicho *Delenda est Cartago.* La chuleta del estudiante, según los maliciosos, ya no era de carne: era de madera, como la comida de teatro. Esto se confirmó un día en que doña Concha, haciendo la apología de la paciencia gástrica de Zurita, exclamó:

—¡Ese ángel de Dios y de las escuelas sería capaz de comerse la chuleta del boticario!

Don Cipriano ya no almorzaba ni comía en la casa. No venía más que a dormir.

Zurita le veía pocas veces en la cátedra del filósofo triste. El otro le explicaba su ausencia diciendo:

—Es que ahora voy a oir a Salmerón y a Giner. Usted todavía no está para eso.

En efecto; Zurita, aunque empezaba a sospechar que su profesor de filosofía armónica no daba un paso, se guardaba de dar crédito a estas aprensiones subjetivas; y continuaba creyendo al sabio melancólico bajo su palabra.

Una noche don Cipriano entró furioso en la alcoba; Zurita, que meditaba, con las manos cruzadas sobre la cabeza, metido en la cama, pero sentado y vestido de medio cuerpo arriba; Zurita, volviendo de sus espacios imaginarios, le preguntó:

—¿Qué hay, maestro?

—¡Lea usted! —gritó don Cipriano, y le puso delante de los ojos un papel que al filósofo de seis reales sin principio y a otros como él les llamaba, sin nombrarles, *attachés,* o sea agregados, del krausismo. Zurita se encogió de hombros. No comprendía por qué don Cipriano se irritaba; ni ser agregado de la ciencia le parecía un insulto, ni quien escribía aquello, que era un pensador meramente discursivo, de ingenio, pero irracional (según la suave jerga de don Cipriano), merecía que se tomase en cuenta su opinión.

El filósofo llamó idiota a Zurita y apagó la luz con un soplo cargado de ira.

III

Muy en serio había tomado Aquiles lo de ver dentro de sí —siendo uno con él— a su Divina Majestad. Se la antojaba que de puro zote no encontraba en sí aquella unidad en el Ser que para don Cipriano y el catedrático triste era cosa corriente.

El filósofo se retiraba tarde, pero dormía por la mañana. Aquiles se acostaba para que no se le enfriasen los pies al calentársele la cabeza; y sentado en el lecho, que parecía sepultura, meditaba gran parte de la noche, primero acompañado de la mísera luz del velón; después de las doce, a oscuras; porque la patrona le había dicho que aquel gasto de aceite iba fuera de la cuenta del pupilaje. Mientras don Cipriano roncaba y a veces reía entre sueños, Zurita pasaba revista a todos los recursos que le había enseñado para prescindir de su propio yo, como tal yo finito (éste que está aquí, sin más). El sueño le rendía, y cuando empezaban a zumbarle los oídos, y se le cerraban los ojos, y perdía la conciencia del lugar y la del contacto, era cuando se le figuraba que iba entrando en el yo en sí, antes de la distinción de mí a lo demás... Y en tan preciosos momentos se quedaba el pobre dormido. De modo que no parecía Dios.

Se quejaba el infeliz a su mentor, y don Cipriano le decía:

—Cómprese usted una cafetera y tome mucho café por la noche.

Así lo hizo Aquiles, aunque a costa de grandes sacrificios. Como se alimentaba poco y mal, y no tomaba ordinariamente café, por espíritu de ahorro, el moka de castañas y otros indígenas le produjo los primeros días excitaciones nerviosas, que le ponían medio loco. Hacía muecas automáticas, guiñaba los ojos sin querer y daba brincos sin saberlo. Pero conseguía su propósito: no se dormía.

Aunque el Ser en la Unidad no acababa de presentársele, tenía las grandes esperanzas de poseer la apetecida visión en breve. ¡El café le hacía pensar cada cosa! A lo mejor le entraba, sin saber por qué y sin motivos racionales, un amor descomunal a la Humanidad de la tierra, como decía él, copiando a don Cipriano. Lloraba de ternura considerando las armonías del Universo, y la dignidad de su categoría de ser consciente y libre le ponía muy hueco. Todo esto a oscuras y mientras roncaba don Cipriano.

Pero, ¡oh dolor!, al cabo de pocas semanas, el café perdió su misterioso poder y le hizo el mismo efecto que si fuese agua de castañas, como efectivamente era. Volvía a dormirse en el instante crítico de disolverse en lo Infinito, siendo uno con el Todo, sin dejar de ser éste que individualmente era, Zurita.

—Pero usted, don Cipriano —preguntaba desconsolado el triste Aquiles al filósofo cuando éste despertaba (ya cerca de las doce de la mañana)—, ¿usted ve realmente a Dios en la conciencia, siendo uno con Él?

—Y tanto como lo veo —respondió el filósofo mientras se ponía los calcetines, de que no haré descripción de ningún género. Baste decir, por lo que respecta a la ropa blanca del pensador, que no había tal blancura, y que si era un sepulcro don Cipriano, no era de los blanqueados por fuera; la ropa de color había mejorado, pero en los paños menores era el mismo de siempre.

—Y diga usted, ¿dónde consiguió ver por primera vez la Unidad del Ser dentro de sí?

—En la Moncloa. Pero eso es accidental; lo que conviene es darse grandes paseos por las afueras. En las Vistillas, en la Virgen del Puerto, en la ronda de Recoletos, en Atocha, en las Ventas del Espíritu Santo y en otros muchos parajes por el estilo he disfrutado muchas veces de esa vista interior por que usted suspira.

Desde entonces, Zurita dio grandes paseos a riesgo de romper las suelas de los zapatos; pero no consiguió su propósito.

Le robaron el reloj de plata que heredara de sus mayores, mas no se le apareció el Ser en la Unidad.

—¿Pero usted lo ve? —repetía el aprendiz.

—¡Cuando le digo a usted que sí!

Zurita empezaba a desconfiar de ser en la vida un filósofo sin prejuicios. "¡Este maldito yo finito, de que no puedo prescindir!".

Aquel yo que se llamaba Aquiles, le tenía desesperado.

Nada, nada, no había medio de verse en la Unidad del Ser pensado y el ser que piensa bajo Dios. ¡Y para esto había él perdido el curso del doctorado!

El hijo del dómine de Azuqueca se hubiera vuelto loco, de fijo, si Dios, que veía sus buenas intenciones, no se hubiera compadecido de él apartando de su trato a don Cipriano, que se fue a otra posada y no volvió por la de Zurita ni por la Universidad, y trayendo a España nuevas corrientes filosóficas, que también habían de volver la cabeza de Aquiles, pero de otro lado.

Por aquel tiempo recibió una carta de una antigua amiga de Valencia que se había trasladado a Madrid, donde su esposo tenía empleo, y le llamaba para que, si era tan bueno, diese lección de latín a un hijo de las entrañas, mucho más mocoso que amigo de los clásicos. No pensaba Zurita aceptar la proposición, pues aunque sus rentas eran lo escasas que sabemos, a él le bastaban, y la filosofía, además, no le permitía perder el tiempo en niñerías por el vil interés; pero fue a ver a la señora para decírselo todo en persona.

Era dama rica o amiga de aparentarlo, porque su casa parecía de un gran lujo, y allí vio, palpó y hasta olió Zurita cuanto inventó el diablo para regalo de los sentidos perezosos. Lo peor de toda la casa era el marido, casi enano, bizco, y de tan malos humores, que los vomitaba en forma de improperios de la mañana a la noche; pero estaba poco en casa, de lo que se mostraba muy contenta la señora. Ésta, llamada doña Engracia, era beata de las orgullosas, de las que se ponen muy encarnadas si oyen hablar de los curas malos mal, como si fuesen ellas quienes los crían; su virtud parecía cosa de apuesta; más la tenía por tesón que por amor de Dios, que era como no tener-

la. Siempre hablaba de privaciones, de penitencias; pero, como
no fuera de lo desagradable, lo pobre y lo feo, no se sabía de
qué se privaba aquella señora, rodeada de seda y terciopelo,
que pisaba en blanduras recostando el cuerpo, forrado de batis-
ta, en muebles que hacían caricias suaves, como de abrazos, al
que se sentaba o tendía en ellos. Verdad es que ayunaba y comía
de vigilia siempre que era de precepto, y otras veces por devo-
ción; pero sus ayunos eran pobreza de estómago, que no resis-
tía más alimentos, y sus vigilias comer mariscos exquisitos y
pescados finos y beber vinos deliciosos. No tenía amante doña
Engracia, y como el marido bizco y de forma de chaparro no
hacía cuenta, sus veintinueve años (los de la dama) estaban en
barbecho. No le faltaban deseos, tentaciones, que ella atribuía
al diablo; pero por salir con la suya, rechazaba a cuantos se
le acercaban con miradas de pecar. Mas la ociosa lascivia hur-
gaba y como no tenía salida, daba coces contra los sentidos,
que se quejaban de cien maneras. Pasaba la señora el día y la
noche en discurrir alguna traza para satisfacer aquellas ansias
sin dejar de parecer buena, sin que hubiera miedo de que el
mundo pudiese sospechar que las satisfacía. Y al cabo, el diablo
que no podía ser otro, le apuntó lo que había de hacer, ponién-
dole en la memoria al don Aquiles Zurita que había conocido
en Valencia.

Para abreviar (que no es ésta la historia de doña Engracia,
sino la de Zurita), la dama consiguió que el filosofastro "le
sacrificara", como ella dijo, una hora cada día para enseñar
latín al muchacho. Al principio, la lección la tenían a solas
maestro y discípulo; pero, pasada una semana, la madre del
niño comenzó a dejar olvidados en la sala de la lección pañuelos,
ovillos de hilo, tijeras y otros artículos, y al cabo no hacía ya
más que entrar y salir, y más al cabo no hacía más que entrar
y no salir; con lo que Zurita, a pesar de su modestia e inocencia prístina, comenzó a sospechar que doña Engracia se había
aficionado a su persona.

¡Rara coincidencia! Observación parecida había hecho en
la posada, notando que la patrona, doña Concha, suspiraba,
bajaba los ojos y retorcía las puntas del delantal en cuanto se
quedaba sola con él. Los suspiros eran de bomba real allá

en la noche, cuando Aquiles meditaba o leía, y la viuda, que dormía pared por medio, velaba distraída en amorosas cavilaciones. En una ocasión tuvo el eterno estudiante que dejar las ociosas plumas (que eran de paja y pelote duro), porque la disentería le apuraba —¡tanto estudiar!—, y a medianoche, descalzo y a oscuras, se aventuró por los pasillos. Equivocó el camino y, de golpe y porrazo, dio en la alcoba de doña Concha. La viuda, al sentir por los pasillos al joven, había apagado la luz y esperaba, con vaga esperanza, que una resolución heroica del muchacho precipitase los acontecimientos, que ella en vano quería facilitar a fuerza de suspiros simbólicos. Doña Concha era romántica tan consecuente como Moyano, y hubiera preferido una declaración a la luz de la luna y por sus pasos contados, con muchos preparativos, graduada y matizada; pero ya que el ardiente doncel prefería un ataque brutal, ella estaba dispuesta a todo, aunque reservándose el derecho de una protesta tímida y débil, más por lo que se refería a la forma que por otra cosa. Doña Concha tenía cuarenta años bien conservados, pero cuarenta...

Cuando conoció su error, que fue pronto, Zurita se deshizo en excusas y buscó precipitadamente la puerta. Entonces el pudor de la patrona despertó como el león de España en 1808, y comenzó a gritar:

—¡Ladrones! ¡Ladrones! ¿Quién anda ahí?... ¡Oigan la mosquita muerta!

Y otros tópicos de los muchos que ella conocía para situaciones análogas. El amor propio no le dejó a la viuda creer lo de la equivocación, y se inclinó a pensar que el prudente Aquiles, en un momento de amor furioso, se había levantado y había acometido la empresa formidable de que luego se arrepintiera, tal vez por la pureza de su amor secreto.

Ello es que la viuda siguió suspirando, y hasta se propasó, cuando vino la primavera, a dejar todas las mañanas en un búcaro de barro cocido un ramo de violetas sobre la mesilla de noche del filosofastro.

Comprendiendo Aquiles que aquella pasión de doña Concha le distraía de sus reflexiones y le hacía pensar demasiado en las calidades del yo finito, decidió dejar la posada de las chuletas de cartón-piedra, y, sin oir a los sentidos, que le pedían el pasto perpetuamente negado, salió con su baúl, sus libros y su filosofía armónica de la isla encantada en que aquella Circe, con su lunar junto a la boca, ofrecía cama, cocido y amor romántico por seis reales... sin principio.

Más peligrosa era la *flirtation* de doña Engracia, que cada día se insinuaba más y con mayor atrevimiento. Vestía aquella señora en casa unos diablos de batas de finísima tela que se pegaba al cuerpo de diosa de la enemiga como la hiedra al olmo; se sentaba en el sofá y en la silla larga y en el confidente (todo ello blando, turgente y lleno de provocaciones) con tales posturas, doblándose de un modo y enseñando unas puntas de pie, unos comienzos de secretos de alabastro y unas líneas curvas que mareaban, con tal arte y hechicería, que el mísero Zurita no podía pensar en otra cosa, y estuvo una semana entera apartado de su investigación de la unidad del ser en la conciencia, por no creerse digno de que ideas y comuniones tan altas entrasen en su pobre morada.

Según huían los pensamientos filosóficos, despertaban en el cerebro del hijo del dómine recuerdos de los estudios clásicos, y se le aparecía Safo con aquel zumbar de oídos, que a él también le sorprendiera algunas veces cuando doña Engracia se le acercaba hasta tocarle las rodillas con las suyas. Entonces también le venía a la memoria aquello de Ovidio en la elegía IV de *Los amores:*

Quidquid ibi poteris tangere, tange mei...

¡Ovidio! De coro se lo sabía Aquiles, pero ¡con qué desinterés! Sin que un mal pensamiento surgiese en su mollera, consagrada a las Humanidades, en la juventud risueña Aquiles había traducido y admirado, desde el punto de vista del arte, todas las picardías galantes del poeta de la metamorfosis. Sabía cómo había que enamorar a una casada, las ocasiones que se debían de aprovechar y las maniobras a que se la sujetaba para que no pudiera inspirar celos al amante marido. Pero todo esto le parecía antes a Zurita bromas de Ovidio, mentiras hermosas para llenar hexámetros y pentámetros.

Mas, ¡ay!, ahora los dísticos del poeta de los cosméticos
volvían a su cerebro echando fuego, cargados de aromas embriagadores con doble sentido, llenos de vida, significando lo
que antes Aquiles no podía comprender. ¡Cuántas veces, mientras estaba al lado de doña Engracia, como un palomino aturdido, sin dar pie ni mano, venían a su imaginación los pérfidos
consejos del poeta lascivo!

¡Y qué extraña mezcla harían allí dentro los versos del lati-
no y los sanos preceptos de los mandamientos de la Humanidad
vulgarizados en francés por el simpático filósofo de Bruselas
Mr. Tiberghien! "¡Vaya una manera de buscar lo absoluto
dentro de mí siendo una conmigo!", pensaba Zurita.

"Sin embargo, añadía, yo no sucumbiré, porque estoy decidido a no declararme a doña Engracia, y ella, es claro que no
se atreverá a ser la que invite, porque, como dice el condenado
pagano, no hay que esperar que la mujer emprenda el ataque,
aunque lo desee."

Vir prior accedat; vir verba precantia dicat:
Excipiet blandas comiter illa preces.
Ut potiare roga; tatum capit illa rogari.

A pesar de tanto latín, Aquiles y Ovidio se equivocaron por
esta vez, porque doña Engracia, convencida de que el tímido
profesor de Humanidades jamás daría el paso definitivo, el que
ella anhelaba, se arrojó a la mayor locura. Pálida, con la voz
temblona, desgreñada, se declaró insensata un día al anoche-
cer, estando solos. Pero Aquiles dio un brinco enérgico, y dejó
el bastón (porque capa no tenía) en casa de aquella especie de
Pasífae enamorada de un cuadrúpedo.

"¡Sí, un cuadrúpedo!, iba pensando por la calle él. Porque
debiendo haber huido antes, esperé a esta vergüenza, y estoy en
ridículo a los ojos de esa mujer, y no muy medrado a los de
mi conciencia, que mucho antes quiso el remedio de la fuga
y no fue oída".

Pero si al principio se apostrofó de esta suerte, más tarde,
aquella misma noche, reflexionando y leyendo libros de moral,
pudo apreciar con más justicia el mérito de su resistencia.

Comió muy mal, como solía, pues para él mudar de posada sólo era mudar de hambre, y las chuletas de aquí sólo se diferenciaban de las de allá en que las unas podían ser de jaco andaluz y las otras de rocín gallego; mas para celebrar aquel triunfo moral del ángel sobre la bestia, como él decía, se toleró el lujo de pedir a la criada vino del que costaba a dos reales botella. Ordinariamente no lo probaba. Salió de su casa Aquiles a dar un paseo. Hacía calor. El cielo ostentaba todos sus brillantes. Debajo de algunos árboles de Recoletos, Zurita se detuvo para aspirar aromas embriagadores, que le recordaban los perfumes de Engracia. ¡Oh, si estaba contento! ¡Había vencido la tentación!... ¿Quién se lo hubiera dicho al catedrático de los anteojos ahumados? Aquel pobre Aquiles, tan ridículo, había rechazado en poco tiempo el amor de dos mujeres. Dejemos a un lado a doña Concha, aunque no era grano de anís; pero, ¿y doña Engracia? Era digna de un príncipe. Pues bien: se había enamorado de él, le había provocado con todas las palabras de miel, con todos los suspiros de fuego, con todas las miradas de gancho, con todas las posturas de lazo, con todos los contactos de liga..., y la mosca, la salamandra, el pez, el bruto, el ave no había sucumbido. ¿Por qué se había enamorado de él aquella señora? Zurita no se hacía ilusiones; aunque ahora se veía en la sombra, entre los árboles, y reconocía que ni fantaseada por la luz de las estrellas su figura tenía el patrón de Apolo. Doña Engracia había amado en él el capricho y el misterio. Aquel hombre tímido, para quien un triunfo que otros divulgan era una abominación, un pecado irremediable, callaría hasta la muerte. El placer con Zurita era una singular manera del placer solitario. "Además, añadía para sus adentros Aquiles, yo sé por la Historia que ha habido extrañas aberraciones del amor en ilustres princesas; una se enamoró de un mono, otra de un enano, aquélla de un cretino..., y Pasífae de un toro, aunque esto es fabuloso; ¿por qué no se ha de enamorar de mí una mujer caprichosa?". Esta humildad positiva con que Zurita reconocía la escasez de sus encantos, esta sublime modestia con que se comparaba a un mono, le inundaba el alma de una satisfacción y de un orgullo legítimos.

Y así, muy en su derecho, suspiró como quien respira después de un aprieto, mirando a su sombra desairada, y en voz alta, para oirse a sí mismo, exclamó, contento *(compos voti,* pensó él):

—¡Oh, lo que es, psicológicamente considerado..., no soy una vulgaridad!

IV

Pasaron meses y meses, y un año, y más. Zurita seguía en Madrid asitiendo a todas las cátedras de ciencia armónica, aunque en el fondo de su fuero interno —como él lo llamaba— ya desesperaba de encontrar lo Absoluto, el Ser, así en letra mayúscula, en el propio yo, "no como éste, a distinción de los demás, sino en sí, en lo que era antes de ser para la relación del límite, etc.". El mísero no podía prescindir del yo definitivo aunque le ahorcasen.

Sin embargo, no renegaba del armonismo, aunque por culpa de éste, se estaba retrasando su carrera; no renegaba, porque a él debía su gran energía moral, los solitarios goces de la virtud. Cuando oía asegurar que la satisfacción del bien obrar no es un placer intenso, se sonreía con voluptuosa delicia llena de misterio. ¡Lo que él gozaba con ser bueno! Tenía siempre el alma preparada como una tacita de plata para recibir la presencia de lo Absoluto, que podía ser un hecho a lo mejor. Así como algunos Municipios desidiosos y dinásticos limpian las fachadas y asean las calles al anuncio de un viaje de Sus Majestades, Zurita tenía limpia, como ascua de oro, la pobre pero honrada morada de su espíritu, esperando siempre la visita del Ser. Además, la idea de que él era uno con el Gran Todo le ponía tan hueco y le daba tales ínfulas de personaje impecable, que el infeliz pasaba las de Caín para no cometer pecados ni siquiera de los que se castigan como faltas. Él podría no encontrar lo Absoluto, pero el caso era que persona más decente no la había en Madrid.

Y cuando discutía con algún descreído, decía Aquiles, triunfante, con su vocecilla de niño de coro:

—Vea usted; si yo no creyera en lo Absoluto, sería el mayor tunante del mundo; robaría, seduciría casadas y doncellas y viudas.

Y después de una breve pausa, en que se imaginaba el bendito aquella vida hipotética de calavera, repetía con menos convicción y menos ruido:

—Sí, señor, sería un pillo, un asesino, un ladrón, un libertino...

Por aquel tiempo, algunos jóvenes empezaban a decir en el Ateneo que el mentir de las estrellas es muy seguro mentir; que de tejas arriba todo eran conjeturas; que así se sabía lo que era la esencia de las cosas como se sabe si España es o no palabra vascongada. Casi todos estos muchachos eran médicos, más o menos capaces de curar un constipado, alegres, amigos de alborotar y despreocupados como ellos solos. Ello es que hablaban mucho de Matemáticas, de Física, de Química, y decían que los españoles éramos unos retóricos, pero que, afortunadamente, ellos estaban allí para arreglarlo todo y acabar con la Metafísica, que, según parecía, era lo que nos tenía arruinados.

Zurita, que se había hecho socio transeúnte del Ateneo merced a un presupuesto extraordinario que amenazaba labrar su ruina, oía con la boca abierta a todos aquellos sabios más jóvenes que él, y algunos de los cuales habían estudiado en París, aunque pocos. Los enemigos de la Metafísica se sentaban a la izquierda, lo mismo que Aquiles, que era liberal desde que era armónico. Algunas veces el orador antimetafísico y empecatado decía: "Los que nos sentamos en este banco creemos que tal y cual". Zurita saltaba en la butaca azul porque él no creía aquello. Su conciencia comenzó a sufrir terribles dolores.

Una noche, un joven que estaba sentado junto a él y a quien había visto dos años atrás en la Universidad cursando griego y jugando al toro por las escaleras, se levantó para decir que el krausismo era una inanidad; que en España se había admitido por algunos, porque acabábamos de salir de la primera edad, o sea de la teológica, y estábamos en la metafísica, pero era preciso llegar a la edad tercera, a la científica o positiva.

Zurita no durmió aquella noche. Lo de estar en la segunda edad le parecía un atraso, y, francamente, él no quería quedarse a la zaga.

Volvió al Ateneo, y... nada, todos los días lo mismo.

No había metafísica; no había que darle vueltas. Es más, un periódico muy grande, a quien perseguía mucho el Gobierno por avanzado, publicaba artículos satíricos contra los ostras que creían en la psicología vulgar, y los equiparaba a los reaccionarios políticos.

Zurita empezó a no ver claro en lo Absoluto.

Por algo él no encontraba el Ser dentro de sí, antes del límite, etc., etcétera.

"¿Sería verdad que no había más que hechos?".

"Por algo lo dirían aquellos señoritos que habían estudiado en París, y los otros que sabían o decían saber termodinámica".

Discutiendo tímidamente en los pasillos con un paladín de los hechos, con un enemigo de toda ciencia, *a priori*, Zurita, que sabía más Lógica que el otro, le puso en un apuro; pero el de los hechos le aplastó con este argumento:

—¿Qué me dice usted a mí, santo varón; a mí, que he comido tres veces con Claudio Bernard, y le di una vez la toalla a Vulpián, y fui condiscípulo de un hijo del secretario particular de Littré?...

Zurita calló, anonadado. ¡Se vio tan ridículo en aquel momento! ¿Quién era él para discutir con el hombre de la toalla?... ¿Cuándo había comido él con nadie?

Dos meses después Aquiles se confesaba, entre suspiros, "que había estado perdiendo el tiempo lastimosamente". El armonismo era una bella, bellísima y consoladora hipótesis...; pero le faltaba la base, los hechos...

"¡No había más que hechos, por desgracia!".

Bien; pero ¿y la moral?

¿En virtud de qué principio se le iba a exigir a él en adelante que no se dejara seducir por las patronas y por las señoras casadas?

"Si otra Engracia...". Y al pensar esto se le apareció la hermosa imagen de la provocativa adúltera, que le enseñaba los dientes de nieve en una carcajada de sarcasmo. Se burlaba de él, le llamaba necio, porque había rechazado groseramente los favores sabrosos que ella le ofrecía... Y resultaba que no había más que hechos, es decir, que tan hecho era el pecado como la abstención, el placer como la penitencia, el vicio como la virtud.

"¡Medrados estamos!", pensaba Zurita, desanimado, corrido, mientras se limpiaba con un pañuelo de hierbas el sudor que le caía por la espaciosa frente...

"Y a todo esto, yo no soy doctor, ni puedo aspirar a una cátedra de Universidad; tendré que contentarme con ser catedrático de Instituto, sin ascensos y sin derechos pasivos; es decir, tengo que renunciar a la familia, al amor casto, mi sueño secreto de la vida... ¡Oh, si yo cogiese ahora por mi cuenta al pícaro de don Cipriano, que me metió en estos trotes de filosofía armónica!...".

Y la Providencia, o mejor, los hechos, porque Zurita ya no creía en la Providencia (por aquellos días, a lo menos), la casualidad, en rigor, le puso delante del mismísimo don Cipriano, que volvía de los toros con su familia.

¡Sí, con su familia! Venía vestido de negro, con la levita muy limpia y flamante y un sombrero de copa, que tapaba cuidadosamente con su pañuelo de narices, porque empezaban a caer gotas; lucía además el filósofo gran pechera con botonadura de diamantes, cadena de oro y una cara muy afeitada. Daba gozo verlo. De su brazo derecho venía colgada una señora, que trascendía a la calle de Toledo, como de cuarenta años, guapetona, blanca, fina de facciones y grande de cara, que no era de muchos amigos. La filósofa que debía ser garbancera o carnicera, ostentaba muchas alhajas, de mal gusto, pero muy ricas. Delante del matrimonio, una pasiega de azul y oro llevaba como procesión un enteco infante, macrocéfalo, muy emperifollado con encajes, seda y cintas azules.

En otra ocasión, Zurita no se hubiera atrevido a detener a don Cipriano, que pasaba fingiendo no verle; pero en aquel momento Aquiles tuvo el valor suficiente para estorbar el paso a la pareja rimbombante y saludar al filósofo con cierto aire triste y cargado de amarga ironía. Temblábale la voz al decir:

—¡Salud, mi querido maestro! ¡Cuántos siglos que no nos vemos!

La filósofa, que le comía las sopas en la cabeza a Zurita, le miró con desprecio y sin ocultar su disgusto. Don Cipriano se puso muy colorado, pero disimuló y procuró estar cortés con su antigua víctima de trascendentalismo.

En pocas palabras enteró a Zurita de su nuevo estado y próspera fortuna.

Se había casado, su mujer era hija de un gran maragato de la calle de Segovia; tenían un hijo, a quien habían bautizado porque había que vivir en el mundo; él ya no era krausista, ni los había desde que Salmerón estaba en París. El mismo don Nicolás, según cartas que don Cipriano decía tener, iba a hacerse médico positivista.

—Amigo mío —añadió el ex filósofo, poniendo una mano sobre el hombro de Zurita—, estábamos equivocados. La investigación de la Esencia del Ser en nosotros mismos es un imposible, un absurdo, cosa inútil; el armonismo es pura inanidad ("¡Dale con la palabreja!", pensaba Zurita); no hay más que hechos. Aquello se acabó; fue bueno para su tiempo; ahora la experimentación, los hechos... Por lo demás, buena corrida la de la tarde. Los toros, como del duque; *el Gallo,* superior con el trapo, desgraciado con el acero... Rafael, de azul y oro, como el ama, algo tumbón, pero inteligente. Y ya sabe usted, si de algo puedo servirle..., Duque de Alba, siete, principal derecha.

La hija del maragato saludó a Zurita con una cabezada, sin soltar, es decir, sin sonreir ni hablar; y aquel matrimonio de mensajerías desapareció por la calle de Alcalá arriba, perdiéndose entre el polvo de un derribo...

"¡Estamos frescos! —se quedó pensando Zurita—. De manera que hasta ese Catón se ha pasado al moro; no hay más que hechos... Don Cipriano es un hecho..., y se ha casado con una acémila rica..., y hasta tiene hijos..., y diamantes en la pechera... Y yo ni soy doctor..., ni puedo acaso aspirar a una cátedra de Instituto, ¡porque no estoy al tanto de los conocimientos modernos! Sé pensar y procurar vivir con arreglo a lo que me dicta mi conciencia; pero esto ¿qué tiene que ver con los hechos? En unas oposiciones de Psicología, Lógica y Ética, por ejemplo, ¿me van a preguntar si soy hombre de bien? No por cierto".

Y suspirando, añadía:

"Me parece que he equivocado el camino".

En un acceso de ira, ciego por el desencanto, que también deslumbra con sus luces traidoras, quiso arrojarse al crimen... Y corrió a casa de doña Engracia, dispuesto a pedirle su amor de rodillas, a declarar y confesar que se había portado como un beduino porque no sabía entonces que todo eran hechos, y nada más que hechos.

Llegó a casa de aquella señora. El corazón se le subió a la garganta cuando se vio frente a la portería, que en tanto tiempo no había vuelto a pisar...

—El señor Tal, ¿vive aquí todavía?

—Sí, señor; segundo de la izquierda...

Zurita subió. En el primer piso se detuvo, vaciló... y siguió subiendo.

Ya estaba frente a la puerta; el botón dorado del timbre brillaba en su cuadro de porcelana. Aquiles iba a poner el dedo encima...

¿Por qué no? No existía lo Absoluto o, por lo menos, no se sabía nada de ello; no había más que hechos. Pues para hecho, Engracia, que era tan hermosa...

—Llamo —se dijo en voz alta para animarse.

Y no llamó.

—¿Quién me lo impide? —preguntó a la sombra de la escalera.

—Te lo impide... el imperativo categórico... Haz lo que debes, suceda lo que quiera.

Aquiles sacudió la cabeza en señal de duda.

—No me convenzo —dijo; pero dio media vuelta y a paso lento bajó las escaleras.

En el portal le preguntó la portera:

—¿Han salido? Pues yo creía que la señora estaba...

—Sí —contestó Zurita—; pero está ocupada... Está... con el imperativo categórico..., con un alemán..., con el diablo, ¡señora!... ¿A usted qué le importa?

Y salió a la calle medio loco, según se saca del contexto.

V

Aquiles Zurita con los cuarenta años cuando, según el estilo de un periódico de provincia que se dignó dar la noticia, vio al fin coronados sus esfuerzos con el merecido galardón de una cátedra de Psicología, Lógica y Ética, en el Instituto de Lugarucos, pueblo de pesca, donde un americano pródigo había fundado aquel centro de enseñanza para los hijos de los marineros que quisieran ser pilotos.

Cinco oposiciones había hecho Aquiles antes de obtener, al fin, el merecido galardón. Dos veces había aspirado a regentar una clase de Retórica y tres a una de Psicología. En el primer combate le derrotó un orador florido; en el segundo, un intrigante; en el tercero, el ministro, que no quiso darle la cátedra, a pesar de ir Aquiles en el lugar principal de la terna, por considerársele peligroso para la enseñanza. El ministro se fundaba que Zurita había llamado a Dios Ser Supremo en el programa, y así, con letra mayúscula.

Cuando, lleno de canas y arrugas, casi ciego, llegó a firmar la nómina, Aquiles aborrecía ya el oficio mecánico de sabio de Real orden. Aquella ciencia que él había amado tanto sin pensar en el interés, les servía a otros para ganar un mendrugo, falsificándola, recortándola y dislocándola, a gusto del que repartía la sopa universitaria.

"Unos cuantos lugares comunes, que se repetían cien y cien veces en los ejercicios, algunas perogrulladas profesadas con pedantería, unos pocos principios impuestos por la ley, predicados con falso entusiasmo, para acreditar buenas ideas..., esto y nada más, era la ciencia de las oposiciones".

"¡Dios mío, qué asco da todo esto!", pensaba Zurita, el eterno estudiante, que había nacido para amarlo y admirarlo todo, y que se veía catedrático de cosas que ya no amaba ni admiraba ni creía.

"¡Todo extremo, todo insensatez! En los Ateneos, mozalbetes que reniegan de lo que han estudiado, audaces lampiños que se burlan de la conciencia, de la libertad humana; que manifiestan su rencor personalísimo a Su Divina Majestad, como si fuesen quisquillas de familia..., y ante el Gobierno, esos mismos jóvenes, ya creciditos, u otros parecidos, quemando incienso ante la ciencia trasnochada del programa oficial... ¡Qué asco, señor, qué asco!".

"Ni aquello es ciencia todavía, ni esto es ciencia ya, y aquí y allá, ¡con qué valentía se predica todo! Es que los opositores y los ateneístas no son completamente honrados; no lo son... porque aseguran lo que no saben, sostienen lo que no sienten".

Estos monólogos y otros muchos por el estilo los recitaba el catedrático de Lugarucos en frente de las olas, en la playa solitaria, melancólica, de arena ceniciente.

Zurita era una de las personas más insignificantes del pueblo; nadie hablaba de él para bien ni para mal. Su cátedra en el Instituto era de las que se consideraban como secundarias. El fundador se había empeñado en que se enseñase Psicología, Lógica y Ética, y se enseñaba, pero ¿para qué? Allí lo principal eran las Matemáticas y la Náutica, la Geografía y la Física, después la Economía mercantil; pero la Psicología, ¿para qué les servía a los muchachos? El director le había advertido a Zurita desde el primer día que en su cátedra no había que apurar mucho a los alumnos, que necesitaban el tiempo para estudios técnicos, de más importancia que la Filosofía.

Aquiles había bajado la cabeza mientras despedazaba con los dientes un palillo. Estaba conforme, de toda conformidad; los pilotos de Lugarucos no necesitaban para nada absolutamente saber que el alma se dividía en tres facultades, sobre todo considerando que después resultaba que no había tal cosa, ni menos saber que la inteligencia tiene once funciones, cuando no las tiene tal.

—¡Ya me guardaré yo —le decía Aquiles al mar— de enervar el espíritu de esos chicos robustos, morenos, tostados por el sol, ágiles, alegres, valientes, crédulos, ansiosos de aventuras y tierra nueva! Que aprendan a manejar los barcos, y a desafiar las tormentas, y a seguir las corrientes del agua, a conocer las lenguas y las costumbres de los países lejanos, que aprendan a vivir al aire libre, por el ancho mundo..., y en cuanto a Psicología, Lógica y Ética, basta una Salve. ¡Mal haya el afán de saber Psicología y otras invenciones diabólicas, que así me tiene a mí medrado, física y socialmente.

Zurita, por cumplir con la ley, explicaba en cátedra el libro de texto, que ni pinchaba ni cortaba; lo explicaba de prisa, y si los chicos no entendían, mejor; si él se embrollaba y hacía oscuro, mejor; de aquello más valía no entender nada. En cuanto hacía buen tiempo y los alumnos querían salir a dar un paseo por el mar, ¡ancha Castilla!, se quedaba Zurita solo, recordando sus aventuras filosóficas como si fueran otros tantos remordimientos, y comiéndose las uñas, vicio feo que había adquirido en sus horas de meditación solitaria. Era lo que le quedaba del krausismo de don Cipriano, el morderse las uñas.

En una ocasión exponía Zurita en clase la teoría de las armonías preestablecidas, cuando estalló un cohete en el puerto.

¡"Las Gemelas"! —gritó en coro la clase.

—¿Qué es eso?

—Que entran "Las Gemelas", el bergantín de los Zaldúas...

Y todos estaban ya en pie, echando mano al sombrero.

—¡Un bergantín en Lugarucos!

La cosa era mucho más importante que la filosofía de Leibniz. Además, era un hecho...

—¡Vayan ustedes con Dios! —dijo Zurita, sonriendo y encogiéndose de hombros.

Y quedó solo en el aula.

Y cosas así muchos días.

La Psicología, la Lógica y la Ética, no tenían importancia de ningún género, y a los futuros héroes del cabotaje les tenía sin cuidado que la volición fuese esto y la razón lo otro y el sentimiento lo de más allá.

Además, ¿qué Filosofía había de enseñar a estos robustos hijos de marineros, destinados también a la vida del mar?

—No lo sé —decía Zurita a las olas—. ¿La Filosofía moderna, la que pasa por menos fantástica? De ningún modo. ¿Una Filosofía que prescinde de lo absoluto?... ¡Que no se sabe nada de lo absoluto!... Pues, ¿y el mar? ¿Dónde habrá cosa más parecida a ese Infinito de que no quieren que se hable?

Quitarles la fe a los que habían de luchar con la tormenta le parecía una crueldad odiosa.

Muchas veces, cuando desde lo alto del muelle veía entrar las lanchas pescadoras que habían sufrido el abordaje de las olas allá afuera, Zurita observaba la cara tostada, seria, tranquila, dulce y triste de los marineros viejos. Veíalos serenos, callados, tardos para la ira, y se le antojaban sacerdotes de un culto; se le figuraba que allá arriba, tras aquel horizonte en que les había visto horas antes desaparecer, habían sido visados por la Divinidad; que sabían algo, que no querían o no podían decir, de la presencia de lo Absoluto. En el cansancio de aquellos rostros, producido por el afán del remo y la red, la imaginación de Aquiles leía la fatiga de la visión extática...

Por lo demás, él no creía ya ni dejaba de creer.

No sabía a qué carta quedarse. Sólo sabía que, por más que quería ser malo, libertino, hipócrita, vengativo, egoísta, no podía conseguirlo.

¿Quién se lo impedía?

Ya no era el imperativo categórico, en quien no creía tampoco mucho tiempo hacía; era..., eran diablos coronados; el caso estaba en que no podía menos de ser bueno.

Sin embargo..., ¡tantas veces iba el cántaro a la fuente!...

El cántaro venía a ser su castidad, y la fuente, doña Tula, su patrona (¡otra patrona!), hipócrita como Engracia, amiga de su buena fama, pero más amiga del amor. Otra vez se le quería seducir, otra vez su timidez, su horror al libertinaje y al escándalo eran incentivo para una pasión vergonzante. Doña Tula tenía treinta años, había leído novelas de Belot y profesaba la teoría de que la mujer debe conocer el bien y el mal para elegir libremente el bien; si no, ¿qué mérito tiene el ser buena?

Ella elegía libremente el mal, pero no quería que se supiera. Su afán de ocultar el pecado era vanidad escolástica. No quería

dar la razón a los reaccionarios, que no se fían de la mujer ins-
truida y literata. Ella no podía dominar sus fogosas pasiones,
pero esto no era más que un caso excepcional, que convenía
tener oculto; la regla quedaba en pie: la mujer debe saber de
todo para escoger libremente lo bueno.

Doña Tula escogió a Zurita, porque le enamoró su conocimiento de los clásicos y el miedo que tenía a que sus debilidades se supieran.

Gertrudis tenía unos dedos primorosos para la cocina; era,
sobre todo, inteligente en pescado frito, y aun la caldereta la
comprendía con un instinto que sólo se revela en una verdadera vocación.

Con los mariscos hacía primores. Si se trataba de dejarlos
como Dios los crió, con todos sus encantos naturales, sabiendo
a los misterios del océano, doña Tula conservaba el aroma de
la frescura, el encanto salobre con gracia y coquetería, sin
menoscabo de los fueros de la limpieza; pero si le era lícito
entregarse a los bordados culinarios del idealismo gastronó-
mico, hacía de unas almejas, de unas ostras, de unos percebes
o de unos calamares platos exquisitos, que parecían orgías
enteras en un bocado, incentivos voluptuosos de la pasión más
lírica y ardiente... ¿Qué más? El mismo Zurita, entusiasmado
cierto día con unos cangrejos que le sirvió doña Gertrudis, sonriente, llegó a decir que aquel plato era más tentador que toda
la literatura de Ovidio, Tíbulo y Marcial...

¡Como había comido, y cómo comía ahora el buen Aquiles!

En esta parte, diga él lo que quiera, le había venido Dios a
ver. Sin conocerlo el mismo catedrático de Ética, que, a pesar
de los desengaños filosóficos, se cuidaba poco de la materia
grosera, había ido engordando paulatinamente, y, aunque seguía
siendo pálido y su musculatura la de un adolescente, las pantorrillas se le habían rellenado, y tenía carne en las mejillas y
debajo de la barba. Todo se lo debía a Tula, la patrona sentimental y despreocupada que ideaba planes satánicos respecto
a Aquiles.

Era éste el primer huésped a quien había engordado ex
profeso la patrona trascendental de Lugarucos.

Tula (Gertrudis Campoarana en el siglo) era toda una señora. Viuda de un americanote rico, se había aburrido mucho bajo las tocas de la viudez; su afición a "Jorge Sand", primero; a Belot, después, y siempre al hombre, le había hecho insoportable la soledad de su estado. La compañía de las mujeres la enojaba, y, no habiendo modo de procurarse honestamente en Lugarucos el trato continuo del sexo antagónico, como ella decía, discurrió (y discurrió con el diablo) fingir que su fortuna había tenido grandes pérdidas, y poner casa de pupilos para ayudar a sus rentas.

De este modo consiguió Tula rodearse de hombres, cuidar ropa masculina, oler a tabaco, sentir el macho en su casa, suprema necesidad de su existencia.

En cuanto a dejarse enamorar por sus pupilos, Tula comprendió que era muy peligroso, porque todos eran demasiado atrevidos, todos querían gozar del dulce privilegio; había celos, rivalidades, y la casa se volvía un infierno... Fue, pues, una Penélope, cuyo Ulises no había de volver. Le gritaba la tentación, pero huía de la caída. Coqueteaba con todos los huéspedes, pero no daba su corazón a torcer a ninguno.

Además, el oficio de patrona le fue agradando por sí mismo; a pesar de que era rica, el negocio la sedujo, y amó el arte por el arte, es decir, aguó el vino, echó sebo al caldo, galvanizó chuletas y apuró la letra a la carne mechada como todas las patronas espitelúrgicas. Era una gran cocinera, pero esotéricamente, es decir, para sus amigos particulares; al vulgo de los pupilos los trataba como las demás patronas que en el mundo han sido.

Mas llegó a Lugarucos Aquiles Zurita, y aquello fue otra cosa. Tula se enamoró del pupilo nuevo por los motivos que van apuntados, y concibió el plan satánico de seducción a que antes se aludía. Poco a poco fue despidiendo a los demás huéspedes, y llegó un día en que Zurita se encontró solo en la mesa. Entonces doña Tula, tímida como una gacela, vestida como una duquesa, le propuso que comieran juntos, porque observaba que estando solo despachaba los platos muy de prisa, y esto era muy malo para el estómago. Aquiles aceptó distraído.

Comieron juntos. Cada comida era un festín. Pocos platos para que Zurita no se alarmase, pero suculentos y sazonados con pólvora de amor. Tula se convirtió en una Lucrecia Borgia de aperitivos eróticos.

Pero el triste filósofo comía manjares excelentes sin notarlo.

Por las noches daba muchas vueltas en la cama, y también después de cenar notaba un vigor espiritual extraordinario, que le impedía proyectar grandes hazañas, tal como restaurar él solo, por sí y ante sí, el decaído krausismo, o fundar una religión. Lo más peligroso era un sentimentalismo voluptuoso que se apoderaba de él a la hora de la siesta, y al oscurecer, al recorrer los bosques de castaños, las alamedas sembradas de ruiseñores o las playas quejumbrosas.

Doña Tula dejaba hacer, dejaba pasar. Creía en la Química.

No se insinuaba demasiado, porque temía la fuga del psicólogo. Se esmeraba en la cocina y se esmeraba en el tocador. Mucha habilidad, muchas miradas fijas, pero pacíficas, suaves; muchos perfumes en la ropa, mucha mostaza y muchos buenos mariscos... Esta era su política, su *ars amandi*.

Lo cual demuestra que Gertrudis tenía mucho más talento que doña Concha y doña Engracia.

Doña Concha quería seducir a un huésped a quien daba chuletas de caballo fósil... ¡Imposible!

Doña Engracia quemaba con los ojos al maciento humanista, pero no le convidaba a comer.

Así, él pudo resistir con tanto valor las tentaciones de aquellas dos incautas mujeres.

Ahora la batalla era formidable. Cuando Aquiles comprendió que Tula quería lo que habían querido las otras, ya estaba él bastante rollizo y sentía una virilidad de que antes ni aun noticia tenía. La filosofía materialista comenzó a parecerle menos antipática, y en la duda de si había o no algo más que hechos, se consagró al epicureísmo, en latín, por supuesto, no en la práctica.

Leyó mucho al amigo de Mecenas, y se enterneció con el melancólico consuelo del placer efímero, que es la unción de la poesía horaciana.

Ovidio también se le apareció otra vez con sus triunfos de amor, con sus noches en vela ante la puerta cruel de su amada, con sus celos de los maridos, con aquellos cantos rápidos, ardientes, en que los favores de una noche se pagaron con la inmortalidad en la poesía... Y, pensando en Ovidio, fue cuando se le ocurrió advertir el gran peligro en que su virtud estaba cerca de doña Gertrudis Campoarana.

Aquella Circe le quería seducir sobre seguro, esclavizándole por la gula. Sí, Tula era muy literata, y debía saber aquello de Nasón:

"Et Venus in venis ignis in igne fuit".

Aquellos cangrejos, aquellas ostras, aquellas langostas, aquellos calamares, aquellos langostinos en aquellas salsas, aquel *sauterne*, no eran más que la traducción libre del verso de Ovidio:

"Et Venus in vinis ignis in igne fuit".

"¡Huyamos, huyamos también ahora!", pensó Aquiles, suspirando. "No se diga, le dijo al mar, su confidente, que mi virtud venció cuando tuvo hambre y metafísica, y que sucumbe cuando tiene hartazgo y positivismo. Yo no sé si hay o no hay metafísica; yo no sé cuál es el criterio de la moralidad...; pero sería un cobarde sucumbir ahora".

Y aunque algún neófito naturalista pueda acusar al pobre Aquiles de idealismo e inverosimilitud, lo histórico es que Zurita huyó, huyó otra vez; huyó de Tula como había huido de Concha y de Engracia.

Y eso que ahora negaba en redondo el imperativo categórico.

Pero la Psicología, la Lógica y la Ética, que ya no estimaba siquiera, le gritaban: "¡Abstención, virtud, pureza!"...

Y el eterno José mudó de posada.

VI

Aquiles salió de las redes de Tula con una pasión invencible: la pasión por el pescado, y, especialmente por los mariscos.

Aunque algo se había enamorado de su patrona, al cabo de algunos meses consiguió olvidarla. Pero el regalo de su mesa para toda la vida se le había pegado al alma. ¡Como había comido allí no volvería a comer en la vida! Esta desconsoladora convicción le acompañó hasta el sepulcro.

Y con el mismo fervor con que en mejores tiempos se había consagrado a la contemplación del Ser en sí dentro del yo antes del límite, etc., se consagró a buscar en mercados y plazas el mejor pescado.

Él, que había sido un hombre insignificante mientras no fue más que catedrático de Psicología, Lógica y Ética, comenzó a llamar la atención de Lugarucos por su pericia en la materia culinaria ictiológica.

Meditó mucho, y acabó por adivinar qué peces debían entrar y cuáles no en una caldereta clásica, y qué ingredientes debían sazonarla.

Pronto fueron célebres en todo el partido judicial las calderetas del catedrático de Psicología.

Cuando en la playa o en el mercado se discutía si un besugo, un bonito o una merluza estaban frescos o no, se nombraba árbitro al señor Zurita si pasaba por allí.

Y él, sonriente, con aquel gesto humilde que conservaba, a pesar de su gloria y de sus buenas carnes, después de mirar y oler la pieza, decía:

—¡Fresco! O ¡Apesta!

Y a nadie se le ocurría apelar.

Cuando los señores catedráticos tenían merienda, que era a menudo, Aquiles era votado por unanimidad presidente de la comisión organizadora..., y presidía el banquete y era el primero en ponerse alegre.

Sí, había acabado por tomar una borrachera en cada festín. "*Ergo bibamus!*", decía, recordando que era hijo de un dómine.

Y en el seno de la confianza, decía en tales momentos de expansión al que le quería oir:

—¡Huí de la sirena, pero no puedo olvidar los primores de su cocina! ¡Podré volver a amar como entonces, pero no volveré a comer de aquella manera!

Y caía en profunda melancolía.

Todos sus compañeros sabían ya de memoria los temas constantes de las borracheras de Aquiles: Tula, el marisco, la Filosofía..., todo mezclado.

Mientras estaba en su sano juicio nunca hablaba ya de Filosofía, ni tal vez pensaba en ella. En cátedra explicaba como una máquina la Psicología oficial, la de texto, pero nada más; le parecía hasta mala educación mentar las cuestiones metafísicas.

Pero alegrándose, era otra cosa. Pedía la palabra, se ponía sobre la mesa hollando los manteles, y suplicaba con lágrimas en los ojos a todos los borrachos aquéllos que salvasen la ciencia, que procurasen la santa armonía, porque él, en el fondo de su alma, siempre había suspirado por la armonía del análisis y de la síntesis, de Tula y la virtud, de la fe y la razón, del krausismo y de los médicos del Ateneo...

—¡Señores, señores, salvemos la raza humana, que se pierde por el orgullo! —exclamaba, llorando todo el vino que había bebido, puestas las manos en cruz—. ¡Se os ha dicho, *nihil mirari*!, no maravillarse de nada; pues os digo, en verdad: admiradlo todo, creedlo todo, todo es verdad, todo es uno y lo mismo... ¡Ah, queridos hermanos! En estos instantes de lucidez, de inspiración por el amor, yo veo la verdad una, yo veo dentro de mí la esencia de todo ser; yo me veo cómo siendo uno con el todo, sin dejar de ser éste...

—¡Este borracho, este grandísimo borracho! —interrumpía el catedrático de Agricultura, gran positivista y no menos ebrio.

Y cogiendo por las piernas al de Psicología, le paseaba en triunfo alrededor de la mesa, mientras Aquiles seguía gritando:

—¡Todo está en todo, y el quid es amarlo todo por serlo, no por conocerlo!... Yo amo a Tula en lo absoluto, y la amo por serla, no por conocerla...

El de Agricultura daba con la carga en tierra, y Aquiles interrumpía sus reminiscencias de filósofo idealista para dormir debajo de la mesa la borrachera de los justos.

Y entonces, como si se tratase de un juicio de los muertos en Egipto, empezaban ante el cuerpo de Aquiles los comentarios y censuras de los amigos:

—¡Qué pesado se pone cuando le da por su Filosofía!

—Bien; pero únicamente habla de eso cuando se emborracha.

—¡No faltaba más!

—Y lo cierto es que no se puede prescindir de él.

—¡Imposible! Es el Brillat-Savarin del mar.

—¡Qué manos!

—¡Qué olfato!

—¡Qué tacto!

—¡Qué instinto culinario!

—Debía de escribir un libro de cocina marítima.

—Teme el qué dirán. Al fin es catedrático de Filosofía.

VII

Ya hace años que murió Zurita, y en Lugarucos, cada vez que se trata de comer pescado, nunca falta quien diga:

—¿Se acuerdan ustedes de las calderetas de aquel catedrático de Psicología y Lógica?

—¡Ah, Zurita!

—¡El gran Zurita!

Y a todos se les hace la boca agua.

EL CABALLERO DE LA MESA REDONDA

I

Ya hacía frío en Termas-altas; se echaba de menos la ropa de invierno y las habitaciones preparadas para defendernos de los constipados y pulmonías; el comedor, largo y ancho como una catedral, de paredes desnudas, pintadas de colores alegres que hacían estornudar por su frescura, tomaba aires de mercado cubierto.

Se bajaba a almorzar y a comer, con abrigo; las señoras se envolvían en sus chales y mantones; a cada momento se oía una voz imperativa que gritaba:

—¡Cierre usted esa puerta!

Los pocos comensales se apiñaban a la cabecera de la mesa del centro, lejos de la entrada temible. Detrás de la puerta de cristales que comunicaba con el vestíbulo de jaspes de colores del país, se veía, como en un escaparate, la figura lánguida del músico piamontés, de larga melena y levita raída, que paseaba unos dedos flacos y sucios por las cuerdas del arpa. Las tristes notas se ahogaban entre el estrépito del viento y de la lluvia, que azotaba de vez en cuando los vidrios de las ventanas largas y estrechas.

Diez o doce huéspedes, últimas golondrinas valetudinarias de aquel verano triste de casa de baños, almorzaban taciturnos, apiñándose, como buscando calor unos en otros. Al empezar el almuerzo sólo se hablaba de tarde en tarde para reclamar con voz imperiosa cualquier pormenor del servicio. Los camareros, con los cuales ya se tenía bastante confianza para reprenderles las faltas, sufrían el mal humor de los huéspedes de la *otoñada*, como ellos decían. Se acercaba el día de las grandes propinas, y esto contribuía al mal talante de los bañistas, a darles audacia y tono de déspotas, y también a la paciencia de los criados.

Allí no se le tomaba a mal a nadie sus malos modos, sus quejas importunas; se contaba con ellos; era una ley natural; fondistas y camareros venían observando cómo se cumplía todos los años al fin de la temporada. Además, también aquellos arranques de misantropía se ponían en la cuenta aunque disimuladamente. El dueño de las Termas-altas vivía con sus rentas, es decir, con sus bañistas. Presidía la mesa; oía las murmuraciones de los enfermos sin turbarse, sin... oirlas, en rigor; ni él las tomaba a mal, ni los pupilos se recataban para desahogar en su presencia. Era un pacto tácito que ellos descargasen la bilis de aquel modo y que él no les hiciera caso. Ni se emprendían las reformas que se pedían ni se coartaba el derecho de reclamarlas.

Decir que aquello estaba perdido, que la casa amenazaba ruina, que el viento entraba por todas partes, que el agua mineral ya no estaba caliente siquiera, ni tibia; que en aquel país llovía demasiado en otoño, tal vez por culpa del señor Campeche (el dueño de los baños), era lo que constituía los lugares comunes de la conversación. Algunas veces el mismo señor Campeche se descuidaba, y no sabiendo de qué hablarle a un forastero, le decía de corrido, como quien repite una lección de memoria: "¿Pero ha visto usted qué clima más endemoniado? ¡Siempre lloviendo! ¡Cómo se aburre uno aquí!".

Nadie diría que aquéllas eran las mismas Termas-altas que se abrían por primavera al público. En mayo, llegaba el señor Campeche rozagante, alegre, silbando y azotándose el vientre ampuloso con el puño de marfil de su junquillo; apeábase de su cochecillo de dos ruedas pintado de amarillo, reluciente; daba un vistazo a los baños, a la fonda, a los jardines, ya llenos de pájaros, locos de alegría, los primeros huéspedes; y tentándose el bolsillo, se decidía a emprender lo que él llamaba *mejoras* enfáticamente.

Las mejoras se reducían a dar una mano de cal a todo el edificio, y a pintar los frisos azules de verde, o los verdes de azul; también solía arreglar los grifos de los baños si estaban completamente destrozados, tapar alguna grieta, remendar tal cual pila de mármol falso; y para colmo de mejoras, blanqueaba el hospital de pobres viejos, que ostentaba en la miserable portada un presuntuosísimo letrero que decía en griego, con letras gordas coloradas: "Gerontocomía". Aquella palabreja solía aparecer en las pesadillas de los enfermos que acudían a Termas-altas.

Las primeras bromas de los bañistas noveles se referían siempre al rótulo griego: la mayor parte se marchaban sin saber lo que significaba. El mismo Campeche no estaba seguro de que aquello tuviera traducción posible. A una señora que acudía a las Termas desde treinta años atrás la llamaban doña Gerontocomía.

Además, había mucho lavoteo y mucho limpiar muebles y poner lo de allí aquí y revolverlo todo. Cuando llegaban los primeros bañistas, ya se sabía, todo lo encontraban cambiado de arriba abajo. Obreros y criadas iban y venían; no podía uno arrimarse a ninguna pared ni puerta, porque todas untaban, y el ruido de los martillos y sierras atronaba la casa; olía todo a aguarrás; el piso, de pino estrecho, siempre estaba encharcado o lleno de arena, porque, en lo de fregar y dejarlo todo como un sol, Campeche era inexorable.

—Mucho ruido y pocas nueces —decía doña Gerontocomía, levantando un poco las enaguas y saltando de charco en charco por las siempre húmedas galerías.

Lo cierto es que Campeche, a pesar de todo aquel aparato reformista, que tanto estrépito y desconcierto producía, gastaba muy poco cada año en mejorar su finca, que, según los huéspedes de otoño, era una ruina.

Siempre lo mismo: los parroquianos de primavera, alegres, aturdidos, optimistas, encontraban aquello flamante; era el mejor establecimiento balneario de *España y del extranjero;* ¿y las aguas? El que no sanara sería bien descontentadizo.

Y el señor Campeche, ¡qué fino!, ¡qué atento!, ¡qué celoso defensor de la fama de sus Termas! Ello era verdad que las obras, las mejoras, molestaban bastante; que no dejaban dormir en paz la mañana, ni la siesta, ni andar en zapatillas por la casa; pero, en fin, se veía vida, animación, alegría, pruebas de prosperidad, movimiento simpático.

—Señores —decía Campeche, sonriendo y encogiendo los hombros, hundidos al parecer bajo el peso de tanta responsabilidad—; perdonen ustedes; este año se han retrasado mucho las obras... ya lo sé; ¡ha habido tanto que hacer! Desde enero estamos dale que le darás. Sobre todo, la nueva crujía del hospital de pobres viejos...

Lo gracioso estaba en que los mismos a quienes engañaba por la primavera el señor Campeche, o que se dejaban engañar, eran, en parte, los que en otoño desacreditaban a gritos el establecimiento y hablaban de su próxima venida en las mismas barbas del propietario. Este convencionalismo ya no lo extrañaba nadie, era universalmente admitido. Cuando se iba en la primera temporada todo estaba bien; cuando se iba en la *otoñada* todo estaba mal.

En primavera, y parte del verano también, los bañistas daban y recibían bromas perpetuas. Podía haber aguas mejores que aquellas desde el aspecto hidroterápico, pero baños más famosos por las grandes chanzas permitidas, no los había. Como no todos los humanos tienen las mismas pulgas, sea en primavera o en invierno, más de una vez y más de dos hubo allí desafíos, que jamás llegaron a un funesto desenlace; y más de diez veces por temporada había bofetadas, o por lo menos insultos atroces.

Pero lo regular era que se tolerasen las bromas y que se devolvieran con creces. Se notaba que los jóvenes, que durante todo el invierno, en la vecina capital, se distinguían por lo taciturnos, retraídos y nada despiertos, eran precisamente los que en Termas-altas sacaban más los pies del plato y tenían ocurrencias más peregrinas y hacían las mayores *atrocidades,* palabra *técnica,* que significaba tanto como dar en el *hito.*

Famoso era, en tal concepto, hacía muchos años, un joven enfermo del hígado, de color de cordobán, que en la ciudad no hablaba con nadie.

Una tarde de lluvia, aquel joven hipocondriaco llegó a caballo a los baños del señor Campeche. Se apeó, se acercó a un amigo, a quien preguntó con voz de sepulcro:

—¿Es cierto que aquí hacen ustedes atrocidades?

—Sí, señor, cierto...

—El médico me ha mandado mirar correr el agua, y distraerme. He visto correr las cataratas del Niágara... y como si fuese un surtidor... nada. Voy a ver si distrayéndome... Voy a hacer también alguna atrocidad... ¡este hígado!

Y en efecto, se fue a la cuadra, montó otra vez en su caballo, picó espuela... y se metió en el comedor de la fonda, saludando muy serio a los presentes.

La broma produjo bastante impresión; algunas señoras se desmayaron; en fin, todo fue como se pedía; el joven del hígado enfermo, que en vano había visitado el Niágara, mejoró, recibió cordiales felicitaciones, y confesó que hacía muchos años que no se había divertido tanto. Sin embargo, algunos envidiosos comenzaron a murmurar, diciendo que aquello no era completamente original, que prescindiendo de Raimundo Lulio, quien según la leyenda había entrado a caballo en la iglesia siguiendo a una dama, ya allí mismo, en aquel mismo comedor, se había presentado jinete en un burro garañón, y todo era montar, un diputado provincial, famoso por esto y por haberle rajado una ingle a un elector, de una navajada, años adelante. El joven del hígado supo que se murmuraba, y dispuesto a eclipsar a todos los diputados provinciales del mundo, al día siguiente se distinguió de una vez para siempre del vulgo de los bromistas con una hazaña que dejó la perpetua memoria a que antes me refería.

Y fue que, colocando, con gran trabajo, encima de la balaustrada de una galería abierta sobre el comedor, una gran cómoda, una tarde dejó caer el mueble, que bien pesaría dos quintales, sobre una de las mesas en que estaban comiendo hasta doce señoras y unos veinte caballeros.

No murió nadie, pero fue por casualidad: ¡el del hígado hizo lo que pudo!

La mesa y la cómoda se hicieron pedazos, el piso se hundió, del servicio de plata, cristal, etc., no se supo más; los síncopes pasaron de veinte, hubo tres desafíos, se marcharon catorce huéspedes.

Los más recalcitrantes tuvieron que confesar este hecho evidente: que como la broma de la cómoda no se había dado ninguna. En cuanto al señor Campeche, tuvo el buen gusto de no decir una palabra al héroe de la atrocidad; estaba en las costumbres.

Nadie se explicaba, satisfactoriamente a lo menos, por qué en los meses alegres de mayo y junio, y aun en los del calor, Termas-altas era una Arcadia balnearia, y en otoño, un hospital triste, aburrido, frío, donde todos tenían mal humor.

Probablemente contribuiría el clima a esta diferencia. El paisaje era de los más hermosos del litoral del Norte; verdura por todas partes, colinas como macetas de flores, riachuelos, bosques, un lago de verdad, accidentes románticos del terreno, tales como grutas, islas en miniatura, cascadas, y hasta una sima en lo alto de un monte cónico, que el señor Campeche juraba que era el cráter de un volcán apagado. A los incrédulos les amenazaba con los testimonios escritos que constaban en el Ayuntamiento, allí, a legua y media de la casa.

El cráter era el elemento legendario de aquella topografía, que había convertido en una industria el dueño del balneario.

Pero, si el país ofrecía tales delicias naturales, en cuanto empezaba septiembre se aguaba la fiesta; nublas, vientos, aguaceros, días sin fin de lluvia fría y triste, de horizonte de plomo, un frío húmedo que hacía pensar en el de la sepultura; tales eran los achaques de la estación en aquel delicioso país de panorama. En vano Campeche entonces enseñaba a los nuevos huéspedes fotografías del *cráter* y de las cataratas.

¡Si el cráter estuviera en ebullición, le decían, menos mal; se calentaría uno al amor del cráter!...En cuanto a cataratas... allí estaban abiertas las del cielo. ¿Por qué venían en otoño enfermos a Termas-altas? Porque, comprados o no por Campeche, los médicos de toda la provincia aseguraban que la mejor temporada de baños, higiénica y terapéuticamente considerada, era la de septiembre y octubre.

De modo, que por el verano venían los que querían divertirse, y por el otoño los que querían curarse. Tal vez esto, no menos que las variaciones meteorológicas, era causa de la desigualdad de humores en las diferentes temporadas.

II

En aquellos días tristes del mes de octubre, en que los huéspedes del gran hotel de Termas-altas se apiñaban hacia la cabecera de la mesa, en el comedor frío y húmedo, a los postres, la conversación, antes floja y malhumorada, se animaba un tanto, aunque fuera para maldecir con nuevos alientos de la vida insoportable de aquel caserón y del abuso de las propinas. Se hablaba mucho también de la virtud curativa de las aguas, tópico de conversación que en la temporada primera era casi de mal tono. La mayor parte de los enfermos se declaraban escépticos, unos en absoluto, negando la eficacia de toda clase de baños, otros con relación a los de Termas-altas.

Aquella mañana en que vimos detrás de la vidriera de la entrada al mísero piamontés del arpa disputar en vano al viento y a los chaparrones el privilegio de halagar las orejas de los comensales, la animación biliosa de última hora había crecido en razón directa del mal humor taciturno con que el almuerzo había comenzado.

Se negó allí todo: el cráter, las cataratas, las mejoras en el establecimiento, la eficacia y hasta la temperatura oficial de las aguas, el buen gusto de las bromas pesadas del verano, la hermosura del paisaje, la existencia del sol en tales regiones, ¿y qué más?, hasta la fama de bellas y no muy timoratas que gozaban las muchachas del contorno se puso en tela de juicio.

Un matrimonio tísico, de cincuenta años por cada lado, de gesto de vinagre, aseguró que las chicas de aquellas aldeas eran feas, pero honradas a fuerza de salvajes; y que las aventuras que se referían, no eran más que invenciones del señor Campeche para atraer parroquianos y gente *profana,* es decir, solterones sanos como manzanas, que no venían allí más que a alborotar.

—No me parece muy *correcto* —decía el vejete, cuyas palabras sancionaba su mujer con cabezadas solemnes—, no me parece muy correcto desacreditar a todo el sexo débil de un partido judicial entero, con el propósito de llamar la atención y atraer gente de dudosa procedencia y de malas costumbres.

Este señor que así hablaba, era fiscal de la Audiencia, y su mujer le ayudaba a echar la cuenta por los dedos, cuando se trataba de pedir años de presidio, y de sumar o restar en virtud de las circunstancias agravantes o atenuantes. La fiscala se había acostumbrado de tal suerte al tecnicismo penal, que cuando le preguntaban cómo le gustaban los baños, si muy fríos o muy calientes, respondía:

—¿Sabe usted? Me gusta tomarlos desde el grado medio al máximo.

Como siempre, negó aquella mañana el fiscal la hermosura de las muchachas del contorno y la facilidad de los idilios consumados al raso en aquellas frondosidades.

—Pues hombre —se atrevió a decir un don Canuto Cancio, antiguo procurador, que respetaba mucho al fiscal, y le aborrecía mucho más, por *pedante,* como él decía—; pues hombre, don Mamerto no tiene fama de embustero... y, con permiso de usted, señor fiscal, y salvo su superior criterio... y su conocimiento del mundo... don Mamerto asegura... en el seno de la confianza, por supuesto, que él, que la Galinda y la de Rico Páez... y la molinera...

—Lo de la molinera es un hecho —interrumpió otro comensal.

—Y a la de Rico Páez la he visto yo con don Mamerto en la llosa de Pancho, al oscurecer, este mismo año, en junio —dijo otro huésped.

—A usted, don Canuto —se dignó contestar el fiscal, despreciando a los interruptores, a quienes no conocía— a usted le hacen comulgar con ruedas de molino.

La fiscala, asegurando sobre la afilada nariz los lentes de miope, miró a don Canuto con desdén, y con aire de desafío, como retándole a desmentir a su marido:

—¡De molino! —aseguró la altiva señora.

—Ese don Mamerto...

Expectación general; cesa el sonido de tenedores; los camareros se detienen a oir lo que va a orar el señor fiscal contra don Mamerto, el ídolo de Termas-altas. El mismo señor Campeche, que oye sonriendo que le desacrediten las aguas, frunce el entrecejo, temiendo que el señor fiscal se extralimite en esta ocasión.

—Ese don Mamerto...

El fiscal vacila. Duda si su autoridad es suficiente para arriesgarse a decir algo que lastime la fama de don Mamerto.

—Ese don Mamerto —exclama con voz de trueno un coronel retirado, que ocupa al lado de Campeche la cabecera— es un modelo de caballeros, incapaz de mentir, y mucho menos de darse tono con aventuras falsas y fortunas soñadas, ¡entiéndalo usted, señor mío!

Los fiscales se vuelven, con sillas y todo, hacia el coronel, el cual, desde este momento asume la responsabilidad de todo lo que allí pase, según inveterada costumbre, siempre que se agrían las cuestiones a la mesa.

Don Canuto es el que echa la liebre siempre, y si le insultan o desprecian, calla y se vuelve hacia el coronel, como diciéndole: "¡ahora usted empieza!"; y el coronel, que nunca tira la piedra, porque es muy prudente, jamás esconde la mano, y aun suele utilizarla, plantándola en la mejilla del lucero del alba si le irrita.

Don Diego, con su gota y todo, defiende las tradiciones de la mesa; y nada más tradicional y respetable allí que don Mamerto Anchoriz, nuestro héroe.

Es don Mamerto Anchoriz un señor que se presenta todos los años en Termas-altas dos veces, a pasar ocho días por mayo o junio y otros ocho en lo peor de la otoñada, cuando más llueve, por hacer compañía a aquellos señores y animar un poco a la gente. Nada de esto ni de otras muchas cosas importantes ignora el fiscal, y por eso hace mal en poner reparos a un hombre que es sagrado en Termas-altas.

Verdad es que hasta ahora el señor fiscal no ha dicho más que: "Ese don Mamerto..."; pero lo ha dicho dos veces, y según el coronel, a don Mamerto no se le llama *ese;* en fin, él hipoteca las espaldas y asume la responsabilidad de lo que pueda ocurrir. "Y ¡ojalá ocurra algo —piensan muchos huéspedes— porque todo es preferible, hasta la muerte de un fiscal, a la monotonía de aquella existencia!".

El fiscal prevé un conflicto, porque ni su carácter, ni su dignidad, ni su posición social le permiten mostrar pusilanimidad, ni retirar palabras, ni aun dejar de decir las que tiene deliberado propósito de decir. En cuanto a la fiscala, todavía tiene muchas más agallas que su marido; e irritada en su grado máximo, echa sapos y culebras, dispuesta a defender la dignidad de la toga como gato panza arriba, en el caso que su cónyuge no se muestre bastante enérgico.

Pero se muestra; porque dice, cogiendo un cuchillo por la hoja y golpeando el mantel pausadamente con el mango, en señal de tenacidad de carácter, y fijeza de opiniones, y serenidad de ánimo:

—Señor coronel, nada he dicho que pueda ofenderle a usted o al señor don Mamerto; pero toda vez que usted se adelanta a mis juicios, con el ánimo de cohibir la libre manifestación de mi pensamiento, he de decir, sin ambajes ni rodeos, todo, absolutamente todo lo que pienso del señor Anchoriz.

—Se guardará usted de decir nada que sea en su desprestigio...

—Diré y digo, y tengo y mantengo, que el tal don Mamerto es un viejo verde...

Ni la cómoda, que en día memorable, cayó desde la galería sobre la mesa, produjo efecto más estrepitoso que el de estas palabras del representante del ministerio fiscal. Tal fue la indignación en los comensales, hasta en los criados, que el mismo furor del coronel se perdió en el oleaje del general escándalo, y por aquella vez no pudo asumir responsabilidad alguna.

Fiscal y fiscala quedaron anonadados bajo el universal anatema, y aprendieron a respetar la opinión de la multitud y el peso de la tradición, ante los cuales poco vale el prestigio de la misma ley; y es de extrañar que el señor fiscal no supiera que ya en Roma la costumbre, esto es, la tradición, la historia, tenía fuerza superior a la ley escrita.

El coronel les llegó a tener lástima, y no desafió ni al marido ni a la mujer.

Pero, menos delicado Perico, un camarero fanático de don Mamerto, se encargó de dar a la pareja el golpe de gracia, diciendo modestamente, pero con la fuerza de los hechos consumados:

—El señor Anchoriz ha llegado esta mañana; se está bañando y ha dicho que vendría a almorzar enseguida...

Conmoción eléctrica. A don Canuto se le caen las lágrimas... Se le figura que ya no llueve..., que ha vuelto la primavera... Todo lo perdona, y sin pizca de ironía saluda al señor fiscal y señora, que se retiran dignamente a su cuarto después de una profunda inclinación de cabeza.

El coronel exige que no se le diga nada de lo ocurrido a Anchoriz; no quiere que sepa el pequeño servicio que acaba de hacerle *saliendo* por su honor.

—Estas cosas no se hacen para que se agradezcan, sino porque salen de dentro.

—Convenido; no se le dirá nada. Pero ¡qué alegría! ¡Ha llegado don Mamerto! No podía faltar. ¡Y qué delicadeza! Precisamente con aquel tiempo de perros. ¡Qué abnegación!

El piamontés del portal se levanta de pronto, y con pulso firme y potente arranca al arpa melancólica los acordes solemnes de la marcha real.

—¡Él es! —Todos en pie—. ¡Viva don Mamerto! —Las servilletas ondean como blancos gallardetes—. ¡Viva!

III

Don Mamerto Anchoriz, acostumbrado a estas ovaciones, no se turbó un momento. Con el sombrero de paja fina negra y blanca, de ala estrecha y redonda, saludó al concurso, mientras la sonrisa majestuosa y benévola de sus labios finos y sonrosados brillaba bajo el bien rizado bigote, entre las patillas anchas, negras y lustrosas.

Era alto y fornido, de tez blanca y suave, de mano pequeña y delicada, con uñas de color de rosa. Sobre el vientre, un poco abultado, poco, despedía relámpagos de blancura un chaleco de la más rica tela, y cazadora y pantalón de alpaca de seda gris completaban el traje de tan arrogante buen mozo, cuya pierna había, en todas las épocas de nuestra historia constitucional, sin contar las dos primeras, atraído las miradas de las mujeres de todas las clases sociales.

Desde los quince años había sido don Mamerto el mejor mozo de su tierra, y según la malicia, medio siglo llevaba de seducir casadas y solteras, viudas y monjas, marquesas y ribeteadoras, aldeanas y bailarinas. Es claro que exageraba la malicia. Don Mamerto no podía tener setenta y cinco años ni mucho menos, pero sí era seguro que tenía muchos más de los que aparentaba; y no se diga de los que él confesaba, porque él no confesaba nada, ni de sus años se le había oído hablar nunca.

Lo cierto era que las generaciones pasaban y se sucedían, y Anchoriz era el mismo para todas ellas, el Anchoriz de patillas negras, de labios sonrosados, de ojos suaves y brillantes, de puños tersos blancos como nieve, de pantalón inglés del mejor corte, de arrogante apostura, de elegancia discreta, seria y sólida; el Anchoriz, eterno arquetipo de buenos mozos, adorno de toda fiesta, espectador de todo espectáculo, parte de toda alegría pública, elemento de la animación y de la algazara a todas horas y en todos sitios.

Jamás se le había visto en un entierro, ni los enfermos le debieron visitas, ni dio limosnas en su vida, ni prestó un cuarto, ni hizo un favor de cuenta, ni votó a nadie diputado ni concejal, ni dejó de engañar a cuantos maridos pudo, ni de padres ni de hermanos se cuidó para seducir doncellas; y, sabiéndolo así toda la provincia, no había hombre mejor quisto en ella, y todos decían:

—¡Oh, Anchoriz! ¡Un cumplido caballero! Y qué bien conservado!

También se decía de él que si hubiera leído hubiera sido un sabio, porque talento natural no lo había como el suyo, y del mundo sabía cuanto había que saber.

No era muy rico, pero vivía como si lo fuera. Durante muchos años no había tenido oficio ni beneficio, sino un hermano acaudalado con quien no vivía (porque su casa era siempre la mejor fonda del pueblo), pero que pagaba todos sus gastos, a lo que se creía; todo a pretexto de una herencia que no acababa de repartirse. Ni el hermano se quejaba, ni el mundo murmuraba. Murió aquel pariente, y dividida la herencia, se vio o se calculó que la parte de Mamerto era exigua; mas él había seguido siendo el mismo, feliz, bien comido, elegante, sin privarse de nada. Por fin se había descubierto que de poco tiempo a aquella parte era Anchoriz administrador general del duque de Ardanzuelo, aunque nada le administraba, porque los mayordomos particulares del duque se lo daban todo hecho a Mamerto.

El palacio del magnate estaba a la disposición del administrador general; y por ostentación, por vanidad o por lo que fuese, haciendo un paréntesis en su vida de fonda, Anchoriz se fue a vivir al gran caserón de Ardanzuelo. Sin embargo, la comida la hacía traer de la fonda. Pasaron seis meses, y el *público* notó que Anchoriz adelgazaba y palidecía.

¡Anchoriz triste, Anchoriz malucho! ¿Iba a acabarse el mundo? Los médicos más distinguidos de la ciudad se creyeron en el deber de estudiar al enfermo, sin alarmarle, por supuesto. No pudieron dar en el *quid* de la enfermedad. Fue él, Mamerto mismo, quien acertó con el diagnóstico y la cura. Una tarde se presentó en la cocina del Hotel del Águila, su antigua vivienda; se acercó al cocinero, y sonriendo, después de darle una palmada en el hombro, exclamó:

—Perico, pon hoy *tropiezos* en la sopa.

—¿En qué sopa?

—En la de casa, en la sopa de todos...

—Pero... ¿el señorito come aquí hoy?

—Sí, hoy, mañana... y todos los días; pon *tropiezos*.

Los tropiezos eran pedacitos de jamón, aderezo familiar de la sopa, que Mamerto amaba como un dulce recuerdo del hogar paterno; él, que en la comida era un perfecto gentleman y había sabido despreciar desde muy joven la cocina española y burlarse del puchero y los guisotes, comía, siempre que podía sopa grasienta con pedacitos de jamón, lujo de los grandes banquetes de su padre a que para toda la vida se había aficionado. Era el único recuerdo que consagraba a la tradición, a la familia. No creía en la *religión de sus mayores* (aunque tampoco *se metía con ella* para nada, según su frase); no creía en los buenos resultados de la monogamia, ni en los afectos naturales engendrados por la sangre; no creía en la patria; no creía más que en la sopa con *tropiezos*. Era su única *preocupación*, su única *antigualla*.

Cuando él vivía en la fonda se comía a menudo la sopa de don Mamerto.

Al oir aquella noticia, el cocinero se enterneció, se enterneció el pinche, y las muchachas encargadas de la limpieza de los cuartos lloraron de alegría, o cantaron, según el temperamento. El número 6, que había sido durante tantos años de don Mamerto, estaba vacío desde que él lo había dejado. Allí volvió aquella misma noche. La viuda de Uria, dueña del hotel, dijo solemnemente a los criados que aquel día era inolvidable para la casa.

Cuando el huésped querido ocupó en el comedor el puesto de la mesa que tantos años había sido suyo, hubo en la estancia un silencio elocuente, una emoción profunda en criados y comensales antiguos.

Los huéspedes nuevos miraban también con respeto al héroe de la noche. En cuanto a Mamerto, risueño, impasible, con los ojos en el plato sopero, enfriaba su sopa de tropiezos con la naturalidad y modestia y tranquila parsimonia que eran sus rasgos característicos.

Se conocía que, como siempre en situación semejante, aquel hombre no pensaba más que en la sopa.

Aquella sencillez con que supo volver a sus hábitos el caballero sin tacha, recordó a un comisionista erudito el caso de Fray Luis de León cuando volvió a su cátedra de Salamanca después de su larga prisión. —"Decíamos ayer", había dicho Fray Luis. Pues Mamerto parecía estar diciendo: —Comíamos ayer...

Desde que volvió a la fonda, se notó por días, casi por horas, la mejoría. En pocas semanas volvió a ser el mismo de siempre, y la ciudad durmió tranquila.

IV

Jamás había estado enfermo, ni pensaba estarlo. Muchas y muy complicadas eran las causas que contribuían a esta perfecta salud, que era la suprema ambición de Anchoriz, su única ocupación seria; pero si algún entrometido se atrevía a preguntarle:

—Hombre, ¿qué receta tiene usted para estar siempre bueno?—. Mamerto contestaba sonriendo: —No lea usted nunca después de comer.

Y si el que consultaba le merecía algún interés, añadía Anchoriz: —Ni antes.

Es claro que esta receta vulgar la daba para despachar a los importunos; su sistema higiénico, su filosofía, no era cosa que pudiera exponerse como los aforismos médicos de un sacamuelas. ¡Ahí era nada! ¡Querer inquirir el secreto de una salud inalterable!

Ciertamente que en el programa de su vida, siempre sana, entraba la abstención de la lectura; pero no era esto sino parte muy secundaria del sistema.

¡Leer! Claro que no; ¿para qué? La lectura suponía cierta curiosidad nociva, una impaciencia espiritual, una falta de equilibrio que contradecían las condiciones del bienestar verdadero. En rigor, el no leer, más que causa de salud, era efecto de la salud; no estaba sano porque no leía, sino que no leía... porque estaba sano.

Nada de cuanto pudiera decir un escritor podía importarle a él absolutamente nada.

No aborrecía Anchoriz la literatura y la ciencia, no; las despreciaba como despreciaba las boticas, y a los boticarios, y a los médicos, y a los enfermos. Ante un ataque de nervios, ante un rasgo de heroísmo, ante un chispazo de ingenio, Mamerto sonreía con lástima; todo aquello era lo mismo: desequilibrio, anuncio de pronta muerte, una idea equivocada de la existencia. No concebía un desafío, ni una mala palabra, ni una buena obra. El principio de la vida era el egoísmo absoluto. Sacrificar a los demás algo que fuera más allá de los servicios que impone la cortesía, era perderse. No hacer jamás nada en bien del prójimo, era obra dificilísima, casi milagrosa; cierto, por eso él no había conocido más hombre feliz que uno: Mamerto Anchoriz.

De este gran principio del egoísmo absoluto nacían todas las reglas de conducta, que daban por resultado aquella plácida existencia, que Anchoriz pensaba prolongar indefinidamente. ¿Había de morir? Allá se vería. Todas las afirmaciones rotundas le empalagaban; no había nada seguro respecto de nada; el que hasta la fecha se hubiesen muerto todos los hombres conocidos, no era una prueba absoluta de que en adelante se muriesen todos también.

La ciencia decía que todo organismo se gasta, que todo lo infinito perece... ¡Conversación! ¡La ciencia decía tantas cosas! Él no negaba la posibilidad y aun la probabilidad de la muerte; pero en fin, no era cosa segura, lo que se llama segura, y esto bastaba para su tranquilidad. Lo importante además no era este aspecto metafísico y abstracto de la cuestión, sino su aspecto práctico, es decir, el no morirse.

—Mientras yo viva, poco importa que sea mortal. Una cosa es *mortal* y otra cosa es *muerto*.

Recordaba haber oído que, según Buffon, todo hombre, por viejo que sea, puede tener la legítima esperanza de vivir todavía un año. Gran sabio era, sin duda, este señor Buffon, y digno de no haberse muerto. Él, Anchoriz, pensaba tener siempre el cuerpo en disposición de funcionar más de un año; y así, la muerte, que al fin era, por lo que a él se refería, sólo una palabra, una amenaza, una creación fantástica, iría retrocediendo, y la vida ganándole terreno. Por otra parte, él sabía cómo morían esos ancianos que son ejemplos de longevidad: acaban como pajarillos, como recién nacidos. Se extinguen sin lamentos; en ellos el estómago y toda la vida vegetal sobrevive al cerebro y a cuanto anuncia la existencia del alma...

Pues morir así, en rigor, tampoco es morir. Él esperaba, suponiendo lo peor, esto es, morirse al cabo, pasar a mejor vida cuando ya no lo sintiera... y expirar como un viejecito, a quien había conocido pregonando: —¡Quesos de Villalón! ¡El quesero!— desde el lecho de muerte, y jurando y perjurando que

ya era hora de comer... No, aquello no era morir... Y allá...
hacia los ciente veinte años... y pico... ¡qué diablos!, el trago
no era tan fuerte. En todo caso, ya lo pensaría.

Y entretanto vivía tranquilo, sereno; *sub specie æternitatis.*

V

Así era el hombre a quien con tanta alegría y solemne agasajo recibieron los comensales de Termas-altas, tan aburridos
poco antes en aquel comedor frío y húmedo, en aquella mañana
de la *otoñada* triste.

Por de pronto, nada se le dijo del incidente de los fiscales;
toda la conversación fue para las noticias frescas, picantes, que
traía de la ciudad don Mamerto.

Bodas, bailes, escándalos de amor y del juego, romerías...
de todo esto desembuchó el floreciente gallo, muy satisfecho
porque podía con tal abundancia saciar la curiosidad de aquellos buenos amigos (a muchos de los cuales sólo los conocía
para servirlos... de mentirijillas). El coronel le preguntó después qué había de la guerra civil, y qué de una explosión de
grisú en las minas de Langreo. Anchoriz puso cara compungi-
da, se limpió los labios con la servilleta y declaró que de tan
lamentable catástrofe y de las luchas de *nuestros hermanos* no
tenía la más insignificante noticia.

Y poco después jugaba al tresillo en la sala de recreo (¡de
recreo, y tenía un piano que tocaban a ocho manos los bañistas!) sonriente, seguro de ganar a unos *chancletas* que se consideraban muy honrados con tal compañero, tan fino, tan jovial,
y a quien no había quien diese un codillo.

Por la noche, gracias a la influencia de Anchoriz, se reanu-
daron los rigodones y la *Virginia,* que no se bailaban desde fines
de julio. Don Mamerto no solía bailar; pero en aquella velada
memorable se dignó invitar a una dama que metida en un rincón detrás de una mesa de juego, con cara de pocos amigos,
parecía estar despreciando todas aquellas frivolidades mundanas, con gesto avinagrado y haciendo calceta. Sí, calceta; no se
avergonzaba de ello.

Era la fiscala. Anchoriz ya sabía (se lo habían dicho al tomar el café) el incidente del almuerzo. Por lo mismo, se iba derecho al enemigo, seguro de vencerlo.

En efecto, después de una repulsa y varios melindres, la fiscala en persona salió a bailar del brazo de don Mamerto. Una salva de aplausos acogió a la pareja. ¡Lo que es la gloria! A la fiscala se le puso cara de Pascua.

La vanidad le llenaba el mezquino espíritu. Poca vanidad bastaba para llenar recinto tan estrecho, Sin más que una finísima invitación, una mirada de caballero galante, algunas sonrisas en que la salud y la buena sangre hacían veces de poética espiritualidad, Anchoriz había conquistado a la fiscala. Esta señora, al sentir su brazo sostenido por el de aquel buen mozo... de *hoja perenne,* es decir, siempre en sus verdores, vio el mundo, y a don Mamerto particularmente, desde otro punto de vista,

bajo el punto de vista de las flores,

y perdonó a Anchoriz... porque había amado mucho.

Cinco o seis días estuvo nuestro héroe haciendo las delicias de los rezagados de Termas-altas. Y buena falta hacía animar y consolar a los que se quedaban, porque los que dejaban el balneario parecía que se llevaban la alegría.

—¿Qué será —decía la fiscala a don Mamerto, a quien llegó a hacer confidente de cierto romanticismo histérico que tenía ella debajo del Código penal en que consistía lo más de su corazón—; qué será que toma una tanto cariño a todas estas personas que conoce de tan poco tiempo; y que al despedirse de cada cual parece que se le deja llevar un pedazo del alma? ¿Será la intimidad del trato, lo excepcional de las relaciones en estos sitios y en estas circunstancias?

—Sí, señora —contestaba don Mamerto, sonriendo— algo es de eso; pero la causa principal de este sentimentalismo de final de verano consiste en la mucha fruta que se come y en la salsa de tomate. Estos alimentos debilitan... y los nervios se exaltan... y de ahí ese repentino amor al prójimo y tendencia a ver en todo lo que pasa y se va motivo de melancolía...

—¡El tomate! Estas tristezas que causan estas ausencias...
¿las produce el tomate...?

—Sí, señora; pero sobre todo, la fruta; la de hueso particularmente. Los melocotones crían bilis y la bilis engendra esas penas de tan frívolo motivo.

Por lo demás, a Anchoriz no le costaba trabajo procurar la alegría de los otros, porque él estaba como unas castañuelas. A pesar de la fruta, no le importaba un bledo de los que se iban ni de los que se quedaban; con tal que no faltase gente, que fueran estos o los otros, le importaba un rábano. Por eso no comprendía cómo se afligían tanto algunos cuando se moría alguien. "¿Por qué lloran las muertes y se festejan los nacimientos? Vean ustedes el periódico —exclamaba—. Parte de la alcaldía: día de hoy; cuatro defunciones, seis nacimientos. Vamos ganando dos. Y siempre es lo mismo".

Así era que en los anuncios de marcha de los bañistas él veía nada más motivo de diversión. A pocas simpatías que hubiese ganado en el establecimiento el huésped que se despedía, Anchoriz organizaba, con ocasión del viaje, una jarana, una broma de buen gusto, que consistía en confabularse muchos de los bañistas, hacerse los distraídos a la hora de las despedidas y dejar que se amoscase el que se marchaba, creyendo que se le olvidaba y no se le decía adiós. Y cuando iba a montar en el coche que debía llevarle a la estación, ¡zás! la *manifestación* salía al pórtico, en formación solemne, cantando la marcha real y tocando los platillos con piedras del río. Y el amoscado huésped se marchaba contentísimo, satisfecho de su popularidad en el balneario, y seguro de que allí dejaba una porción de verdaderos amigos, no menos firmes por poco probados.

Y Anchoriz, que tan buen amigo de esta clase era, tan fiel a la amistad en el holgorio y tan decidido a no *acompañar a nadie en el sentimiento,* ¿qué pensaba de la amistad de los demás respecto de él? ¿Sería un escéptico? ¿Negaríase toda esperanza de que los demás fueran con él más caritativos que él con los demás? No; no pensaba en eso. Desechaba por importunas estas comparaciones, como la idea de la muerte. No quería meterse en honduras, averiguando adónde llegaba el egoísmo ajeno. Estas investigaciones no le convenían al suyo.

Si el hombre era malo, egoísta, lo mejor era no tener ocasión de llegar a conocerlo por experiencia. Por lo cual, sin decidir la cuestión en sentido pesimista, por si acaso, Anchoriz hacía con la amistad lo que Don Quijote con la segunda celada: no la ponía a prueba. Y su egoísmo, agarrándose al interés, a toda ganancia posible, al amparo de la ley, que asegura lo que se ganó, con caridad o sin ella, procuraba vivir sin necesitar de nadie, a fuerza de no hacer nada por quien pudiera necesitar del alegre y *servicial* don Mamerto.

La alegría, algo afectada, por lo mismo que todos temían la tristeza de la soledad y del mal tiempo, que se iban acentuando, había llegado al colmo, gracias siempre al señor Anchoriz, cuando una mañana, por cierto de excepcional hermosura en el cielo, de sol esplendoroso y brisa templada, un camarero anunció en el comedor, que don Mamerto no bajaba a comer a la mesa redonda porque se sentía algo indispuesto.

Todos los comensales se volvieron hacia el portador de tal noticia.

—¿Está en la cama? —preguntaron muchos.

—Sí, en la cama; y ha mandado al doctor Casado que vaya a verle.

—¡Anchoriz en la cama! ¡Al mediodía!

Consternación general; y aún más que eso, asombro; así, como si el sol a las *doce del día* no hubiera dejado todavía las ociosas plumas de su clásico lecho, ni los brazos de la deidad con quien el mito le supone *amontonado*.

VI

Sin acabar los postres, una comisión del seno... de la *mesa redonda* fue a visitar a don Mamerto a su cuarto, sin perjuicio de que todos los bañistas, uno por uno, acudiesen después a cumplir con este *deber elemental,* como lo calificó el representante del ministerio público, que, aunque a regañadientes, se había reconciliado con el *Tenorio averiado,* gracias a la influencia de la fiscala.

El médico del establecimiento, muy amigo de divertirse y de tratar en broma la medicina, particularmente la hidroterapia, apenas había querido tomar el pulso ni mirarle la lengua a don Mamerto. "¿Qué había de tener Anchoriz? Nada. Al día siguiente ya estaría a las ocho tomando una ducha...". Pues no estuvo. En vez de la ducha, tuvo que tomar con paciencia los 39 grados de fiebre con que Dios quiso... no probarle, que demasiado sabía Dios qué sujeto era Anchoriz, sino mortificarle.

Los dos primeros días de enfermedad don Mamerto, con la mayor finura del mundo, no permitió que los amigos y amigas que venían a verle entraran en su alcoba; no podían pasar del gabinete, que era como los demás de la casa, es decir, los de primera clase; con esta diferencia, que la mesa y la cómoda parecían escaparate de objetos de tocador: docenas de peines, de cepillos para la cabeza, para las uñas, para los dientes; jeringuillas a docenas también; cientos de botes, frascos, tarros, barras de cosméticos; triángulos de tul para fijar las guías del bigote; cajas de jabón; misteriosos artefactos de química, aplicada a la senectud refractaria; y mil cachivaches más de estuche, de neceser, de cuarto de cómico.

Desde el gabinete se le hablaba, y en la alcoba sólo entraban el camarero y el doctor. Al principio don Mamerto contestaba a las almas caritativas que le iban a preguntar por la salud, precisamente cuando la había perdido, con gran amabilidad, esforzando la voz para que le oyeran bien desde fuera, con el tono *correcto* y finísimo y jovial de siempre. Parecía pedir perdón al público por aquella molestia que le causaba tan inoportunamente cayendo en cama e interrumpiendo la general alegría, que él había renovado. Tampoco él creía en la importancia de su mal a pesar de la fiebre; en este punto estaba de acuerdo con el médico de la casa. ¿Malo de cuidado él? No faltaba más.

Pero como la cosa se iba haciendo pesada, la fiebre no cedía, la debilidad iba trabajando, el cuerpo se le molía y el aburrimiento le asediaba, don Mamerto, por las molestias, y el doctor, por la fiebre, empezaron a alarmarse.

La gente invadió la alcoba y el enfermo no tuvo fuerza para resistir la invasión. Es más: aunque tenía sus motivos para no dejar entrar a nadie, pudo más el deseo de ver seres humanos en rededor, de encontrar caras amigas que pudiesen mostrarle con gestos de compasión que participaban de su disgusto, aunque fuera en cantidades exiguas. Quería apoyarse en el prójimo para padecer; enterar al mundo entero de aquel disgusto tan interesante: la enfermedad de Anchoriz; hasta deseaba contagiar el dolor a los demás, para ver si así él se libraba de penas.

Los bañistas, al ver en el *lecho del dolor* a don Mamerto, se hicieron cruces... mentalmente. ¡Lo que somos! ¡Es decir, lo que era Anchoriz! Con cuatro o cinco días de fiebre, y de no pintarse, veinte años se le habían echado encima.

Parecía decrépito: parecía *su padre* resucitado. Bien conocía él qué efecto causaba, pero ya no estaba para vanidades y coqueterías; quería que le compadeciesen, ante todo. Y sí; le compadecían; y le hacían mucha compañía, demasiada; parecía aquello un jubileo. ¡Qué entrar y salir! Todos le querían velar. Todos querían llevar cuenta con las horas de tomar medicinas y con las clases y porciones de éstas. Tocaron a poner sinapismos en las pantorrillas... y resultó que nadie sabía hacerlo con aseo y eficacia más que la fiscala. Esta señora no vaciló un momento, y los puso con gran pulcritud y manos de madre. Era de las damas que más asiduamente visitaban al enfermo; pero ya había notado Anchoriz que tomaba precauciones para no hacer ruido, para no molestarle, que tenían en olvido todos los demás. Cuando la sintió ponerle los sinapismos, advirtió, en la suavidad y calma con que la angulosa dama le movía el cuerpo y la ropa de la cama, algo así como un tierno recuerdo de la lejana infancia; pensó en la madre que había perdido muy pronto. Aunque era tan fea, sobre todo tan ridícula por su figura, por su empaque y por sus cómicas manías, le tomó apego y quiso que ella le arreglase el embozo y las almohadas. Era una delicia sentirla maniobrar con movimientos tan delicados y eficaces, que parecían caricias y medicinas.

Don Mamerto, con la debilidad, se hacía más observador, y empezó, como todo buen crítico, a ser algo pesimista respecto de las pequeñeces de la vida ordinaria. No era oro todo lo que relucía. Echaba de ver que, los más, tomaban al cuidarle como un entretenimiento. Muchos hacían que oían. Y no pocos empezaban a cansarse. Algunos ya escaseaban las visitas y atenciones. Otros se le despidieron porque se les acababa la temporada, y *le dejaron solo;* es decir, sin el ancho mundo que ellos ¡egoístas! iban a cruzar, a correr, ¡a gozar!

¡Cosa más rara! El Anchoriz enfermo acabó por notar un gran parecido entre el carácter de todas aquellas personas tan sanas que le iban abandonando, y el carácter del Anchoriz, robusto y frescote, que él siempre había sido. Hacían con él lo que él siempre había hecho con todos. Pero no era lo mismo. En los demás no estaba bien.

VII

Aquel buen tiempo que parecía haber traído consigo Anchoriz, se fue al traste; los aguaceros volvieron a poner sitio a Termas-altas; parte de la *guarnición* sitiada se rindió al enemigo, el hastío, y salió de la plaza sin honores de ningún género, porque ya no estaba allí, a la puerta, don Mamerto, para despedir a los que escapaban, con la marcha real.

Unos le decían adiós y otros no. Él fue notando la soledad. Sintió el terror de quedarse allí, atado al lecho, mientras poco a poco todos los bañistas iban desfilando. Ya era aquello un sálvese el que pueda.

En sus manías y aprensiones de enfermo, llegó a sentir la falta de *sociedad,* como él decía, tanto como la enfermedad misma; la fiebre le convertía el aislamiento en una desgracia. Más era. El quedarse tan solo, metido en aquel cuarto de una casa de baños, lo relacionaba él con la respiración, y cada vez que le anunciaban: "Se ha marchado también don Fulano", se le figuraba que le faltaba aire.

Quería oir ruido, aunque le molestase.

El médico le aconsejaba silencio y obscuridad, y él buscaba estrépito y luz. Hizo que le trasladasen la cama al gabinete; y de noche, mientras duraba la tertulia de los pocos huéspedes que quedaban, en el salón, que estaba más cerca, don Mamerto mandaba que abrieran la puerta de su habitación para oir fragmentos de las conversaciones. Se jugaba al tresillo, y lo que oía más a menudo era: "Espada, mala, basto. Estuche... Codillo..." y otras lindezas por el estilo.

Parecía mentira que hubiese en la casa personas que diesen tanta importancia al basto y aun a la espada, estando él tan malito, como sin duda se iba poniendo.

Sí, muy malo; valga la verdad. Lo sentía él, y además lo comprendía por ciertas señales: veía que el médico, Campeche, los criados, le trataban con el rencoroso cuidado que un enfermo grave inspira a los extraños que tienen que asistirle.

Aquello no era lo tratado: El Anchoriz sano, alegre como unas castañuelas, siempre sería muy bien venido; Anchoriz meramente *indispuesto*... podía pasar, hasta tenía cierta gracia por la novedad del caso. Pero Anchoriz... en peligro de muerte, y exigiendo días y días, noches y noches atenciones sin cuento... francamente era una sorpresa dolorosa. Una broma pesada.

O por darse importancia, o porque fuera verdad, el médico dejó correr la voz de que acaso, acaso aquello *degeneraba* en tifoidea.

La frase, con la tal degeneración, no debía de ser suya, pero el temor a la tifoidea, sí.

A los pocos días ya no sintió Anchoriz las voces del salón; en vano hacía abrir la puerta; ya no oía: mala, basto, rey, fallo... Parecía mentira, pero aquellas palabras sin sentido ya para él, *estúpidas, indiferentes,* frías, habían llegado a hacerle compañía; le hablaban de una *humanidad* que existía, aunque muy lejana, muy lejana; eran como un barco que un náufrago ve en el horizonte... una esperanza que pasaba a muchas millas de sus ahogos.

Acabó el tresillo, acabó la tertulia; acababa todo; el señor Campeche tuvo que marcharse: ya no había huéspedes; ya se había despedido el cocinero francés *extraordinario,* la servidumbre también se había reducido muchísimo... Aquello estaría ya como en invierno..., si no fuera la inoportuna enfermedad del señor Anchoriz. El médico también se impacientaba. *Oficialmente* ya no tenía obligación de estar allí. Se habló de trasladar al enfermo a la capital. Imposible.

No hubo más viaje que volverlo a la alcoba, que le pareció antesala de la sepultura. En aquel *antro* apenas conocía a las pocas personas que se le acercaban. A la fiscala, sí; la conocía por el tacto, por la dulzura maternal con que le movía en el lecho, con que le arreglaba las almohadas y el embozo. Los fiscales no se habían marchado. Él tenía licencia larga y ella mandaba, por las buenas, en su marido. Eran ridículos, tiesos, a la antigua española; tenían ideas muy atrasadas y muy esclavas del mecanismo legal en asuntos de derecho; eran rigorosos y rutinarios en materia penal, porque lo era el Código; pero, por lo visto, eran excelentes personas. Acaso él no era más que un marido dominado por su mujer; pero ella, estuviera o no enamorada de Anchoriz, como se había susurrado, sin respetar sus años, era, por los resultados a lo menos, un alma caritativa.

Sin la fiscala, Anchoriz hubiera muerto como un perro; como un perro asistido por camareros.

No murió así. Fue de otro modo. Una noche, mientras le velaba un mozo de cocina... durmiendo a pierna suelta y roncando, don Mamerto se sintió muy mal. Llamó, dio gritos, no muy poderosos, y todo fue inútil.

Como si ya estuviese enterrado y despertara en la caja, empezó a dar puñetazos y patadas a la pared; no quería morir sin testigos... sin lástima. El mozo, nada, como un tronco. El pobre se había levantado a las cinco de la mañana, y había trabajado mucho.

Anchoriz, que no había necesitado soñar para tener en la vida muchas veces delante de sí encantadoras y voluptuosas apariciones, dignas del ensueño, en figura de mujeres esbeltas, lozanas, que en traje muy ligero se acercaban a deshora a su lecho de solterón, ahora veía, soñando, delirando tal vez, que de la oscuridad, que la luz de una lamparilla no hacía más que acentuar con un tinte de palidez, surgía un fantasma anguloso, flaco, la *muerte* con una cofia, figura de danza macabra.

No era la muerte; era la fiscala, en camisa, con las manos colocadas como aconsejaba el pudor póstumo; horrorosa en su fealdad de media noche, pero movida por un espíritu de caridad, que no se destruía por completo, aunque la malicia tuviera razón, y viniese con el refuerzo de cierta curiosidad lasciva inútilmente, o ridículamente romántica y amorosa. Ello era que había que contentarse con lo que había.

La humanidad no ponía a disposición de Anchoriz en aquel trance supremo más que una vieja desdentada, fea, solemne y ridícula, llena de preocupaciones, y un poco piadosa.

Tal como era, se acercó al moribundo; y como no hubo tiempo para más, para llamar médico, cura, ni siquiera criados, ella sola se las arregló como pudo; y en los últimos momentos de extraña lucidez del gran egoísta, le habló de consuelos celestiales, le abandonó con ternura una mano escuálida, a que él se cogió, apretándola, como si así pudiera agarrarse a la vida, y, como lloró él, y lloró ella, y hay *lugares comunes* cristianos que en ciertos momentos recobran una sublimidad siempre nueva, que sólo entienden los que se ven en supremos apuros, acaso acaso lo que pasó entre la vieja y el libertino, entre la honrada fiscala y el viejo verde, fue la *aventura de faldas* más interesante con que hubiera podido entretener a los *comensales* de la *mesa redonda* el solterón empedernido... si hubiera podido contarla.

SUPERCHERÍA

I

NICOLÁS Serrano, un filósofo de treinta inviernos, víctima de la bilis y de los nervios, viajaba por consejo de la Medicina, representada en un doctor cansado de discutir con su enfermo. No estaba el médico seguro de que sanara Nicolás viajando; pero sí de verse libre, con tal receta, de un cliente que todo lo ponía en tela de juicio, y no quería reconocer otros males y peligros propios que aquellos de que tenía él clara conciencia. En fin, viajó Serrano, lo vio todo sin verlo, y regresaba a España, después de tres años de correr mundo, preocupado con los mismos problemas metafísicos y psicológicos y con idénticas aprensiones nerviosas.

Era rico; no necesitaba trabajar para comer, y aunque tenía el proyecto, ya muy antiguo en él, de dejarlo todo para los pobres y coger su cruz, esperaba, para poner en planta su propósito, tener la convicción absoluta, científica, es decir, una, universal y evidente, de que semejante rasgo de abnegación estaba conforme con la justicia, y era lo que le tocaba hacer.

Pero esta convicción no acababa de llegar; dependía de todo un sistema; suponía multitud de verdades evidentes, metafísicas, físicas, antropológicas, sociológicas, religiosas y morales, averiguadas previamente; de modo que mientras no resolviera tantas dudas y dificultades continuaba siendo rico, desocupado, pero con poca resignación. Para él, las dudas y los dolores de cabeza y estómago, y aun de vientre, ya venían a ser una misma cosa; ya veces había, sobre todo a la hora de dormirse, en que no sabía si su dolor era jaqueca o una cuestión *psicofísica atravesada* en el cerebro. No era pedante ni miraba la Filosofía desde el punto de vista de la cátedra o de las letras de molde, sino con el interés que un buen creyente atiende a su salvación o un comerciante a sus negocios. Así que, a pesar de ser tan filósofo, casi nadie lo sabía en el mundo, fuera de él y su médico, a quien había tenido que confesar aquella preocupación dominante para poder entenderse ambos.

Volvía a España en el expreso de París. Era medianoche. Venía solo en un coche de primera, donde no se fumaba. Acurrucado en su gabán de pieles, casi embutido en un rincón; los pies envueltos en una manta de Teruel, negra y roja; calado hasta las cejas un gorro moscovita, meditaba; y de tarde en tarde, en un libro de Memorias de piel negra apuntaba con lápiz automático unos poco renglones de letra enrevesada, con caracteres alemanes, según se empleaban en los manuscritos, mezclados con otros del alfabeto griego. Lo muy incorrecto de la letra, amén de las abreviaturas de esta mezcolanza de caracteres exóticos aplicados al castellano, daba al conjunto un aspecto de extraña taquigrafía, muy difícil de descifrar. Así escribía sus Memorias íntimas Serrano. Era lo único que pensaba escribir en este mundo, y no quería que se publicasen hasta después de su muerte. En tales Memorias no había recuerdos de la infancia ni aventuras amorosas, y apenas nada de la historia del corazón; todo se refería a la vida del pensamiento y a los efectos anímicos, así estéticos como de la voluntad y de la inteligencia, que las ideas propias y ajenas producían en el que escribía. Abundaban las máximas sueltas, las fórmulas sugeridas por repentinas inspiraciones; aquí un rasgo de mal humor filosófico; luego, la expresión lacónica de una antipatía filosófica también; más adelante, la fecha de un desengaño intelectual o la de una duda que le había dado una mala noche. Así, se leía hacia mitad del volumen: "13 de junio (caracteres griegos y de alemán manuscrito, mezclados, por supuesto). He oído esta noche a don Torcuato, autor de *El sentido común*. Es un acémila. ¡Y yo que le había admirado y leído con atención pitagórica! ¡Avestruz! Ahora resulta darwinista porque ha viajado, porque ha vivido tres meses en Oxford y tiene acciones de una Sociedad minera de Cornuailles. ¡Siempre igual! Hoy, don Torcuato; ayer, Martínez, que resulta un boticario vulgar. ¡Qué vida! — 15 de mayo. El cura Murder es un pastor protestante digno de ser cabrero. Le hablo del Evangelio y me contesta diciendo pestes del padre Sánchez y de la Inquisición... — 16 de septiembre. Creo que he estado tocando el violón; mi sistema de composición armónica entre la inmortalidad y la muerte del espíritu es una necedad, según voy sospechando. — 20 de octubre. ¡Dios mío! ¡Si seré yo el Estrada de la Filosofía! ¡Ahora miro mi sistema de muerte inmortal y me pongo rojo de vergüenza! Por un lado, plagio a Schopenhauer y De Guyau; y por otro, sueños de enfermo. ¡Oh! Todos somos despreciables; yo, el primero. No hay modo de *componer* nada.— 21 de noviembre. No hay más filósofos, admirados de veras, que los temidos. Todos los que no han servido para destruir me parecen algo tontos en el fondo.—30 de noviembre. Hay momentos en que Platón me parece un prestidigitador.—4 de enero. Hoy he sentido en el alma que Aristóteles no viviera… para poder ir a desafiarle. ¡Qué antipático!…".

Todos estos apuntes eran antiguos. Después había otros muchos en el mismo libro de Memorias, cuya última página era la que tenía abierta ante los ojos Serrano aquella noche. Nunca leía aquellos renglones de fecha remota (cinco meses). ¿Qué tenía él que ver con el que había escrito todo aquello? Ya era otro. El pensamiento había cambiado, y él era su pensamiento. No se avergonzaba de lo escrito en otro tiempo; no hacía más que despreciarlo. No pensaba, sin embargo, borrar una sola letra, porque justamente la mejor utilidad que aquellas Memorias podían tener algún día consistiría en ser la historia sincera de una conciencia dedicada a la meditación.

Dejó un momento el cuaderno sobre el asiento, y acercándose a la ventanilla apoyó la frente sobre el cristal. La noche estaba serena; el cielo, estrellado. Corría el tren por tierra de Ávila, sobre una meseta ancha y desierta. La tierra, representada por la región de sombra compacta, parecía desvanecerse allá a lo lejos, cuesta abajo. Las estrellas caían como una cascada sobre el horizonte, que parecía haberse hundido. Siempre que pasaba por allí Nicolás, se complacía en figurarse que volaba por el espacio, lejos de la tierra, y que veía estrellas del hemisferio austral a sus pies, allá abajo, allá abajo. "Esta es la tierra de Santa Teresa", pensó. Y sintió el escalofrío que sentía siempre al pensar en algún santo místico. Millares de estrellas titilaban.

Un gran astro, cuya luz palpitaba, se le antojaba paloma de
fuego que batía muy lejos las luminosas alas, y del infinito
venía hacia él, navegando por el negro espacio entre tantas islas
brillantes. Miraba a veces hacia el suelo y veía a la llama de
los carbones encendidos que iba vomitando la locomotora como
huellas del diablo; veía una mancha brusca de una peña pelada
y parda que pasaba, rápida, cual arrojada al aire por la honda
de algún gigante.

La emoción extraña que sentía ante aquel espectáculo de
tinieblas bordadas de puntos luminosos de estrellas y brasas,
tenía más melancólico encanto porque se juntaba al recuerdo
de muchas emociones semejantes, que sin falta despertaban,
siempre iguales, al pasar por aquellos campos desiertos, a tales
horas y en noches como aquélla. Nunca había visto de día aquellos lugares ni quería tener idea de cómo podían ser; bastábale
ver el cielo tan grande, tan puro, tan lleno de mundos lejanos
y luminosos; la tierra tan humillada, desvaneciéndose en su
sombra y sin más adorno que bruscas apariciones de tristes
rocas esparcidas por el polvo acá y allá, como restos de una
batalla de dioses; monumentos taciturnos de la melancólica
misteriosa antigüedad del planeta. En la emoción que sentía
había la dulzura del dolor mitigado y espiritual, la impresión
del destierro, el dejo picante de la austeridad del sentimiento
religioso indeciso, pero profundo.

—¡Tierra de Ávila, tierra para santos! —dijo en voz alta,
estirando los brazos y bostezando con el tono más prosaico
que pudo. Quería "llamarse al orden", volver a la realidad, es-
pantando las aprensiones místicas, como él se decía, que en
otro tiempo le habían hecho gozar tanto y le habían tenido tan
orgulloso. Y abrió la boca dos o tres veces, provocando nuevos
bostezos para despreciar ostensiblemente aquella invasión de
ideas religiosas que en otra época había acogido con entusiasmo y que ahora rechazaba por mil argumentos que a él le parecían razones y que constaban en sus libros de Memorias, en
aquellos apuntes, historia de su conciencia.

—¡Pura voluptuosidad imaginativa! —dijo también en alta
voz, para oírse él mismo, poniéndose por testigo de que no
sucumbía a la tentación de aquel cielo de Ávila, que había re-

cogido las miradas y las meditaciones de Santa Teresa, y que ahora era pabellón tendido sobre su humilde sepultura.

Volvió a estirar los brazos, con las manos muy abiertas, y abrió la boca de nuevo, y en vez de suspirar, como le pedía el cuerpo, hizo con los labios un ruido mate, afectando prosaica resignación vulgar; y como si esto fuera poco, concluyó con dos resoplidos y subiéndose un poco los pantalones y apretándose la faja-cinto que usaba siempre, después de ciertas insurrecciones del hígado.

II

En esto estaba cuando el tren se detuvo porque había llegado a una estación, y a pocos segundos se abrió la portezuela del lado opuesto al que ocupaba Nicolás, dejando paso a un bulto negro.

Era una monja. Nicolás, al ver que alguien subía, se había sentado en un rincón, sumido en la sombra, porque la oscura luz del techo agonizaba y no tenía fuerza para alumbrar los extremos del coche.

—Aquí, que no hay nadie, en este reservado —le habían dicho a la monja; y allí había entrado. Ya había emprendido la marcha el tren, cuando ella notó, acostumbrada a aquella media oscuridad, que en el rincón opuesto había un bulto humano. "Será una mujer", pensó, porque creía ir en un reservado de señoras. Llevaba la cara descubierta; era joven, blanca, con grandes rosas en las mejillas, los ojos pardos, rasgados, de pestañas largas en onda, de mirada inquieta y sincera. Miraba con fijeza a la oscuridad para descubrir las facciones de la que suponía mujer. Sin saberlo ella, sus ojos se clavaban en los de Serrano, otra vez acurrucado, encogido. Comprendía él que aquella religiosa, no sabía de qué profesión, se creía sola en compañía de otra hembra. Le pareció lo más adecuado al filósofo hacerse invisible hasta cuando pudiera, y, además, fingirse dormido. Cerró los ojos, pero no tanto que no siguiera viendo entre pestañas a la monja. Ésta, a cada momento más preocupada, tenía constantemente la cabeza vuelta hacia el rincón oscuro de Serrano, y fijos en él los ojos muy abiertos. "Sí —iba pensando—; de seguro es una señora. Pero no importa; no debí de todas maneras consentir en venir sola, aunque sea por tan pocos minutos y en un reservado. Por algo no nos dejan viajar solas. El lance, sin embargo, es apurado. En fin, no será un ladrón ni un libertino disfrazado de señora. Si la hubiera visto al entrar, la hubiese dado las buenas noches, y por su voz, al contestarme, hubiese conocido lo que era. Ahora ya no es tiempo".

Serrano permanecía inmóvil. La delicadeza consistía, en aquella ocasión, en imitar lo mejor posible la ausencia. "Si me ve esa buena mujer se va a asustar; debe de creerse en un reservado; la han metido aquí por equivocación". El caso era que en aquella inmovilidad del cuerpo había una especie de influjo magnético que le paraba el pensamiento en una idea fija e insignificante: la presencia de aquella mujer. También la mirada se le paró, clavándose en la estrella, que parecía volar; y como ya le había pasado muchas veces, aquella fijeza de la vista en un solo astro le produjo un efecto que sólo le había asustado la primera vez que lo experimentara; las demás estrellas se fueron borrando, todo se convirtió, cielo, tierra y hasta el coche de primera en que iba, en un círculo de negras tinieblas alrededor del astro luminoso; la estrella volandera, ahora quieta, fue enrojeciendo; después, se turbó la luz, palideció y desapareció también. Al llegar a este punto otras veces, Nicolás solía sacudir la cabeza, un poco temeroso de accidentes nerviosos desconocidos; pero ahora, en vez de moverse por volver a la visión plena, se dejó abismar en aquella especie de hipnotismo visual provocado por él mismo; se dejó alucinar, y se quedó dormido.

Al despertar, el sueño le pareció breve, pero muy profundo. De repente se acordó de la monja, y como si mientras dormía hubiera trabajado su cerebro sobre un pensamiento que le llevara a una terminante conclusión, esta idea estalló en su cabeza: "Esa monja no era real; era una visión, era Santa Teresa..., y no está ahí". Poco dueño de su valor todavía, con la voluntad medio dormida, Serrano volvió los ojos con terror al rincón de la monja. *En efecto,* había desaparecido.

Sintió debajo de la piel el latigazo de un escalofrío de que le dio vergüenza. Se frotó los ojos, se puso en pie apoyándose en la vara de hierro de la red, y pensó un momento en pedir socorro, no sabía cómo. No tenía miedo a lo sobrenatural, sino a su cerebro. "¿Estaré malo? ¿Habrá sido una alucinación? Pero eso sería... terrible, porque la fuerza de la realidad con que vi a esa monja... ¿Será así la alucinación, tan viva, tan fuerte, tan engañadora? De lo que estoy seguro es de que no hemos parado en ninguna estación. Ni ha habido tiempo, ni yo habría dejado de sentir, como siempre siento, que el tren se detenía". Rara vez, por muy dormido que estuviera, dejaba de notar, entre sueños, que el movimiento del tren había cesado; sobre todo, ahora tenía la conciencia clara, evidente, no sabía por qué, de que no había parado el tren en estación alguna mientras él dormía. Consultó el reloj y, en efecto, eran muy pocos minutos los transcurridos desde la última vez que le había mirado, poco antes, al entrar la monja.

En aquel instante cesó la marcha. La estación era aquélla. ¡Absurdo parece que en tan poco tiempo hubieran pasado dos estaciones!

El demonio del miedo le sugirió otra idea. Acordóse del nombre de la última estación que él había oído anunciar. Lo recordó, consultó la *Guía*..., y aquélla a que ahora llegaba era la siguiente.

Como en lo sobrenatural no había que creer, era preciso admitir que había tenido una visión, es decir, que él, que creía los nervios tan calmados con la vida medio animal que había hecho durante gran parte de sus viajes, se encontraba peor que nunca, con la revelación instantánea de un síntoma de muy mal género.

Pero... también le avergonzaba el miedo a la enfermedad. Además, ¿no podía haber estado allí, en efecto, aquella monja y haberse marchado? ¿Cómo? ¿Cuándo? Cuando yo dormía. Pero, ¿cómo? El tren volaba. Fue una alucinación..., no cabe duda.

Como en los tiempos, de triste recordación, de sus aprensiones de locura, clase de manía tan dolorosa como cualquiera, sintió con espanto, dentro de la cabeza una cascada de ideas

extrañas, como engendradas por el pánico; y recurrió, para
librarse del tormento, a lo que él llamaba la fuga de la razón
y el sálvese quien pueda de las ideas. Abrió la ventanilla, miró
a la oscuridad y al cielo estrellado, pero tembló de frío y de
miedo mezclados; temió ver vagar en el aire la imagen que
antes se había sentado en aquel rincón del coche. Volvió a
cerrar, y como viese su libro de apuntes abierto a su lado, a
él recurrió y se puso a escribir con ansia febril, huyendo, huyendo de las aprensiones. Y resultó lo apuntado una serie de
diatribas en estilo conciso, nervioso, contra el milagro, la superstición, las ciencias ocultas, el misterio y las pretensiones
científicas del hipnotismo moderno. "Tal vez —decía uno de
los últimos párrafos— las conquistas de la moderna fisiología
y de las ciencias afines son una superstición más". "Comte
—decía más adelante— habló de la edad teológica, de la edad
metafísica y de la edad positiva. Lo que debió decir fue: primero hubo la superchería teológica, después la superchería
metafísica y después la superchería científica. Todo lo maravilloso es obra de un Simón Mago. En tiempo de Cristo, el milagro era la patente del profeta; hoy, en vez de resucitar a Lázaro,
le revolvemos las entrañas para asegurar nuevas supercherías".
Nicolás Serrano se enfrascó en sus desahogos de lápiz sin creer
él mismo en lo que escribía, como con entusiasmo de enfermo
que toma una ducha. Un cuarto de hora después estaba algo
más tranquilo. El sueño volvió a invadirle como las sombras
de la noche, y la última sensación de que se dió cuenta fue
que el libro de Memorias se le caía de las manos sobre el calo-
rífero. Pero no; también sintió, al dormirse, que volvía a pararse el tren.

Lo que ya no pudo notar fue que la portezuela por donde
había entrado poco antes una monja se abría para dar paso
a una dama vestida de negro y cubierta con manto largo.

III

Nicolás el filósofo pasó el verano de aquel año sin moverse
de Madrid. El calor le mataba; el mal humor, complicado en

él con tantos pensamientos de hastío y desconsuelo, aumentaba con aquella temperatura bochornosa. Podía ir adonde quisiera; tenía libertad y dinero..., y no se movía. Los viajes no le habían curado, y había tomado horror a los ferrocarriles, a las estaciones, a los baúles, a todo lo que le recordaba su infructuosa odisea por el mundo civilizado. Padecía quedándose en Madrid..., y se quedaba. Vivía como en un desierto en medio de todo el mundo. De las pocas relaciones, ninguna íntima, que había conservado, no quería acordarse. Los más de sus amigos estaban veraneando, pero de los contados que quedaban achicharrándose con él no quería ver ni la sombra.

No se levantaba hasta el medio día; no salía de casa hasta caer el sol; se iba al Prado, se sentaba en un silla, se quedaba medio dormido, como borracho de calor; sudaba y respiraba fuego, y no gozaba más placer que el de conseguir no pensar en nada más que en lo que tenía delante: un barquillero, un farol, un polizonte, una niñera con un chiquillo arrastrado por la arena, una manga de riego, sarcasmo de frescura, y el aire vestido de polvo... De noche, al Retiro, a dar una vuelta, una sola, porque el aburrimiento era tan fuerte y tan inmediato, que no podía pasar allí más tiempo del necesario para volver a encontrar la salida.

Se le había puesto en la cabeza que él era un hombre sedentario que había hecho una serie de tonterías metiéndose en tantos coches de tantos trenes. "Querer ver mundo, tal como el mundo está ahora, el que se puede visitar sin grandes molestias, no era más que una ridícula manía de *burgués*, de *snob*, etcétera, etc."

Hasta fines de octubre no salió del casco de Madrid ni un solo día. Y su viaje de octubre duró poco más de una hora. Fue a Guadalajara. Tenía un sobrino en la Academia de Ingenieros; una hermana de la madre de Serrano suplicaba a éste, en una carta llena de cariño, que por Dios fuera a visitar a su Antoñito, que estaba arrestado por meses, y escribía hablando de suicidio y de emigración, de las Peñas de San Pedro, de la tremenda disciplina y otros tópicos trágicos. "Ve a consolarle, a consultar con los profesores, a reducir hasta donde se pueda el horrible castigo..., y, si no se ablandan aquellos Nerones, sácamelo de allí, que pida la absoluta. En ti confío; tú me dirás si es tan insoportable como él jura su vida en aquellos calabozos...".

Serrano tal vez no hubiera accedido a los ruegos de su tía si le hubiera propuesto un viaje más divertido; pero aquello de volver a Guadalajara, donde él había vivido seis meses a la edad de doce a trece años, le seducía, porque estaba seguro de encontrar motivos de tristeza, de meditaciones negras, o, mejor, grises; de las que le ocupaban ya casi siempre después de haber dado tantas vueltas en su cabeza a toda clase de *soluciones* optimistas y pesimistas.

Llegó a la triste ciudad del Henares al empezar la noche, entre los pliegues de una nube que descargaba en hilos muy delgados y fríos el agua, que parecía caer ya sucia, que sucia corría sobre la tierra pegajosa. Un ómnibus, con los cristales de las ventanillas rotos, le llevó a trompicones por una cuesta arriba, a la puerta de un mesón que había que tomar por fonda. Estaba frente al edificio de la Academia vieja, a la entrada del pueblo. La oscuridad y la cerrazón no permitían distinguir bien el hermoso palacio del Infantado, que estaba allí cerca, a la izquierda; pero Serrano se acordó enseguida de su fachada suntuosa, que adornan, en simétricas filas, pirámides que parecen descomunales cabezas de clavos de piedra. En el ancho y destartalado portal de la fonda no le recibió más personaje que un enorme mastín, que le enseñaba los dientes gruñendo. El ómnibus le dejó allí solo, y se fue a llevar otros viajeros a otra casa. La luz de petróleo de un farol, colgado del techo, dibujaba en la pared desnuda la sombra del perro.

Serrano se acordó de repente de aquel portal y de aquel farol que había visto veinte años antes. Cosas de tan poca importancia para él, las tenía grabadas en el fondo del cerebro, y sin manchas, no desteñidas ni desdibujadas; la imagen de la memoria vino a sobreponerse realmente a la realidad que tenía delante. Sintió, con una fuerza que no suele acompañar a la contemplación ordinaria y frecuente de la vanidad de la vida, el soplo frío y el rumor misterioso de las alas del tiempo, la sensación penosa de los fenómenos que huyen a nuestra vista como en un vértigo y nos hacen muecas, alejándose y confundiéndose, como si enseñaran, abriendo miembros y vestiduras, el vacío de sus entrañas.

Allí, a las diez o doce leguas de Madrid, estaba aquella Guadalajara donde él había tenido doce años, y apenas había vuelto a pensar en ella, y ella le guardaba, como guarda el fósil el molde de tantas cosas muertas, sus recuerdos petrificados. Se puso a pensar en el alma que él había tenido a los doce años. Recordó de pronto unos versos sáficos, imitación de los famosos de Villegas al "huésped eterno del abril florido", que había escrito a orillas del Henares, que estaba helado. Él hacía versos sáficos, y sus amigos resbalaban sobre el río. ¡Qué universo el de sus ensueños de entonces! Y recordaba que sus poesías eran tristes y hablaban de desengaños y de ilusiones perdidas. Guadalajara no era su patria; en Guadalajara sólo había vivido seis meses. No le había pasado allí nada de particular. Él, que había *amado* desde los ocho años en todos los parajes que había recorrido, no había alimentado en Guadalajara ninguna *pasión;* no había hecho allí sus primeros versos, ni los que después le parecieron inmortales; allí había estudiado aritmética y álgebra y griego, y se había visto en el cuadro de honor, y... nada más. Pero allí había tenido los doce o trece años de un espíritu precoz; allí había vivido siglos en pocos días, mundos en breve espacio, con un alma nueva, un cuerpo puro, una curiosidad carnal, todavía no peligrosa .¡Cómo era la vida y cómo se la figuraba cuando él habitaba aquel pueblo triste! *Caracoe:* así fechaba las composiciones latinas que había que llevar a la cátedra. ¡Cuánta poesía inefable en el recuerdo de aquel *Caracoe,* tantas veces escrito con sublime pedantería! ¡Lo que eran la literatura, la ciencia, y lo que él había pensado de ellas! Parecíale mentira que un lugar en que no había recuerdos amorosos, ya de amor de niño, que en él había sido vehemente e idealísimo, ya de adolescente o de joven, pudiera haber reminiscencias melancólicas con tal perspectiva poética. La emoción dominante era amarga, un dolor positivo; pero no importaba; aquello valía la pena de sentirlo. Se acordaba de sí mismo, de aquel niño que había sido él, como de un hijo muerto; se tenía una lástima infinita. El verse en aquel tiempo le hacía el efecto de mirarse de espaldas en los espejos paralelos.

Acostumbrado a despreciar todo enternecimiento que se fundara en el sentimentalismo egoísta de lamentar una decepción personal, tenía para él una novedad encantadora, y era un descanso del corazón, siempre cohibido, el abandonarse a aquella tristeza de pensar en el niño despierto, todo alma, con vida de pájaro espiritual, que iba a ser un sabio, un santo, un héroe, un poeta, todo junto, y que se había desvanecido, rozándose con las cosas, diluyéndose en la vida, como desaparecía la nube que estaba deshaciéndose en hilos de agua helada. ¿Qué le quedaba a él de aquel niño? Hasta él mismo había sido ingrato con él olvidándole. ¡Quién le dijera, cuando pocos días antes se aburría en el Prado, meciéndose en una silla de paja, con la cabeza vacía, con el corazón ausente, que allí tan cerca, a la hora y media de tren, tenía aquel antiquísimo *yo*, aquel pobre *huérfano* de sus recuerdos (así pensaba) tan superior a él ahora! ¡Cuántas veces, huyendo del mundo actual, se había ido a refrescar el alma en la lectura de antiguos poemas, en las locuras panteísticas del Mahabarata, en las divinas niñerías de Aquiles, en las *filosofías blancas* de Platón o de San Agustín! ¡Y tenía tan cerca su epopeya primitiva, el despertar de aquel espíritu que había sido suyo!

Aunque por sistema huía Serrano, mucho tiempo hacía, de toda clase de exaltaciones ideales, por miedo a sus efectos fisiológicos y por el rencor que guardaba a la inutilidad final de todas estas *orgías místicas,* por esta vez se alegró de verse preocupado seria y profundamente, y bendijo, en medio de su tristeza, su viaje a Guadalajara. Esta bendición le hizo acordarse, por agradecimiento, de su señora tía, y a seguida de Antoñito, su primo, *preso* allí enfrente; y, por último, vino el fijarse en que estaba en el portal de la fonda, frente a un perro, que ya no gruñía, sino que meneaba la cola en silencio, dejándose acariciar por un niño rubio de cinco o seis años, palidillo, delgado, de una hermosura irreprochable, que daba tristeza. Aquella cabecita de guedejas lánguidas, alrededor de una garganta de seda, muy delicada, tenía como un símbolo algo de las flores y tules del ataúd de un inocente. Él también parecía vestido para la muerte: su trajecillo blanco, de tela demasiado fresca para la estación, con muchas cintas, en bandas de colores, algo

ajadas, tenía tanto de teatral como de fúnebre; parecía lucir
el *luto blanco* de los niños que llevan al cementerio; color de
alegría mística para el transeúnte distraído e indiferente: color
de helada tristeza para los padres.

El niño, dulce, hermoso y enfermizo de seguro, hablaba al
perro en italiano y le invitaba a pasar al comedor, donde una
campana chillona estaba ofreciendo la sopa a los huéspedes.

Serrano, que había dejado arrimado a la pared su saco de
noche, único equipaje que traía, acarició la barba del niño y le
preguntó con la voz más suave que pudo:

—¿No hay criados en esta fonda?

—Sí, señor, ¡oh, sí! —contestó el chiquillo en español de
una pronunciación dulcísimamente incorrecta—: Hay tres criados y una doncella. A mi mamá y a mí nos sirve la doncella, que
se llama Lucía —mientras hablaba movía suavemente la cabeza para acariciar, a su vez con la barba, la mano de Nicolás,
que había sujetado con las dos suyas. Se conocía que se agarra-
ba a los halagos como a una golosina—. Mi mamá se llama
Caterina Porena, y papá es el doctor Vicenzo Foligno. Yo soy
Tomasuccio Foligno. *Il babbo e morto!*

Lo que dijo en italiano lo dijo después, al separar su cabeza
de la mano del nuevo amigo, más inteligente, sin duda, que el
perro. Se apartaba para ver los ojos de Nicolás, a los que implo-
raba con los suyos una gran compasión por la muerte del abuelito, que éste era el *babbo*.

—¡Ah! —dijo Serrano—. ¡Un muerto en la fonda! Tal
vez por eso no veo aquí a nadie.

—*Ma non... Il babbo e morto...* en Sevilla... *Ci sonno...*
hace... *due...* años..., dos años. Yo tengo siete.

IV

La muerte de su abuelo era para aquel inocente el suceso
supremo, una tristeza grande, que, en su sentir, debían conocer
todos los seres inteligentes a quien él encontrara por el mundo
en la muy asendereada vida que llevaba con sus padres, el doctor Foligno y la sonámbula Caterina Porena. *Il babbo* era el

padre de Catalina. Iba con ellos de pueblo en pueblo, enfermo,
prefiriendo el traqueteo perpetuo de los viajes a la pena de la
soledad y al terror de la ausencia. Era el *babbo* para todos:
para su hija, para su nieto, que le llamaba así también; hasta
para el doctor, que, en efecto, le quería como a un padre. Y
en una de estas idas y venidas había muerto, hacía dos años,
lejos de la patria, en Sevilla. Tomasuccio recordaba, después de
tanto tiempo, más que la desgracia, el duelo que había dejado
tras de sí, la tristeza de sus padres y la falta de ciertas caricias
y de ciertos juegos; pero, en cuanto al *babbo* mismo, poco a
poco su imagen se había ido borrando de la memoria del niño,
y el abuelito y Papá-Dios empezaban a confundirse en las nieblas de su teogonía infantil. De lo que él estaba seguro era de
que Dios también se había muerto, ni más ni menos que el
babbo; pero hacía menos tiempo, porque todavía recordaba
haberlo visto en una iglesia, tendido en tierra, envuelto en tela
negra y entre muchas luces, cadáver. Pero le decían que Papá-
Dios había resucitado, *vuelto a vivir,* y del *babbo* también
podía creerse algo por el estilo; pero cuando hablaba Tomasuccio a sus compatriotas de su *desgracia,* todos le decían que
el *babbo* no había muerto, que el *babbo* era su padre, el doctor
Foligno. Pero no; él nunca le había llamado así; le llamaba
papá, y esto era otra cosa. Su tristeza de niño débil y nervioso,
soñador y precoz, le aconsejaba no creer en aquellas resurrec-
ciones; ni a Papá-Dios ni al *otro* los había vuelto a ver; cuando
se quedaba solo en casa, en las fondas, en las posadas, porque
sus padres iban a ganar el dinero a los salones, a los teatros,
ya no tenía aquel compañero, del que vagamente se acordaba;
recordaba que antiguamente, mucho tiempo hacía, no tenía
miedo de noche y oía muchos cuentos y se reía mucho, montado
en unas rodillas.
    La locuacidad de Tomasuccio daba la misma clase de tris-
teza que el aspecto de su hermosura delicada: las ideas de
muerte, de cielo y de infierno, de cementerio y de vida subte-
rránea en el ataúd, venían a mezclarse, por relaciones extrañas
y sutiles que encontraba en su imaginación, en aquella historia
que él siempre estaba narrando, mitad inventada, mitad nacida
de sus recuerdos.

Todo esto lo había notado ya Nicolás Serrano cuando, media hora después, comían juntos, los dos solos, en el comedor de la fonda. No había en aquellos días más huéspedes en el triste albergue que dos comisionistas que habían comido antes, y los *cómicos*, los Foligno; pero Catalina y su esposo estaban aquella noche convidados fuera: sentábanse a la mesa del señor alcalde, un famoso médico, especialista en partos y alcaldadas, que creía que el teodolito era un aparato de batir cataratas y que tenía dos grandes vanidades: la gran cruz de Isabel la Católica, que poseía, y un *fluido magnético* de mucha fuerza que había conservado desde la florida juventud, aunque ahora apenas podía usarlo, porque la sociedad era incrédula. La moda del hipnotismo le pareció al señor Mijares, el alcalde, una resurrección de sus diabluras de espiritista y magnetizador. Le pasó con el hipnotismo lo mismo que con el sombrero de copa: él usaba siempre la copa baja y el ala ancha; la moda le dejaba en ridículo a lo mejor; pero volvía, como una marea, y su sombrero parecía por algún tiempo de última novedad. El hipnotismo era, pensaba él, ni más ni menos que aquello del fluido magnético de las mesas giratorias y demás diversiones de su retozona juventud. El historiador, que tanto puede penetrar en el espíritu de los personajes que estudia, unas veces viendo y otras adivinando, no puede menos de detenerse ante ciertos arcanos, ante ciertas profundidades y encrucijadas psicológicas; así por ejemplo, no hubo nunca modo de averiguar si el alcalde médico creía sinceramente en el fluido magnético que le tenía tan ufano. Él se ponía furioso si se lo negaban; enseñaba los puños, muy robustos, en efecto, y los sacudía en el aire con fuerza, como despidiendo magnetismo a chorros. Hablaba del tal fluido suyo, que él llamaba superior, como el dueño de una bodega habla de la calidad de su vino añejo.

—Hay fluidos y fluidos —decía Mijares—; el mío es de primera clase. ¡Ya lo creo! ¡Superior! ¡Si ustedes me hubieran visto bracear allá, en las tertulias de mis buenos tiempos!... ¡Las señoritas y señoras que yo dejé dormidas como marmotas! ¡Qué pellizcos, es decir, qué pases de fluido!...

Ello fue que cuando el doctor Vincenzo Foligno se le presentó en la alcaldía a solicitar el teatro para dar funciones de hip-

notismo con su esposa, la famosa sonámbula Caterina Porena,
Mijares vio el cielo abierto, y dio un abrazo al italiano, llamándole compañero, querido compañero. Foligno, que era hombre
listo y acostumbrado a conocer a los imbéciles y a los locos
con una sola mirada a veces (no necesitaba menos para las
trazas que había de emplear en los espectáculos que dirigía),
Foligno comprendió enseguida que con Mijares no se jugaba,
que había que tomarle en serio lo del magnetismo o exponerse
a cualquier arbitrariedad. Se trataba de un majadero que era
alcalde y disponía del teatro. La oposición de Mijares hubiera
sido un contratiempo para los pobres mágicos, cuyo presupuesto no consentía viajes perdidos, inútiles. Había que ganar algo
en Guadalajara, por poco que fuera. Así, pues, Foligno se volvió
a la fonda, después de su primera visita al alcalde, decidido
a cumplir la voluntad del médico caracense, que consistía en
que había de presentársele en persona Caterina Porena para
dejarse magnetizar por la primera autoridad popular de la
capital.

—Primero —había dicho Mijares— dormirá usted a su
mujer, y después la dormiré yo; y los amigos verán qué fluido
es superior, el de usted o el mío. Nada, nada; mañana mismo,
mientras se limpia el teatro y los periódicos anuncian la llegada
de ustedes, por vía de propaganda y reclamo, dan ustedes, es
decir, damos una función en mi casa. Vengan ustedes a eso
de las siete, porque tengo gusto en que coman conmigo; después del café vendrán el gobernador civil y el militar y varios
profesores de la Academia de Ingenieros, con más el chantre
de Sigüenza, que está aquí de paso; y más tarde, a la hora de
la función, se llenarán mis salones con lo mejor de Guadalajara:
muchas señoras, mucha *pillería,* un público distinguido que
hará atmósfera, que decidirá del éxito que al día siguiente
tengan ustedes en el teatro.

Caterina Porena, venciendo la natural repugnancia, se redujo
a seguir a su marido a casa del alcalde, comprendiendo que no
había más remedio que aceptar el estrambótico convite, cuya
utilidad para los propios intereses comprendía. Triste, como
estaba casi siempre, dio un beso a Tomasuccio en la boca;
encargó a la camarera, que en dos días se había hecho gran

amiga del niño delicado, que le cuidara mucho y que bajara
con él al comedor si él quería comer en la mesa redonda. Y se
fueron los padres a casa del alcalde, y quedó Tomasuccio solo,
como tantas veces. La doncella de la fonda, rubia y joven, estaba en pie a su lado, sonriendo, mientras él, con grandes aspavientos, enteraba a su nuevo amigo, Nicolás Serrano, de todas
las cosas que había visto en el mundo y de las infinitas que
había soñado.

Serrano se sentía en una atmósfera espiritual extraña en
presencia de aquel niño; observaba en él algo desconocido, una
de esas novedades que sólo puede ofrecer la experiencia, que
no cabe prever, adivinar o suponer. Era algo así como una imagen de la debilidad, de la enfermedad, de la tristeza última, de
la muerte, en un ser lleno de gracia, expresión, viveza; casi
nada carne, hecho de nervios, tules, cintas de seda; todo fúnebre, marchito, pero impregnado de luz, amor, inteligencia. No
sabía cómo explicarse la fascinación que en él producían aquellos ojos inocentes, fijos en los suyos, y aquella charla inagota-
ble, preñada de visiones de ultratumba, mezcladas con las cosas
más triviales de la tierra. De repente pensó Serrano:

—¿Qué impresión me causaría una mujer que se pareciera
a este niño... en estas cosas raras?

—Dime —preguntó, sin pensar en contener el impulso de
la curiosidad—: ¿a quién te pareces tú, a tu papá o a tu mamá?

—A mamá.

—A la mamá mucho; es el retrato de su madre —confirmó
la doméstica.

Serrano sintió un estremecimiento frío. Nunca había pensado en la mujer como en un consuelo, como en un regazo para
los desencantos del alma solitaria, incomunicable; sin saber
por qué, esta idea le llenó la mente, mientras sus ojos se clavaban en aquel niño, como aspirando, en fuerza de imaginación
y voluntad, a producir en él la absurda metamorfosis de con-
vertirlo en su madre. ¿Cómo sería aquella madre? El deseo
ardiente de verla fue para el filósofo de treinta años una voluptuosidad intensa, como un día de verano al fin del otoño; la
presencia de la juventud en el alma, cuando ya se la había
despedido entre lágrimas disimuladas. "Caterina Porena", pensó,

hablándose en voz alta para sus adentros. Y estas dos palabras, que poco antes no le habían sonado más que a italiano, ahora tenían una extraña música sugestiva, algo de cifra babilónica; eran como el sésamo de nuevos misterios de la sensibilidad que no semejaban al misticismo, impersonal, anafrodita. También se acordó de repente de unos versos suyos, allá, de la adolescencia, que se titulaban *El amante de la bruja*. No recordaba la poesía al pie de la letra, pero el pensamiento era éste: "Un joven, casi niño todavía, tímido, de pasiones ardientes, siempre ocultas, estudioso, gran humanista a los quince años, había pedido a la musa de Horacio, cuyas odas lúbricas y epístolas nada castas había devorado, con el doble placer de la voluptuosidad literaria, una visión a quien amar, una querida fiel en el sueño, la mágica Canidia aunque fuera, y el *súcubo* había acudido a su conjuro; mas, en vez de los torpes placeres del misterioso Cocytto, el adolescente había saboreado en los besos de la Canidia romántica el amor triste y profundo, ideal, caballeresco; y la bruja, que era de nuevos tiempos, no iba a celebrar los sortilegios al monte Esquilino, sino al aquelarre de Sevilla todos los sábados; era la bruja de la *Valpurgis* y no cualquiera de las Pelignas; era una bruja que montaba en la escoba por *neurosismo*, que padecía la brujería como una epilepsia, pero que en las horas del descanso, pálida, descarnada, palpitando aún con los últimos latidos de las eclampsias infernales del aquelarre mágico, besaba y abrazaba, llevada de amor puro, casto, ideal, a su pobre adolescente, que por aquellos besos sufría el tormento de su vergüenza de ser esposo de la bruja y de su vergüenza de partir su ventura con el diablo".

Mientras Serrano pensaba y recordaba tantas y tan extrañas cosas, no pasó más tiempo del que tardó en temblar de frío. La doncella rubia, que cuidaba de Tomasuccio, preguntó al filósofo:

—¿Quiere usted que cierre la puerta?

—¿Por qué?

—Porque parece que tiene usted frío; se ha puesto pálido y le he visto temblar. Este comedor es húmedo y demasiado fresco. Por esa puerta entra la muerte.

—Sí, cierra —dijo Tomasuccio—; yo también tiemblo de frío.

Serrano reparó entonces en la estancia triste y desnuda en que comía; a la prosaica desilusión de toda mesa de fonda pobre y desierta se añadían en aquélla los horrores de una escasez y sordidez no disimulada en vajilla y manjares y en todos los pormenores del servicio. Sobre el extremo de la mesa, adonde no llegaba el mantel, se destacaban dos botijos de barro, *ánforas de octubre,* que daban escalofríos en aquella noche húmeda y fría de un invierno anticipado.

—Aquí no se come más que perdices —dijo Tomasuccio—. Pero no se crea usted..., es que están muy baratas.

Serrano, con profundísima tristeza, se quedó pensando en los botijos, en las manchas del mantel, en el piso de ladrillo resquebrajado, en las perdices eternas por lo baratas; y era acompañamiento de esta súbita melancolía disparatada el silencio repentino del niño, que se quedó en su silla de brazos, alta, cabizbajo, pálido, ojeroso, sin hacer más que acariciar paulatinamente una mano de la camarera [1], que él mismo se había puesto debajo de la barba.

—¿Te sientes mal? —le preguntó su nuevo amigo.

Tomasuccio respondió que no con la cabeza.

—Tendrá sueño.

—¡Ca! —dijo la sirvienta rubia—. Ahora le acuesto, y se está las horas muertas acurrucado, con los ojos muy abiertos, contándole historias raras a la almohada. A veces llama a su madre y llora un poco. Pero lo primero que hace al meterse en la cama es rezar por el *babbo,* que es su abuelito, el padre de su mamá, que llama también *babbo* al difunto. Si no fuera que pronto se encariña con las personas, este nene daría lástima, porque casi todas las noches tienen que dejarle solo sus papás, y él necesita muchos mimos. ¿Verdad *Suchio?* Pero a mí ya me quieres mucho, ¿verdad, Tomasito?

---

[1] El Diccionario de la Academia admite camareros en las fondas, pero no camareras. En las fondas se admiten mujeres para el mismo oficio de los camareros, y se llaman como va en el texto.

El niño no contestó; pero tendió los brazos hacia su amiga con pereza cariñosa, sonrió entre dos bostezos, y, después se vio agarrado al cuello de la doncella, se apretó a ella como una hiedra, inclinó sobre su hombro la cabeza y dijo con voz soñolienta y mimosa:

—Un beso a este caballero.

Serrano besó la frente de Tomasuccio, y cuando se vio solo en el comedor, frío y desierto, se sintió mucho más triste que cuando llegaba a la fonda, acordándose de sus trece años. ¡Qué soledad la suya en aquella Guadalajara oscura, mojada, helada, sorda y muda! De repente se acordó de su primo el alumno de Ingenieros, el prisionero; y fue para él un consuelo inesperado el pensar que, a lo menos, tenía allí uno de la propia familia.

Bien mirado, a pesar de sus treinta años, él necesitaba, no menos que Tomasuccio, los brazos de una madre..., y no la tenía.

Pero hermana de su madre era su tía, y aquella tía tenía aquel hijo encerrado en un calabozo, allí cerca, y él, su primo, se había olvidado de que debía ir a verle, a consolarle, a libertarle, si podía, cuanto antes. Tomó de prisa café y salió de la fonda. La noche estaba oscurísima; seguía lloviendo; los pocos faroles de petróleo hacían oficio de faros en aquellas tinieblas húmedas, pero no de alumbrado público.

La Academia estaba cerca; la nueva, a la derecha, a cuatro pasos, hacia la estación; la vieja, enfrente, en atravesando un paseo con árboles. ¡Bien se acordaba él de todo! A tientas llegó a la puerta de la Academia vieja, que era donde debía de estar arrestado su primo. Unos soldados muy finos le dijeron que ellos no podían saber si estaba allí el alumno Alcázar, por quien preguntaba. Le hicieron andar por atrios y escaleras y galerías oscuras y resonantes con los pasos de Serrano y de quien le guiaba. Por fin topó con un oficial, muy amable también, que, con asombro, oyó hablar del arresto del *pollo* Alcázar. Alcázar no había estado en el calabozo más que ocho días; meses hacía que campaba por sus respetos. Con algún trabajo, previa consulta a los porteros y corserjes de la casa, se pudo averiguar que vivía en la calle de Alvar Fáñez de Minaya, no se recordaba en qué número. Más de media hora tardó Serrano en dar con el domicilio de su *dichoso primo*. El amor a sus colaterales se le había enfriado mucho con aquellas pesquisas, a oscuras, entre chaparrones, con el barro hasta las rodillas por aquellas tristes calles sin empedrado.

Al fin, en una posada de doce reales con principio, pareció el perseguido militar que hablaba a su madre, en elegías familiares, de las Peñas de San Pedro. Estaba de pie, sobre una mesa de juego, con un gorro frigio en la cabeza y una copa de champaña, llena de vino tinto, en la mano derecha; con la izquierda accionaba, imitando el vuelo de un águila, según se deducía del contexto, pues estaba pronunciando un discurso en mangas de camisa ante una docena de compañeros, no más circunspectos, que le interrumpían a gritos. Ello fue que una hora después Nicolás Serrano, quieras que no quieras, era presentado en la *recepción del alcalde prodigioso*, como le llamaba Alcázar, gran amigo del presidente del Ayuntamiento.

V

Mientras iban Serrano, Antoñito, su primo y algunos amigos y colegas de éste desde la fonda (adonde había vuelto Nicolás a mudar de ropa), a casa del señor Mijares, el filósofo pensaba:

—¡Qué pariente tan *lejano* es este pariente mío!

Quería decirse: "¡Cuán lejos está su carácter del mío, su pensamiento del mío!".

En efecto; Antonio Alcázar había tomado el mundo en una síntesis de alegría. No lo pensaba él en estos términos, pero así era. No por ser propio de la edad, sino porque él era, había sido y sería siempre así; consideraba la vida como una cosa que se chupa, se chupa, hasta que ya no tiene más jugo. Cuando por un lado ya no había más que chupar, a otra cosa. Lo que se llamaba *románticamente la ingratitud*, no era más que el quedarse una *cosa seca*, sin pizca de jugo, y el ir a aplicar los labios a otra, sin pensar más en la agotada. ¡Era esto tan natural! Sobre todo, él lo hacía sin malicia. Su madre, a quien pensaba querer ciegamente, adorar, era la víctima constante y principal del egoísmo de Antonio. ¡Quién se lo hubiera dicho a él! Engañar a su madre para sacarle dinero o lograr el cumplimiento de cualquier capricho le parecía una obra de caridad, porque era ahorrarle el disgusto de hacerla consentir en una cosa mala, a sabiendas de que era malo.

Antoñito había sido ya artillero, dos años nada más, y pensaba ser marino otros dos, y, por fin, abogado en su tierra, y después paseante en Madrid.

Todo esto había que ir dándoselo a su madre en píldoras. *desagreable news*

Si su madre servía para *aquello,* el resto de los mortales, no se diga. Antonio Alcázar tenía fama de cariñoso, simpático. Se metía por los corazones, *sobaba* a los amigos y a las amigas cuando podía, repartía abrazos y hasta besos en las grandes circunstancias, y los seres humanos eran para él juguetes de movimiento, formas vivientes del placer suyo, el de Antonio. Pensaba y sentía y obraba con tan feroz egoísmo, sin ningún género de hipocresía; y, sin embargo, no había en el mundo muchacho más corriente, tan bienquisto en cualquier parte. El misterio estaba, aparte de su figura, voz y gestos llenos de atractivo, de alegría comunicativa, en la misma inocencia de su instinto; era un parásito de toda la vida, caro, a quien tenía que alimentar alguno de sus placeres. Casi siempre fumaba, montaba a caballo y amaba de balde.

Además, nadie podía asociar al recuerdo de Alcázar ninguna idea triste, ningún suceso desagradable. Él lo decía: fuese casualidad o lo que fuese, nunca había visto un enfermo, lo que se llama enfermo de verdad, ni había asistido a ningún entierro. Nunca había dado el pésame de nada a nadie, ni había transmitido una mala noticia, ni *filosofado* con la gente acerca de la brevedad de la vida, los desengaños del mundo, etc. Lejos de los negocios complicados que despiertan los odios de la lucha por la existencia, pues su egoísmo de *parásito universal* le permitía tomar *los intereses materiales* a lo artista, como cosa de juego, y decir cuando iban mal dadas *"Allá mi madre",* o en su caso: *"Allá mi inglés",* a nadie estorbaba, nadie ambicionaba nada de lo suyo.

Olvidaba los agravios (lo que él llamaba así, sin que lo fueran), lo mismo que los favores, no por nada, sino por el gran desprecio que le inspiraba lo pasado. Lo pasado era el símbolo de las *cosas chupadas* ya y arrojadas naturalmente. Despreciaba la Historia, pero no tanto como la Filosofía. Si aquélla era lo que ya no valía nada, la otra era la que no había valido ni podía valer nunca. Porque había algo más inútil que lo que ya no era: el *por qué* del ser. El placer no tiene por qué. La causa de lo que es no le importa más que al que tiene ganas de calentarse la cabeza, de averiguar *vidas ajenas.* Por todo lo cual, su primo Nicolás Serrano y Alcázar era, en opinión de Antonio, un chiflado muy simpático, que, a pesar de sus viajes y sus libros, gastaba poco y tenía siempre el bolsillo abierto para los apuros de los primos.

Todavía despreciaba otra cosa Antonio más que la Historia y la Filosofía: era la verdad misma, el asunto de ambas.

¿Qué importaba que las cosas hubieran sucedido o no? ¡Tenía gracia! ¿Servía para divertirse la mentira? Pues ¡viva la mentira! Él nunca refería suceso alguno tal como había pasado, sino tal como se le iba ocurriendo que a él le gustaría más que hubiera sido. Como no la necesitaba, había perdido casi por completo la memoria.

Por este concepto de la verdad *con gracia,* admitía una clase de filosofía: la maravillosa, la que ofrecía el atractivo de lo extraordinario y de lo nuevo. Era gran defensor de todas las paradojas y de todos los imposibles. Por eso era tan buen amigo del alcalde. El señor Mijares, que era un payaso de la política municipal, y *otro* payaso de la Medicina, y el gran payaso de las ciencias *misteriosas,* del magnetismo *animal,* tenía en Alcázar un admirador, un apóstol; y es claro que Antoñito se disponía a divertirse mucho con la *gran guasa* de Caterina Porena y marido. Lo menos que se figuraba era que entre él y el alcalde iban a regalarle al doctor Foligno unas *astas magnéticas* que llegarían al techo.

Poco antes de llegar a casa del señor Mijares, se le ocurrió a Serrano decir:

—Tiene un niño muy hermoso y muy inteligente. Ha comido conmigo en la fonda.

—¿Un niño la Porena? —preguntó Antoñito—: ¡Bah! Esa gente no tiene niños. No será de ellos; lo habrán robado como los roban los titiriteros. Le estarán dislocando el cuerpo y el alma para *enseñarle la catalepsia.*

"¡Demonio con el *pariente!*", pensó Nicolás con cierto asco. Y en voz alta dijo:

—¿Conoces tú a Caterina?

—Sí, la he visto esta tarde; me presentó a ella el alcalde. Chico, le fui muy simpático, me apretó la mano y se rió mucho con mis cosas. Es guapa y no es guapa. No, lo que se llama guapa... Pero tiene un no sé qué..., y una elegancia... Y debe de estar muy..., vamos, muy... cuando esté dormida. ¡La gran guasa! Ya veréis al alcalde haciendo *flúido* en mangas de camisa, como un horchatero trabajando con la garapiñera. Él me dijo que se sudaba mucho. Nosotros vamos a sudar de risa.

Llegaron. El salón del alcalde estaba lleno de lo mejor de Guadalajara. Ya había empezado la *función.* Las damas, sentadas en cuadro, cerca de las paredes, dejaban libre grande espacio en el medio. Los hombres se amontonaban en las puertas y en los huecos de los balcones; otros procuraban ver y oir desde los gabinetes contiguos. Había silencio como en un templo. En medio de la estancia vio Serrano una mujer vestida de blanco, muy pálida, rubia —tendida, más que sentada, en una silla—, larga, rígida, con los ojos cerrados. Parecía muerta y vestida para la caja, como aquel Tomasuccio que quedaba en la fonda. Las mismas telas, las mismas cintas de seda ajadas, de los mismos colores. Nicolás vio a Tomasillo *muerto al fin* y hecho mujer; pero lo que sintió al verlo así fue algo de novedad más inesperada, más interesante que lo que había experimentado en la fonda observando al hijo de la Porena. ¡Oh, sí! La madre era cosa más nueva todavía. Aquella mujer de cara pequeña, casi redonda, de cabello de color de oro cubierto de ceniza, de frente ancha, pura y llena de dolor; que fingía dormir, por lo visto, y afectaba, de seguro, un padecimiento nervioso; sintiendo, de fijo, la pena de la vergüenza de su papel grotesco en aquella sociedad de pobres necios; aquella mujer era..., tenía que confesárselo a sí propio, una emoción fuerte, llena de angustia deliciosa, algo serio, algo que le arrancaba a sus cavilaciones de alma desocupada y de pasiones apagadas. Era el amor... sin ojos. ¿Cómo los tendría? Tal vez como los de su hijo; pero ¿con qué más?

VI

Caterina Porena abrió, por fin, los ojos, que eran pardos; y Serrano, con el ansia de un enamorado entre una multitud, llamaba así, con la intensidad de la propia, la mirada de la Porena. Caterina no acababa de verle. Si andaba por allí el magnetismo, ciertamente no salía de los ojos del filósofo, que, sin embargo, estaba sintiendo cosas nuevas y fuertes que debían valer mucho más que el fluido formidable del señor alcalde, y aun más que el fluido sutil y tramposo de Foligno.

No era aquel momento para presentaciones, y Antoñito no se cuidó de poner a su primo cara a cara con el alcalde. Serrano se lo agradeció, y, como Pedro por su casa, se fue acercando, entre codazos discretos, al grupo de hombres más próximo a la sonámbula. Cuando creyó poder verla a su sabor y de frente, con la esperanza no confesada y confusa de que le mirase aquella mujer extraña, aquella cómica de lo maravilloso, histrionisa de las nuevas ciencias ocultas, sólo consiguió contemplar de cerca y frente a frente al doctor Vicenzo Foligno, que sintió su presencia, se volvió un poco, le miró a las niñas de los ojos, le midió de alto abajo, y apartó enseguida de él la vista con esa rapidez discreta y experimentada que se observa en los reyes ante la multitud hostil o indiferente, y en general en los cómicos, los oradores y cuantos tienen costumbre de ostentar en público su persona. Foligno hablaba, apoyada una mano en la silla en que aún descansaba, jadeante, su mujer; y su discurso en incorrecto español, lleno de italianismos y galicismos, padeció casi un tropiezo con la rapidísima mirada dirigida al filósofo. Estuvo a punto el orador de perder el hilo; pero un esfuerzo de atención le bastó para proseguir su relato *científico* de los progresos maravillosos del hipnotismo.

Era el doctor un hombre muy blanco, de cutis de dama, de mediana estatura, muy airoso y bien formado. Su frac, de corte perfecto, era mucho más nuevo que el vestido de su mujer. El atavío de ella era modesto y cursi en sus blancuras ajadas. Y Foligno parecía todo un caballero. Su pelo negro, corto, atusado; su bigote fino y estrecho y su mirada melosa y no sin fuego, recordaron, con todo lo demás de su aspecto, al filósofo Nicolás la presencia elegante y simpática del galán joven de cierta compañía italiana que el invierno anterior había él visto en Roma. En efecto; Foligno parecía un galán de comedia fina, el amante de *El Demi-monde, El hijo de Coralia,* o cosa por el estilo.

Interesaba como un actor discreto y que finge ocultar su frialdad y circunspección *mundanas* un alma de fuego, etc., etc. Por todo lo cual, a Serrano, a quien apestaban los galanes de Delpit y los *pensadores de por medio* de Dumas, le fue desde luego antipático el doctor; pero con una de esas antipatías que *atraen,* como una sensación amarga que provoca la insistencia. El atractivo de aquella antipatía estaba en las relaciones de aquel histrión con aquella mujer. "Era su marido..., o su querido..., o su amo; de todos modos, era ella cosa de él". El filósofo atendió el discurso del doctor. Lo que decía Foligno estaba muy por encima de la inteligencia del público y muy por debajo de la inteligencia y de la ciencia de Serrano. "Razón por la cual —pensaba el filósofo— si yo discutiera con éste, si me pusiera a convencerle aquí de falsario, de charlatán ilustrado, saldría yo perdiendo. A estas gentes tiene que sonarles todo esto a sabiduría".

La voz de Foligno era de timbre suave, algo opaco. El tono, sencillo, afectaba naturalidad y modestia, como lo que iba diciendo con facilidad agradable. Si hablaba de memoria, lo disimulaba bien, porque parecía que se *le veía* discurrir. Hablaba sin aspavientos, sin calor, de las falsificaciones de su *industria.* Ya sabía él que había muchos charlatanes que convertían en granjería el fruto de la ciencia, etc., etc. Pero fácil era distinguir de gente y gente... Su mujer no hacía milagros: era una enferma, y él un estudiante humilde de la nueva ciencia. Si se presentaba en público, hasta en teatros, como en espec-

táculo, era por una triste necesidad, cuyos pormenores no
interesaban al auditorio. Además, la misma propaganda científica aconsejaba estas exhibiciones, por dolorosas que fuesen
algunas circunstancias, no en las presentes, en que él se consideraba en un círculo aristocrático, de personas ilustradas, dis-
cretísimas y de la más esmerada educación. Allí no se le pedi-
rían imposibles, etc., etc. "Las experiencias que acababan de
hacer eran de las más sencillas (Caterina había *adivinado* el
olor de un pañuelo a diez metros de distancia, había visto la
hora que era en un reloj parado que estaba en el bolsillo de
un médico, enemigo no disimulado del alcalde y que no *creía
en brujas,* etc., etc.). En cuanto descansara algunos minutos
Caterina, se entraría en una serie de *experimentos* algo más
complicados". Con este motivo, otra digresión histórica en que
Foligno probaba conocer, más o menos superficialmente, los
últimos tratados de este orden de maravillas, llegando a la
reciente obra de Gibier, donde se habla de lapiceros que escriben solos, etc., etc. Aquella semi-erudición del *charlatán* le
picó un tantico el amor propio a Nicolás, sin que éste se diera
cuenta de ello; y con esto y lo *otro* de ser aquel guapo mozo
marido, amante o *dueño* de Caterina, bastó para hacerle sentir un prurito de contradicción tan extemporáneo como ridículo, si bien se miraba. Esto mismo de comprender y sentir que
era ridícula allí toda oposición a la farsa discreta del italiano,
le incitaba, a su pesar, a una protesta, y conoció que si se le
presentaba ocasión, haría cualquier tontería para dejar corrido
al sacamuelas elegante y sabihondo.

Terminado el discurso, acogido por la ignorancia ambiente
con murmullos de aprobación, Foligno se sentó al lado de
la Porena, las rodillas tocando en las rodillas. Cogió las manos
de su mujer, y permanecieron, clavados los ojos en los ojos,
algunos minutos, como olvidados del concurso, absortos en
aquella contemplación muda.

A Nicolás le parecieron, en aquellos momentos, dos amantes que se lo han dicho todo, pero que se quieren todavía.
En la mirada de él, más fuerte, con cierto imperio de fascinación, no todo le pareció al filósofo fingido. Pensaba él: "Ahora, esto acaso no sea más que una farsa. El marido y la mujer

deben de saber a qué atenerse respecto al magnetismo animal
y... respecto al magnetismo del amor; pero hay en esa actitud
sumisa y como de vencida de la Porena, y en la arrogante y
cómicamente misteriosa de Foligno, como huellas de antigua
pasión verdadera; la *postura,* conservada como en una fotogra-
fía gastada y borrosa, de horas muy lejanas de verdadera fascinación. Esta mujer debe de haber amado mucho a ese hombre; sus deliquios hipnóticos tal vez fueron algún día una
broma pesada para el público estúpido, que fue como eunuco
de esta delectación amorosa; acaso hoy mismo se burlan de
todos nosotros, gozando todavía en lo que se dicen con los
ojos; acaso ganan el pan con los restos de una pasión silen-
ciosa y soñolienta...".

Pensando así crecía en Serrano el odio a las supercherías
seudocientíficas, y subía hasta Swedenborg en sus maldicio-
nes, y acaso no perdonaba a Goethe y a Pascal, sus ídolos, sus
debilidades del orden milagroso o portentoso. Lo que más le
inquietaba era la indudable superioridad de Foligno, el domi-
nio de energía, y que en algún tiempo debía haber sido de
seducción, que mostraba tener sobre su esposa. Cuando, al
fin, se quedó o fingió quedarse dormida, *o lo que fuese,* Nicolás creyó sentir que salía de aquellos labios delgados y algo
pálidos la brisa de un suspiro que llevaba discretamente en
sus alas invisibles un beso del deleite agradecido hasta los
labios del *otro.*

Había un profundo silencio en la sala. Algunos jóvenes,
de la Academia de Ingenieros unos, y otros paisanos, miraban
con envidia al magnetizador. Pensando, a su modo, algo aná-
logo a lo que cavilaba Serrano, vieron, en lo que acababan de
presenciar, algo que les humillaba a ellos y debía de ser sabro-
so para el señor doctor italiano. El alcalde, que esperaba su
vez, se relamía, saboreando ya su próximo contacto magnético con la hermosa rubia dormida.

VII

wonders

Comenzaron los prodigios. El doctor paseó por delante del concurso femenino, y mientras sondeaba rápidamente la capacidad mental de aquellas buenas señoras, leyéndoles en ojos y gestos los grados de necedad probable, fingióse absorto en las advertencias que de camino exponía, y por fin se detuvo ante una dama muy gruesa que escogió muy deliberadamente, aunque cualquiera hubiera creído pura casualidad el haberse detenido ante ella el italiano. Era una rica americana que, en compañía de su marido y varias hijas casaderas, vivía hacía algunos años en Guadalajara por acompañar a su hijo único, que estudiaba en la Academia. Su voz era meliflua, y luchaba, para producirse, con la inercia de la grasa. Era un alma de Dios y de guayaba; un terrón de bondad azucarada que se disolvía en sudores, pero oliendo a perfumes.

—Esta señora —dijo el doctor en voz baja—, me hará el obsequio de pensar... en cualquier objeto..., en un animal, en una fiera...: un león, tigre, lobo, pantera..., lo que más le agrade.

La señora americana, muy sofocada, encendida y hecha un acueducto que se rezuma, consultó, entre sonrisas, la mirada de su esposo, el cual le dio licencia a su mujer para pensar algo, con un gesto imperceptible para los extraños. Se movió la cándida paloma de Matanzas en su sillón, que se quejó de la carga, y, al fin, se puso a pensar, con grandísimo esfuerzo de atención y de imaginación, no sin asesorarse antes del doctor.

—¿Dise uté... que en un animal?

—Sí, señora: en una fiera, en un león, un tigre..., cualquier cosa.

—¡Sí, sí; etá bien, etá bien!

—¿Está ya?

—Pue sí, señó; ya etá.

Foligno preguntó, de lejos, a la sonámbula en qué pensaba aquella señora.

—En un animal —respondió una voz perezosa, suave y dolorida.

Aquel "en un animal" le sonó a Serrano a canto elegiaco de una esclava que llora su servidumbre vergonzosa.

Lo que aún no le habían dicho aquellos ojos que habían vuelto a cerrarse sin reparar en él se lo decía aquella voz, que recogió como si fuera para él solo, como si fuera una caricia honda, voluptuosa, franca: algo semejante a la sensación de apoyar ella su cuerpo, y *hasta el alma,* en él, sobre su pecho.

—¿En qué animal, en qué clase de animal piensa esta señora?

—En una fiera.

La señora que, efectivamente, pensaba en una fiera —a tanto se había atrevido— abría los ojos mucho y apretaba la boca, temerosa de que por allí se le escapara el secreto de su meditación. Cada vez se ponía más encendida; temía vagamente que aquello de ir adivinándole el pensamiento, lo cual ya le parecía inevitable, fuese algo como el que "se la viera alguna cosa" que no se debiera ver. Instintivamente, sujetando contra sí la falda del vestido, escondió los pies y se compuso el escote.

—Pero ¿no se podrá determinar más? ¿Qué fiera es ésa?...

La sonámbula manifestaba con gestos y débiles quejidos la dificultad de la empresa.

Foligno, apretando el cerco a la adivinación, insistió en su pregunta.

Por fin, Caterina dijo:

—Un león.

Así era, en efecto. La americana, como si la hubieran arrancado una muela sin dolor, respiró satisfecha, libre ya de su secreto, y tuvo una grandísima satisfacción en certificar, con su insustituible testimonio, que la señora dormida había dado en el clavo: en un león, aunque no podía decir cuál, estaba ella pensando, efectivamente. Toda la familia ultramarina hizo suyo el alegrón y el honor de que le hubiesen adivinado el pensamiento a la buena señora; y el público, en su inmensa mayoría, participó del asombro y de la satisfacción inclinándose a un optimismo que Foligno cogió al vuelo prometiéndose sacar partido de él prudentemente.

La mujer dormida también debió oler algo en la atmósfera que la envalentonó. Cada vez las adivinaciones fueron más complicadas, exactas y atrevidas. Lo de menos fue que dijese cuál era la carta de la baraja en que pensaba una señorita, que era, efectivamente el as de oros; y en qué tenía puesto el pensamiento la señora del gobernador militar, que lo tenía puesto en sus hijos, que habían quedado en casa durmiendo. También el sexo fuerte tuvo que rendir parias, como decía un coronel, a la evidencia de lo maravilloso; a él también se le adivinaron ideas y voliciones. El jefe de ingenieros de Montes era de los más tercos: quería explicárselo todo por los artículos de Física y Química que él leía en la *Revista Rosa,* y no podía. En cambio, un marqués, muy buen mozo y muy fino, declaró solemnemente y varias veces (y su voto era de calidad, porque muchos de los presentes le debían favores, dinero inclusive)... declaró que la Porena se había detenido, en un paseo que dio dormida, bajo la araña de cristal, ni más ni menos en el sitio en que él había *querido* que se parase; declaró, otrosí, que las iniciales de su tarjetero eran las que ella había dicho, y tenían, en efecto, por adorno, un pensamiento de plata y otro de oro esmaltado. ¿Se quería más? Foligno, triunfante, huía en sus idas y venidas, de tropezar con el cuerpo o con las miradas de Serrano. Pero Antoñito, el primo, a quien la sonámbula había adivinado también una porción de cosas, probando con ello verdaderas maravillas de penetración; Antoñito, que había tomado cierta confianza con Foligno, a manera de testigo falso, le dijo:

—A ver si usted hace alguna experiencia con este caballero, que es mi primo y debe de ser incrédulo... y sabe mucho de filosofías...

Foligno se turbó un poco, tardó en contestar; pero, repuesto en cuanto pudo, se volvió a Serrano con mirada valiente, de desafío, si bien acompañada de gestos de perfecta cortesía.

—¡Oh, sí! Con mucho gusto. Pero este caballero sabrá que en los refractarios estas pruebas se hacen con dificultad. Sin embargo, ensayaremos.

Se ensayó un paseo, como el del marqués complaciente.

Caterina, con paso lento, pronta a detenerse a cada segundo, pasó cerca de Serrano, muy cerca, rozando su cuerpo con el pobre vestido blanco, con las tristes cintas ajadas, iguales que las del traje de Tomasuccio, de quien el filósofo se acordó con cariño y tristeza.

—Piense usted en un sitio determinado en que ella ha de pararse —dijo el doctor, colocándose junto al supuesto incrédulo.

A Serrano le costó trabajo fijar el pensamiento en tales nimiedades; sólo por un escrúpulo de sinceridad consiguió, con gran esfuerzo, tomar en serio aquello por un minuto, y pensar en un rosetón de la alfombra, algo distante, donde *quería* que la sonámbula se detuviera.

El doctor miraba a Serrano, Serrano al doctor, ambos inmóviles. Nicolás no hizo gesto alguno, Caterina no se detuvo donde era necesario, sino dos pasos más adelante.

—¿Era allí? —preguntó el doctor con voz algo insegura.

Sin darse cuenta de lo que hacía, olvidado de Tomasuccio, de aquella mujer que le parecía cosa de sus ensueños y que todavía no le había mirado, sintiéndose ridículamente cruel y Quijote de la verdad, tal vez impulsado por su odio a la farsa y al doctor, y por el tono de desafío que creyó leer en la pregunta, Serrano dijo en voz muy baja, con tono irónico y de resolución:

—¿Qué quiere usted que diga?

El doctor fingió no oirle, y repitió la pregunta. Serrano, insistiendo en su crueldad, volvió a decir, ahora en italiano:

—¿Qué quiere usted que diga: que sí... o que...?

El doctor, como picado por un bicho, dio un paso atrás, huyendo de aquellas confidencias, de todo secreto, rechazando toda connivencia y todo favor.

—¡Oh, caballero! Diga usted la verdad, nada más que la verdad.

—Pues la verdad es que esta señora no se ha detenido donde yo quería, sino mucho más lejos.

Estupefacción y disgustos generales.

El marqués, complaciente, sonreía cerca del filósofo, atusándose el bigote. Daba a entender que él era mucho más galante que aquel desconocido.

En aquel momento, Caterina Porena, con los ojos abiertos, volvió a pasar junto a Serrano, pero sin mirarle *todavía*.

VIII

Hubo un *entreacto*. A las señoras se les sirvió un refresco, y los hombres salieron a los pasillos y gabinetes contiguos a fumar y discutir. Serrano, objeto de general curiosidad, sintiéndose en ridículo a sus propios ojos, por no estarlo también ante los de los demás, hizo prodigios de gracia y de ingenio. Sin pedantería, como dando poca importancia a la polémica, demostró a muchos de aquellos señores capaces de entenderle sus conocimientos psicológicos y fisiológicos, muy superiores, sin duda, a los de Foligno. Éste, en vez de rehuir un encuentro con el descreído, lo procuró, y amable, risueño, también buscando gracia y descuido en sus maneras y palabras, defendió su causa como un cómico una comedia que está representando y que es discutida entre bastidores; comedia que él *hace* en las tablas, pero que, al cabo, no es obra suya. Los chistes, los incidentes de las conversaciones, los vaivenes de la multitud, estorbaron bien pronto a los contendientes; se perdió o se dejó perder el hilo de la argumentación; el público admiró los conocimientos de Serrano y los de Foligno; y éstos, al despedirse, porque se reanudaba el *espectáculo,* se apretaron la mano, sonriendo, y se declararon, con sendos ofrecimientos, buenos amigos.

Cuando los caballeros volvieron al salón, el alcalde, en mangas de camisa, sudaba como un mozo de cordel, cerca de la sonámbula; sudaba porque no era para menos el ejercicio de brazos y cintura a que se entregaba para fabricar el fluido que él creía indispensable para aquella grande experiencia. Como se pudiera quejar de una máquina oxidada, se lamentaba de las dificultades que la *falta de uso* oponía a su buen propósito de convertirse cuanto antes en un emporio de magnetismo.

La Porena, sentada en su silla, permanecía inmóvil, seria, triste, lo mismo que cuando su marido comenzaba a dormirla. Mijares daba vueltas alrededor de su *víctima* como si quisiera enterrarla bajo una Osa y un Pelión de fluido magnético de primera clase.

Como allá, hacia una de las puertas del salón, donde se aglomeraba la multitud del sexo fuerte, sonaran algunas risas sofocadas, el médico-alcalde se volvió indignado, y, suspendiendo los pases que le hacían sudar, mientras arremangaba más y mejor los puños de su camisa, pronunció una enérgica *filípica*, especie de bando oral, en que, invocando su triple autoridad de alcalde-presidente, amo de su casa y doctor en Medicina, conminaba a los incrédulos irrespetuosos con la pena de poner de patitas en la calle al que se burlase del fluido más poderoso que había en toda la provincia, del fluido del alcalde-presidente del Ayuntamiento.

—Señores —concluía—, si me cuesta más tiempo y más trabajo que al doctor extranjero dormir a esta señora, es porque hace mucho tiempo que ya no me ejercito; pero ella dormirá; ¡vaya si dormirá!, ¡ya lo creo que dormirá!

Esto último lo decía con un tono tan enérgico, que no dejaba duda posible respecto a sus condiciones de mando y valor cívico.

El público, que si no creía en el fluido del alcalde le tenía por muy capaz de hacer una alcaldada en su propia casa, guardó silencio más o menos religioso, pero absoluto. Los pollos esperaban que todo aquello acabaría en un poco de baile, y no quisieron aguar la fiesta. Nadie volvió a reir.

Foligno, muy grave, miraba con grande atención al magnetizador, que parecía trabajar en una cabria invisible. Serrano estaba indignado. Aquel joven fino, simpático, listo, instruido, y, lo que era peor, aquella mujer interesante, hermosa, que a él le estaba *llegando* al alma, aun sin haberle mirado, se prestaban a aquella farsa ridícula por miedo, por adulación. ¡Luego ellos eran también unos farsantes!... ¡Se jugaba allí con cosa tan seria como los misterios del hipnotismo!

Por fin, Caterina cerró los ojos; estaba dormida. El alcalde, triunfante, se irguió; paseó la mirada en torno con aire de vanidad satisfecha, se limpió el sudor de la frente, y, con ademán solemne entregó a la sonámbula al *brazo secular* de su marido.

—Ahora usted haga los experimentos que quiera. Ella está bien dormida.

No hubo risas. Algunos ya empezaban a creer en la fuerza magnética de la autoridad.

Antoñito se había acercado a su primo, y hablaba con él, fingiéndose creyente fervoroso del alcalde magnético, como él decía.

Foligno se aproximó a ellos, y les invitó a poner cada cual un dedo, el índice, sobre la cabeza de Caterina, la cual, por el contacto de las yemas, conocería siempre a la misma persona.

Con no poca vergüenza y grandísima emoción, y emoción voluptuosa y alambicada, Serrano se acercó, por detrás de la silla que ocupaba Caterina, a su cabeza, y suavemente apoyó en ella la yema del dedo. Lo mismo hizo Antonio. La Porena, a los pocos segundos, levantó el brazo derecho con graciosa languidez, y, sin vacilar, cogió con su mano tibia y dulcemente suave la mano del filósofo.

Ya sabía él, por sus lecturas y observaciones, que en el contacto hay misterios de afinidad y simpatía, revelaciones de la unidad cósmica, etcétera, etc.; pero nunca hubiera creído que una mano de mujer *desconocida,* agarrándose a la suya con fuerza, sin verse las caras ella y él, Caterina y Serrano, pudiera decir tantas cosas. Aquella mano *ciega* había ido a la suya como a un imán, sin vacilar, como a un asidero, llena de dulces reproches, llamándole ingrato, torpe, incrédulo, inundándole el cuerpo entero de un calor simpático, familiar, casi aromático, cargado de sentido voluptuoso sin dejar de ser espiritual, puro. ¡Qué sabía él! Aquel contacto era una revelación evangélica del amor en el misterio. Y, además..., ¡el amor propio! ¡Qué orgullo, qué dulcísimo orgullo! Lo que en otras circunstancias le hubiera parecido una pueril vanidad, ahora se le antojaba legítima satisfacción. *"Afinidades electivas"*, pensaba.

Foligno cambió la experiencia; separó suavemente con la mano al primo de Serrano, y en silencio invitó a otro joven a ocupar su puesto. Las manos se apoyaron en la cabeza de Caterina, cruzándose. Caterina volvió a coger, volvió a estrechar la mano del filósofo. Se repitió la experiencia otras cuatro veces, siempre apoyándose en la cabeza de la sonámbula el dedo de Serrano, y siempre siendo de persona distinta el otro dedo. Caterina no se equivocó nunca: las seis veces apretó la mano del filósofo.

El público estaba impresionado, por completo vencido. Se opinaba que aquel joven madrileño, aquel Santo Tomás del hipnotismo, debía de estar persuadido ya, lleno de fe. En cuanto al alcalde, reventaba de satisfacción. ¡Era su fluido el que hacía aquellos milagros!

Foligno, sólo él, notó un movimiento en el rostro de su esposa, y de repente, como inspirado, se volvió hacia Nicolás, y con sonrisa entre amable y cortésmente burlona, dijo en alta voz:

—Este caballero, que no quería creer, resulta un excelente *medio* de experimentación. Caterina se siente capaz ahora de penetrar en el espíritu del incrédulo y leer allí de corrido. ¿No es verdad, Caterina? ¿Dirás lo que piensa este caballero?

Con voz apagada y lentamente, la sonámbula fue diciendo:

—Sí…, sé… lo… que pensó… Diré lo que pensó…

Serrano, que aún sentía en la piel, y más adentro, el calor, que parecía cariño, de la mano de la Porena; que se sentía como ligado a ella por hilos invisibles que nada tenían que ver con el magnetismo, padeció un escalofrío al oir hablar de aquella suerte a la mujer del farsante, que se dejaba dormir por el fluido del alcalde. La superchería le indignaba, pero le fascinaba la mujer.

—¿Qué iría a decir? —pensó.

El público no respiraba, todo atención y pasmo. Era aquello para él una especie de desafío entre el milagro y la incredulidad. Sin duda, iba a vencer el milagro. La Porena prosiguió:

—Ese caballero... incrédulo... no debiera serlo. Una noche... se le apareció Santa Teresa, y él no quiso creer. La vio, y se lo negó a sí mismo.

IX

Serrano dio un grito, un grito nervioso, de miedo. Se sintió muy mal, como antaño, antes de sus viajes; peor que nunca; todo lo que presenciaba se le figuró que estaba en su cabeza; estaba delirando, tenía ante los ojos la alucinación... ¡Santa Teresa! Era verdad, la noche del tren..., y volvía. Aquello era el *ritornello* de la locura... ¡La alucinación! ¡Qué horror! Se había dejado caer en una silla, temiendo un desmayo, con las piernas flojas y frías. El alcalde, el primo Antoñito y muchos más caballeros le rodearon. En la confusión del susto se olvidó por un momento la causa de éste por atender al forastero, que estaba pasmado, pálido, tal vez próximo a un síncope; pero los que estaban más lejos, los demás que no habían podido llegar cerca de Serrano, se decían, todos en pie:

—Pero, ¿es verdad? Pero, ¿es verdad? ¿Ha acertado la Porena?

Nadie había advertido un movimiento de Caterina como para levantarse de la silla, ni el gesto imperioso y rapidísimo con que Foligno la contuvo, apoyando fuertemente una mano sobre la espalda de su mujer.

El alcalde médico tomaba el pulso a Serrano. Antonio pedía tila, azahar. Otros proponían llevar a una cama al *enfermo*...

—¡Que respire, que respire! —gritaban los de más lejos—. ¡Dadle aire!

Serrano, que seguía sintiéndose muy mal, aunque menos asustado, entre mareos y náuseas y temblores, procuraba separar de su lado, con las manos extendidas, la multitud que le rodeaba..., quería ver..., ver si... aquella mujer estaba allí..., si alguien había dicho, en efecto..., aquello...

Incorporándose y dejando libre algún espacio delante de sí, volvió a ver a la Porena, que en aquel momento abría los ojos, los ojos que dulcemente, llenos de curiosidad y honda simpatía, se clavaban en los del filósofo.

—Pero entonces... —pensó y dijo entre dientes Serrano—, entonces... no es alucinación...; esa mujer está ahí realmente... ¡Oh, sí! Allí estaba; aquellos ojos eran los de Tomasuccio, que quedaba en la fonda dormido; pero llenos de idealidad, de poesía, del fuego de pasión pura que no cabe que haya en los ojos de un niño. Aquellos ojos le volvían al mundo, le sacaban del abismo horroroso del pánico de la locura; aprensión tal vez no menos terrible que la demencia misma. Aquellos ojos eran el mundo del afecto, de la realidad tranquila, ordenada, buena, suave. Quedaba sin explicación, eso sí, el cómo aquella mujer sabía que él hubiera creído ver a Santa Teresa en una alucinación. Todo se explicaría, y si no, poco importaba. Él estaba en su juicio, y aquellos ojos le acariciaban; esto era lo principal. Lo malo era, mal accidental, que la digestión estaba cortada, y ya no tenía compostura. Sí, no cabía dudarlo: el susto, el miedo, la locura, le habían interrumpido la pacífica... digestión. ¡Claro! ¡Acababa de comer! Quiso sacar fuerzas de flaqueza, serenarse, estar tranquilo, tranquilizar al concurso, y, una vez que ya se había dado el espectáculo, no quiso retroceder; quiso llegar hasta el fin de la manera más airosa posible. Además, le punzaba el deseo de acercarse a Caterina, de hablar con ella, de averiguar cómo ella sabía su secreto, que a nadie había comunicado, el secreto de sus aprensiones de alucinado.

—Lo que esta señora ha descubierto es verdad —dijo, dirigiéndose al alcalde y a Foligno. Entendámonos: es verdad... que en cierta ocasión tuve ante mí una mujer que desapareció no sé cómo, y que se me ocurrió como una obsesión la disparatada idea de que fuese una alucinación que me representaba a Santa Teresa. Pero yo esto, lo confieso, no lo he dicho a nadie en el mundo. Esta señora, ciertamente, ha tenido que adivinarlo.

Nicolás no pudo continuar; tuvo otro mareo, más escalofríos, perdió la vista y sintió hormigueos de la piel en el brazo izquierdo, que quedó insensible.

—Señores, me siento mal; una jaqueca.

—¿Acaba usted de comer? —preguntó el alcalde.

—Sí, señor —dijo Antonio—. Con la sorpresa, con la emoción...

—Sí, sí; un pasmo.

—Efectivamente, es pasmoso lo que acaba de suceder.

—Vean ustedes, y todo con mi fluido.

Foligno, triunfante, disimulaba su alegría, lamentándose de la mala suerte, del accidente de la digestión interrumpida, etc.

Serrano tuvo que retirarse. En el coche del alcalde se lo llevaron a la fonda Antonio y sus amigos. La reunión no se deshizo en seguida porque faltaban los comentarios. Se olvidó pronto la indisposición del madrileño para no pensar más que en el milagro de la Porena. ¡Le había adivinado su secreto pensamiento de hacía tanto tiempo! ¡Y qué secreto! Las mujeres se inclinaban a creer en la autenticidad de la aparición de Santa Teresa al incrédulo, al nuevo Saulo del magnetismo.

Caterina y su esposo se despidieron pronto, sin más experimentos. Foligno, después de tamaño triunfo, no quiso demostraciones menos importantes de su ciencia oculta.

Además, la Porena estaba fatigada, fatigada de verdad. En cuanto volvió el coche del alcalde, hizo un segundo viaje a la fonda con el matrimonio. Se disolvió la tertulia. Todos se marchaban admirados. Sólo al ingeniero jefe de Montes se le ocurrió decir, en el portal, a unos cuantos jóvenes:

—Señores, a mí no me la pegan; ese madrileñito y esos comediantes... estaban de acuerdo.

—¡Pero, hombre —le dijeron—, si él es primo de Antoñito y hombre muy serio, y se puso enfermo de verdad!...

—Pamplinas, pamplinas; han querido burlarse de los pobres caracenses.

... ...

En uno de los libros de Nicolás Serrano, en uno de aquellos en que él apuntaba la historia de sus reflexiones a saltos, sin repasarlos jamás, se leía este fragmento:

"... Tomasuccio me puso en relación doméstica con sus padres. Me llevó de la mano hasta el cuarto de la fonda que ocupaban ellos, y me hizo entrar. El doctor me recibió con una amabilidad que me pareció falsa por lo excesiva. Caterina me sonrió, y su palidez, que siempre era mucha se tiñó al verme, de un color de rosa que duró poco en sus mejillas. El pretexto para llegar yo allí fue, aparte de la ocasión, el empeño de Tomasillo, el volver a Caterina el álbum que por la mañana me había enviado al saber que yo estaba en la misma fonda. En una tarjeta me pedía algunos pensamientos para llenar una página de aquella colección de elogios hiperbólicos, de versos y dibujos. Yo tuve el capricho de escribir varias máximas de autores alemanes, que recordaba de memoria, en alemán, y que, sin traducir, pasaban al álbum. Más o menos directamente, todas ellas iban contra las supercherías de las adivinaciones, de los portentos del género que cultivaba aquella pareja italiana.

Al entregar su álbum a la Porena, ésta buscó con ansiedad, que disimulaba mal, la página mía.

—¡Ah! —dijo al verla—. Yo no entiendo esto. Debe ser... alemán.

Foligno tampoco podía traducirlo.

—Pues yo no lo traduzco —exclamé yo, que no me atrevía a decir cara a cara a aquellas gentes que no creía en sus milagros, a pesar de la inexplicable revelación de la noche anterior.

—No faltará quien lo traduzca —dijo la italiana.

Y cerró el álbum de prisa, colocándolo después en su regazo y oprimiéndolo contra su cuerpo, como quien abraza estrechamente.

Hablamos de muchas cosas: unas relativas al sonambulismo y otras no; pero yo no quise aludir a los sucesos de la víspera, y ellos tampoco hablaron de tal escena.

Sin saber por qué, prolongué mi estancia en Guadalajara por ocho días; no volví a Madrid hasta el día siguiente de salir los Foligno para Zaragoza. En aquella semana dieron varias funciones en el teatro. Asistí a ellas desde bastidores, porque se había divulgado el portento de que era yo principal actor, y no quise nuevas exhibiciones. A las cuarenta y ocho horas de conocerle, ya quería yo a Tomasuccio como a un hermanillo que venía a ser para mí como un hijo. Él se metía por mí y me obligaba a estrechar relaciones con sus padres. Siempre que en mi presencia daba Caterina un beso a su hijo, yo le daba otro. Aquella mujer era, en el retiro de su *hogar*... de la fonda, diferente de la que se veía en el teatro representando su comedia de pitonisa moderna. Parecía más hermosa, pero aún más amable; había en ella menos misterio melancólico, pero mayor pureza de gestos; el atractivo de una poética virtud casera. Sí, sí; era una honrada madre de familia que ganaba el pan de los suyos con oficios de bruja. Mi presencia (a mí mismo puedo decírmelo) la turbaba, como la suya a mí. Foligno nos dejaba solos muchas veces. Hablábamos de mil cosas, nunca del placer, cada vez más íntimo, de estar juntos, de contarnos nuestra historia; nunca de la aventura de aquella adivinación. Pero la noche anterior a nuestra separación, probablemente eterna, pensábamos (ausente Foligno, que estaba arreglando cuentas en la administración del teatro; dormido Tomasuccio, al pie de cuyo lecho estábamos los dos), comprendimos que teníamos algo que decirnos antes de separarnos. De dos asuntos quería yo hablar.

Cuando mis labios iban a romper el silencio para abordar la materia más importante y más difícil, la que era más para callada, Caterina me miró a los ojos, *me adivinó* otra vez, y tuvo miedo. Se puso en pie, pasó la mano por la frente de su hijo dormido y, volviendo a sentarse, sonrió con dulcísima malicia, y dijo antes de que hablara yo:

—Usted, amigo mío, me oculta algo..., calla usted algo... que quisiera decir.

—Sí, Caterina; yo...

—Sí; usted quisiera saber cómo yo pude adivinar, gracias al fluido magnético dcl señor alcalde...

Comprendí su prudencia, su lección, su miedo. Me levanté, besé en la frente a Tomasuccio y, oculto en la sombra del pabellón de aquella cuna de la inocencia, me atreví a hablar de todo..., menos de lo más importante.

Caterina supo de mi curiosidad contenida; supo más: le confesé que era para mí causa de disgusto aquella sombra de superchería que quedaba en el misterio. Mi simpatía hacia aquella familia, con que me habían unido de corazón lazos del azar, padecía con aquella sombra de superchería, de... comedia, llegué a decir. Estuve casi duro, demasiado franco. Pero ella entendió bien mi idea. Mi amor a la verdad, a la sinceridad, era muy cierto; mi amistad, también muy seria y muy cierta; la sospechada superchería se ponía en medio y me lastimaba. No dije nada de amor, no la separé a ella de su marido al hablar de mi afecto; iban los tres juntos: los cónyuges y el niño. Caterina me entendía y me agradecía aquella preterición de lo que me estaba adivinando en la voz temblorosa.

No recuerdo sus propias palabras de cuando me contestó. Recuerdo que tardó en hablar. Otra vez acarició la frente del niño, se paseó por el gabinete, y, al volver a mi lado, estaba cambiada, sus ojos brillaban; su tez, encendida, parecía despedir pasión eléctrica, no sé qué; todas sus facciones se acentuaron, adquirieron más expresión, más fuerza..., estaba menos hermosa y mucho más interesante. Vino a decir, con voz algo ronca, que yo no tenía derecho a que ella no guardase el secreto de su arte por lo que se refería a nuestra aventura. Me engañaba, según ella, si creía que era farsa aquella enfermedad que padecía y que le servía para dar de comer a su hijo. No me podía explicar muchas cosas que no eran su secreto exclusivo, sino el de su familia; esto sería una infidelidad. Pero... en lo que tocaba a nuestras relaciones, a mi aventura..., todo había sido puramente natural..., aunque Dios sabía si en el fondo sería aquello no menos misterioso que lo pasado en el mayor misterio. "Yo venía, prosiguió diciendo con palabras equivalentes a éstas, de Segovia a Madrid. En el coche que me llevaba a la estación en que había de tomar el tren, creo que la de Arévalo, viajaba también un sacerdote que iba a esperar a unas monjas hermanitas de los pobres, las cuales, para cuidar un enfermo de no recuerdo qué pueblo, debían llegar de la estación anterior a la en que iba yo a tomar el tren. En Arévalo, el sacerdote me acompañó al andén. Juntos buscamos a las monjas. Venía una sola..., y ¡cómo venía! Como un revisor, en pie sobre el estribo y agarrada al picaporte de una portezuela. Un empleado de la estación la salió al paso antes que mi señor cura la reconociese, y reprendiéndola estaba por su modo de viajar, cuando intervenimos nosotros. La monja, casi llorando, explicaba su conducta. La Hermana Santa Fe no había podido venir; se había puesto enferma horas antes de pasar el tren. El párroco de no sé dónde, de aquel pueblo, había visto la necesidad de enviar a la Hermana Santa Águeda sola, y esto porque el caso no daba espera, y él no podía acompañarla. Le había metido en un reservado de señoras. Ella había aceptado porque el viaje era corto, entre dos estaciones intermedias, y reconocía lo apurado del asunto. Pero en el reservado de señoras no iba más señora que un caballero, un joven, un joven dormido... que podía ser un libertino o un ladrón. A ella, a la Santa Águeda, le había entrado el pánico del pudor..., y, sin encomendarse a Dios, había abierto la portezuela con gran sigilo, y muy agarrada a la barandilla y al picaporte había salido del coche... y había llegado a Arévalo como habíamos visto. Los comentarios del suceso duraban todavía entre el sacerdote, mi compañero de viaje, la monja y el empleado, cuando la locomotora silbó y tuve que meterme a toda prisa en el tren. Vi un coche con una tabla colgada de la portezuela. Éste será el reservado verdadero, pensé; aquí no irán hombres. Y allí entré. Caía en el mismo error que los que embarcaron a la monja. No era reservado: era el coche en que no se consentía fumar, según vi cuando salí de él. En efecto: allí había un joven solo, un joven dormido. Yo no tuve miedo; yo no escapé."

Al llegar a este punto, Caterina vaciló, calló un punto, y con más brasas en el rostro dijo por fin:

—Esto... es una especie de confesión. Yo no soy una santa; soy... mujer... curiosa..., indiscreta. Además, mi obligación... es..., lo manda el arte..., mi obligación es enterarme de todo lo que la casualidad quiere hacerme aprender; siempre que la curiosidad me acerque a un objeto del cual deseo saber algo, que ofrece posibles consecuencias provechosas..., mi obligación es oir la voz de la curiosidad. Así lo hice. El sueño de aquel joven era inquieto..., parecía soñar, murmuraba frases que yo no podía entender. A su lado, sobre el almohadón, había un libro de memorias abierto. Esto parece tan imposible como el adivinar, pero es *más natural*. Cogí el libro con el mismo sigilo que la monja había empleado para escaparse. No había miedo; el viajero dormía profundamente. La rapidez de mis movimientos era para mí guardia segura: antes que él tuviera tiempo de despertar por completo y darse cuenta de mi presen-

cia, estaba yo segura de poder dejar el libro en su sitio, sin
que su dueño notara mi curiosidad. Con grandes precauciones
me puse a hojear el libro. Yo no entendía aquello: las letras
eran muy raras y desiguales: no eran del alfabeto que yo conozco. Ya iba a dejar donde le había cogido el cuerpo del delito, defraudada de mi mala intención, cuando llegué, al pasar
las hojas, a la última. Allí vi letra inteligible. Me puse a leer
con avidez, y leí mil abominaciones contra el milagro y la superstición, y a vueltas de todo esto la declaración de su miedo
de usted, de su miedo a las alucinaciones. Allí se decía bien
claramente, en pocas palabras, que había creído usted ver a
Santa Teresa en un rincón del coche. Lo demás lo comprendí
yo atando cabos. Lo singular, lo excepcional, lo *milagroso,* lo
inverosímil de la aventura, de la coincidencia, me impresionó
sobremanera. ¡Cuántas veces he pensado en el viajero, en la
monja y en la *visión!* El joven, usted, siguió dormido. Al llegar
a la primera estación se movió un poco, suspiró, tal vez despertó, pero sin incorporarse, sin abrir los ojos. Se abrió la puerta
del coche, entraron un viejo y una vieja, y yo salí para buscar
el verdadero reservado de señoras.

—Es verdad —interrumpí yo—. Recuerdo que llegué a
Madrid acompañado de una pareja de sesentones que nada
tenían de aparecidos.

—Pero el verdadero milagro —prosiguió Caterina— está
en habernos vuelto a encontrar. Es decir, en volver yo a en-
contrarle a usted. Ahora quien dormía no era usted, era yo.

—Pero usted no me vio...

—No le vi a usted hasta que volvió al salón cuando el alcalde me estaba magnetizando. Yo le veía a usted... con los ojos
casi cerrados. Le reconocí enseguida; formé mi plan inmediatamente. ¡Si viera usted qué emoción! Un incrédulo que quería quitarme el pan de mi Tomasuccio, que no quería que yo
pudiera vestir a mi niño... ni siquiera con tul viejo y cintas
ajadas. *Avisé* a Vicenzo, a mi marido; me entendió..., y vino
el segundo milagro..., el segundo, porque el primero, el mejor,
el *importante* era el otro. Aquella *casualidad* de habernos vuelto a encontrar venía a coronar la otra serie de casualidades.

—Todo esto en un cuento parecería inverosímil.

—Pero todo es verdad; luego fue *posible.*

—Además, cosa por cosa, nada es extraordinario..., mucho menos lo que más lo parece, lo principal, el atreverme yo a leer su libro de memorias.

—¿Y el escribir yo aquello, nada más que aquello, en letra ordinaria? (En efecto: después busqué en mis apuntes la narracción y las reflexiones a que Caterina aludía, y en letra bastardilla estaban escritas; en letra *rapidísima,* pero clara.)

—Eso se explica por la emoción con que usted escribiría; no le dio tiempo a recordar su costumbre de usar letras exóticas; escribía usted como escribirá lo que le importe más; todo lo que no sea para sus Memorias.

—De modo que, según usted, no hay milagro.

—¡Oh, sí! ¡Evidente! El milagro está en el conjunto; en la reunión de todo eso..., ¡en tantas coincidencias!

Los dos callamos; nos miramos fijamente, leímos, *confrontando las almas,* el respectivo pensamiento. Pero nadie leyó en voz alta. Se oía la respiración algo fatigada de Tomasuccio.

Los dos atendimos al niño; ella le tapó mejor; yo arreglé los pliegues del pabellón de la cuna. Y, como si hubiéramos cambiado de conversación, me atreví a decir:

—Después de todo, ¿qué mayor coincidencia *inverosímil* que el encontrarse en el mundo dos almas, dos almas hechas la una para la otra?

¡Ah! Sí, es verdad. El amor es un misterio. El amor es un milagro.

Llegó Foligno. Yo le estreché la mano sin miedo, sin miedo ni a él ni a mi conciencia. Después estreché la de Caterina, aquella mano *tan mía,* y la estreché tranquilo. Nos miramos ambos satisfechos como dos compañeros de naufragio que se saludan, sanos y salvos, en la orilla.

... ...

Al día siguiente fui a despedirlos a la estación.

No más unos minutos, muy pocos, estuve a solas con la Porena, mientras facturaba el equipaje el doctor.

No hablábamos. Me miró sonriendo. Yo fui quien se atrevió a decir:

—En la explicación de ayer, pensando en ella esta noche, vi dos puntos... oscuros.

—¡Dos! ¿Cuáles?

—¿Cómo viajaba usted sola de Segovia a Madrid?

—¡Bah! ¡Tantas veces he viajado sola! Foligno tenía que presentarse en Madrid a responder... de una deuda. Era una batalla con un usurero empresario de un teatro. Amenazaba con pleitos, con la cárcel..., ¡qué sé yo! Somos extranjeros, tenemos miedo a todo. Foligno aquellos días cayó enfermo en Segovia, y fui yo sola a calmar al enemigo, a darle garantías de nuestra buena fe, a pedir prórroga. ¡Es usted demasiado curioso! Ya sabe usted más de lo que yo debía decir. No pregunte usted más cosas... así.

—La otra pregunta..., el otro punto oscuro...

No hubo tiempo a más. Foligno llegó. Entraron en un coche de segunda. Un apretón de manos, un beso muy largo a Tomasuccio... y partió el tren.

¿Hasta cuándo?

Al día siguiente yo me volvía a Madrid.

Nota.—La segunda pregunta, que no hubo tiempo a formular, era ésta:

—¿Por qué me reconocía usted siempre por el contacto de la yema de un dedo? *superchería or magnetic attraction*

X

Dos años después de haber escrito Nicolás Serrano en sus Memorias lo que va copiado, se paseaba por Recoletos una tarde de primavera. Una muchacha de quince abriles pregonaba violetas, ramitos de violetas. Algunos árboles del paseo olían a gloria. Las golondrinas, bulliciosas, jugaban al escondite *swallows noisy hiding* de tejado en tejado, rayando con su vuelo el cielo azul, rozando con las puntas de las alas, a veces, la tierra. Las fieras del carro de la Cibeles, teñidas de la púrpura del crepúsculo esplendoroso, parecían contentas, soñando como la diosa, al son de la cascada de la fuente. Serrano gozaba de aquellas emanaciones de la *Maya* inmortal, si no contento, tranquilo por lo pronto,

en una tregua de la *angustia metafísica,* que era su enfermedad
incurable. Un perro cursi, pero muy satisfecho de la existencia,
canelo, insignificante, pasó por allí, al parecer lleno de ocupaciones. Iba de prisa, pero no le faltaba tiempo para entretenerse
en los accidentes del camino. Quiso tragarse una golondrina
que le pasó junto al hocico. Es claro que no pudo. No se
inquietó, siguió adelante. Dio con un papel que debía de haber
envuelto algo substancioso. No era nada; era un pedazo de
Correspondencia que había contenido queso. Adelante. Un chiquillo le salió al paso. Dos brincos, un gruñido, un simulacro
de mordisco, y después nada, el más absoluto desprecio. Adelante. Ahora una perrita de lanas, esclava, melindrosa, remil-
gada. Algunos chicoleos, dos o tres asaltos amorosos, protestas
de la perra y de sus dueños, un matrimonio viejo. Bueno, corriente. ¿Que no quieren? ¿Que hay escrúpulos? En paz. Adelante; lo que a él le sobraban eran perras. Y se perdió a lo
lejos, torciendo a la derecha, camino de la Casa de la Moneda.
A Serrano se le figuraba que aquel perro iba así..., como
cantando. "¡Oh! Es mucho mayor filósofo que yo", se dijo.

Y al volver la cabeza vio enfrente de sí a Caterina Porena,
vestida de negro.

Ella le reconoció antes. Se puso muy encarnada y pasó un
mal rato dudando si él la saludaría, si se acordaría de ella. Si
él pasaba adelante..., ¡adiós! ¿Cómo atreverse a detenerle?

Pero Nicolás se detuvo, sintió el corazón en la garganta y
alargó una mano, después de hacer un ruido extraño con la
garganta, donde tenía el corazón; acaso con el corazón mismo.
"Su vida?".

La de él..., como siempre. No habían vuelto a adivinarle
nada.

No le había pasado ninguna otra gran casualidad.

¿Y a ella? A ella se le había muerto Tomasuccio. Hacía
más de un año. Pero aquel año no era como los dos meses de
Ofelia; era como los dos días de Hamlet, era ayer siempre el
día de la muerte.

A Serrano se le nubló la primavera. Sintió de pronto la
tristeza del mundo en medio de los pregones de violetas, de
la luz radiante, del cuchicheo de las golondrinas.

El rostro, los ojos sobre todo, anunciaban en Caterina un dolor incurable.

"¡Qué horriblemente desgraciada debe de ser!", pensó Serrano.

Callaron un momento, puesto el recuerdo, lleno de amor, en Tomasuccio.

Después, en un tono mate, frío sin querer, preguntó el filósofo:

—¿Y Foligno?

—Bueno, muy bueno.

"Sí —pensó Nicolás—; ése nos enterrará a todos".

Se separaron. Ella estaba en Madrid de paso. No hablaron siquiera de volver a verse. ¿Para qué?

Ella era honrada; él, también. Vivía Foligno..., y Tomasuccio había muerto. La Porena, siempre en el éxtasis de su pena, vivía como en un templo, sacerdotisa del dolor. Todo mal pensamiento era una profanación del altar en que se quemaba un corazón sacrificado al recuerdo de su hijo. No era el corazón sólo; todo se consumía. Caterina estaba muy delgada, muy pálida; se iba poco a poco con su *Masuccio*.

El amor, y el amor adúltero singularmente, no tenía ya sitio allí.

No cabía más que *recordarse* de lejos, sin buscarse. Queriéndose, o lo que fuese, hasta que el esfumino del tiempo se encargara de desvanecer la última aprensión sentimental.

Caterina siguió su camino hacia la Cibeles. Serrano, sin saber lo que hacía, torció a la derecha, hacia la Casa de la Moneda, como si quisiera seguir la pista del perro canelo, que tomaba los *fenómenos* como lo que eran, como una... superchería.

EL SEÑOR

No tenía más consuelo temporal la viuda del capitán Jiménez que la hermosura de alma y de cuerpo que resplandecía su hijo. No podía lucirle en paseos y romerías, teatros y tertulias, porque respetaba ella sus tocas; su tristeza la inclinaba a la iglesia y a la soledad, y sus pocos recursos le impedían, con tanta fuerza como su deber, malgastar en galas, aunque fueran de niño. Pero no importaba; en la calle, al entrar en la iglesia, y aun dentro, la hermosura de Juan de Dios, de tez sonrosada, cabellera rubia, ojos claros, llenos de precocidad amorosa, húmedos, ideales, encantaban a cuantos le veían. Hasta el señor obispo, varón austero que andaba por el templo como temblando de santo miedo de Dios, más de una vez se detuvo al pasar junto al niño, cuya cabeza dorada brillaba sobre el humilde trajecillo negro como un vaso sagrado entre los paños de enlutado altar; y, sin poder resistir la tentación, el buen místico, que tantas vencía, se inclinaba a besar la frente de aquella dulce imagen de los ángeles, que, cual un genio familiar, frecuentaba el templo.

Los muchos besos que le daban los fieles al entrar y salir de la iglesia, transeúntes de todas clases en la calle, no le consumían ni marchitaban las rosas de la frente y de las mejillas; sacábanles como un nuevo esplendor, y Juan, humilde hasta el fondo del alma, con la gratitud al general cariño, se enardecía en sus instintos de amor a todos, y se dejaba acariciar y admirar como una santa reliquia que empezara a tener conciencia.

Su sonrisa al agradecer centuplicaba su belleza, y sus ojos acababan de ser nuevo símbolo de la felicidad inocente y piadosa al mirar en los de su madre la misma inefable dicha. La pobre viuda, que por dignidad no podía mendigar el pan del cuerpo, recogía con noble ansia aquella cotidiana limosna de admiración y agasajo para el alma de su hijo, que entre estas flores y otras que el jardín de la piedad le ofrecía en casa iba creciendo lozana, sin mancha, purísima, lejos de todo mal contacto, como si fuera materia sacramental de un culto que consistiese en cuidar una azucena.

Con el hábito de levantar la cabeza a cada paso para dejarse acariciar la barba y ayudar, empinándose, a las personas mayores que se inclinaban a besarle, Juan había adquirido la costumbre de caminar con la frente erguida, pero la humildad de los ojos quitaba a tal gesto cualquier asomo de expresión orgullosa.

II

Cual una abeja sale al campo a hacer acopio de dulzuras para sus mieles, Juan recogía en la calle, en estas muestras generales de lo que él creía universal cariño, cosecha de buenas intenciones, de ánimo piadoso y dulce, para el secreto labrar de místicas puerilidades a que se consagraba en su casa, bien lejos de toda idea vana, de toda presunción por su hermosura; ajeno de sí propio, como no fuera en el sentir los goces inefables que a su imaginación de santo y a su corazón de ángel ofrecía su único juguete de niño pobre, más hecho de fantasías y de combinaciones ingeniosas que de oro y oropeles. Su juguete único era su altar, que era su orgullo.

O yo observo mal, o los niños de ahora no suelen tener altares. Compadezco principalmente a los que hayan de ser poetas.

El altar de Juan, su fiesta, como se llamaba en el pueblo en que vivía, era el poema místico de su niñez, el poema hecho, si no de piedra como una catedral, de madera, plomo, talco y, sobre todo, luces de cera. Teníalo en un extremo de su propia alcoba, y en cuanto podía, en cuanto le dejaban a solas, libre, cerraba los postigos de la ventana, cerraba la puerta y se quedaba en las tinieblas amables, que iba así como taladrando con estrellitas, que eran los puntos de luz amarillenta, suave, de las velas de su santuario, delgadas como juncos, que pronto consumía, cual débiles cuerpos virginales que derrite un amor, el fuego. Hincado de rodillas delante de su altar, sentado sobre los talones, Juan, artista y místico a la vez, amaba su obra, el tabernáculo minúsculo, con todos sus santos de plomo, sus resplandores de talco, sus misterios de muselina y crespón, restos de antiguas glorias de su madre cuando reinaba en el mundo, digna esposa de un bizarro militar; y amaba al Dios, el Padre de sus padres, del mundo entero, y en este amor de su misticismo infantil también adoraba, sin saberlo, su propia obra, las imágenes de inenarrable inocencia, frescas, lozanas, de la religiosidad naciente, confiada, feliz, soñadora. El universo para Juan venía a ser como un gran nido que flotaba en infinitos espacios; las criaturas piaban entre las blandas plumas pidiendo a Dios lo que querían, y Dios, con alas, iba y venía por los cielos, trayendo a sus hijos el sustento, el calor, el cariño, la alegría.

Horas y más horas consagraba Juan a su altar, y hasta el tiempo destinado a sus estudios le servía para su fiesta, como todos los regalos y obsequios en metálico, que de cuando en cuando recibía, los aprovechaba para la corona o el gazofilacio de su iglesia. De sus estudios de catecismo, de las fábulas, de la Historia Sagrada, y aun de la profana, sacaba partido, aunque no tanto como de su imaginación, para los sermones que se predicaba a sí mismo en la soledad de su alcoba, hecha templo, figurándose ante un multitud de pecadores cristianos. Era su púlpito un antiguo sillón, mueble tradicional en la familia, que había sido como un regazo para algunos abuelos caducos y último lecho del padre de Juan. El niño se ponía de rodillas sobre el asiento, apoyaba las manos en el respaldo, y desde allí predicaba al silencio y a las luces que chisporroteaban, lleno de unción, arrebatado a veces por una elocuencia interior que en la expresión material se traducía en frases incoherentes, en gritos de entusiasmo, algo parecido a la glosolalia de las primitivas iglesias. A veces, fatigado de tanto sentir, de tanto perorar, de tanto imaginar, Juan de Dios apoyaba la cabeza sobre las manos, haciendo almohada del antepecho de su púlpito; y con lágrimas en los ojos se quedaba como en éxtasis, vencido por la elocuencia de sus propios pensares, enamorado de aquel mundo de pecadores, de ovejas descarriadas

que él se figuraba delante de su cátedra apostólica, y a las que
no sabía cómo persuadir para que, cual él, se derritiesen en
caridad, en fe, en esperanza, habiendo en el cielo y en la tierra
tantas razones para amar infinitamente, ser bueno, creer y esperar. De esta precocidad sentimental y mística apenas sabía
nadie; de aquel llanto de entusiasmo piadoso, que tantes veces
fue rocío de la dulce infancia de Juan, nadie supo en el mundo
jamás: ni su madre.

III

Pero sí de sus consecuencias; porque, como los ríos van
a la mar, toda aquella piedad corrió naturalmente a la Iglesia.
La pasión mística del niño hermoso de alma y cuerpo fue con-
virtiéndose en cosa seria; todos la respetaron; su madre cifró
en ella más que su orgullo, su dicha futura; y sin obstáculo
alguno, sin dudas propias ni vacilaciones de nadie, Juan de
Dios entró en la carrera eclesiástica; del altar de su alcoba
pasó al servicio del altar de veras, del altar grande que tantas
veces había soñado.

Su vida en el Seminario fue una guirnalda de triunfos de
la virtud, que él apreciaba en lo que valían, y de triunfos académicos, que con mal fingido disimulo despreciaba. Sí, fingía
estimar aquellas coronas que hasta en las cosas santas se tejen
para la vanidad, y fingía por no herir el amor propio de sus
maestros y de sus émulos. Pero, en realidad, su corazón era
ciego, sordo y mudo para tal casta de placeres; para él ser
más que otros, valer más que otros, era una apariencia, una
diabólica invención; nadie valía más que nadie; toda dignidad exterior, todo grado, todo premio eran fuegos fatuos, inútiles, sin sentido. Emular glorias era tan vano, tan soso, tan
inútil como discutir; la fe defendida con argumentos le parecía semejante a la fe defendida con la cimitarra o con el fusil.
Atravesó por la filosofía escolástica y por la Teología dogmá-
tica sin la sombra de una duda; supo mucho, pero a él todo
aquello no le servía para nada. Había pedido a Dios, allá
cuando niño, que la fe se la diera de granito, como una forta-

leza que tuviese por cimientos las entrañas de la tierra, y Dios se lo había prometido con voces exteriores, y Dios no faltaba a su palabra.

A pesar de su carrera brillante, excepcional, Juan de Dios, con humilde entereza, hizo comprender a su madre y a sus maestros y padrinos que con él no había que contar para convertirle en una lumbrera, para hacerle famoso y elevarle a las altas dignidades de la Iglesia. Nada de púlpito; bastante se había predicado a sí mismo desde el sillón de sus abuelos. La altura de la cátedra era como un despeñadero sobre una sima de tentación; el orgullo, la vanidad, la falsa ciencia estaban allí, con la boca abierta, monstruos terribles, en las oscuridades del abismo. No condenaba a nadie, respetaba la vocación de obispos y de Crisóstomos que tenían otros; pero él no quería ni medrar ni subir al púlpito. No quiso pasar de coadjutor de San Pedro, su parroquia. "¡Predicar! ¡Ah, si! —pensaba. Pero no a los creyentes. Predicar... allá..., muy lejos, a los infieles, a los salvajes; no a las Hijas de María, que pueden enseñarme a mí a creer y que me contestan con suspiros de piedad y cánticos cristianos: predicar ante una multitud que me contesta con flechas, con tiros, que me cuelga de un árbol, que me descuartiza".

La madre, los padrinos, los maestros, que habían visto claramente cuán natural era que niño de aquella fiesta, de aquel altar, fuera sacerdote, no veían la última consecuencia, también muy natural, necesaria, de semejante vocación, de semejante vida..., el martirio: la sangre vertida por la fe de Cristo. Sí; ése era su destino, ésa su elocuencia viril. El niño había predicado, jugado, con la boca; ahora el hombre debía predicar de una manera más seria, por las bocas de cien heridas...

Había que abandonar la patria, dejar a la madre; le esperaban las Misiones de Asia. ¿Cómo no lo habían visto tan claro como él su madre, sus amigos?

La viuda, ya anciana, que se había resignado a que su Juan no fuera más que santo, no fuera una columna muy visible de la Iglesia, ni un gran sacerdote, al llegar este nuevo desengaño se resistió con todas sus fuerzas de madre.

"¡El martirio, no! ¡La ausencia, no! ¡Dejarla sola, imposible!".

La lucha fue terrible, tanto más cuanto que era lucha sin odios, sin ira, de amor contra amor; no había gritos, no había malas voluntades, pero sangraban las almas.

Juan de Dios siguió adelante con sus preparativos; fue procurándose la situación propia del que puede entrar en el servicio de esas avanzadas de la fe que tienen casi seguro el martirio... Pero al llegar al momento de la separación, al arrancarle las entrañas a la madre viva..., Juan sintió el primer estremecimiento de la religiosidad humana; fue caritativo con la sangre propia, y no pudo menos de ceder, de sucumbir, como él se dijo.

IV

Renunció a las Misiones de Oriente, al martirio probable, a la poesía de sus ensueños, y se redujo a buscar las grandezas de la vida buena, ahondando en el alma, prescindiendo del espacio. Por fuera ya no sería nunca más que el coadjutor de San Pedro. Pero en adelante le faltaba un resorte moral a su vida entera; faltaba el imán que le atraía; sentía la nostalgia enervante de un porvenir desvanecido. "No siendo un mártir de la fe, ¿qué era él? Nada". Supo lo que era melancolía, desequilibrio del alma, por la primera vez. Su estado espiritual era muy parecido al del amante verdadero que padece el desengaño de un único amor. Le rodeaba una especie de vacío que le espantaba; en aquella nada que veía en el porvenir cabían todos los misterios peligrosos que el miedo podía imaginar.

Puesto que no le dejaban ser mártir, verter la sangre, tenía terror al enemigo que llevaría dentro de sí, a lo que querría hacer la sangre que aprisionaba dentro de su cuerpo. ¿En qué emplear tanta vida? "Yo no puedo ser —pensaba— un ángel sin alas; las virtudes que yo podría tener necesitaban espacio, otros horizontes, otro ambiente; no sé portarme como los demás sacerdotes, mis compañeros. Ellos valen más que yo, pues saben ser buenos en una jaula".

Como una expansión, como un ejercicio, buscó en la clase de trabajo profesional que más se parecía a su vocación abandonada una especie de consuelo: se dedicó principalmente a visitar enfermos de·dudosa fe, a evitar que las almas se despidieran del mundo sin apoyar la frente el que moría en el hombro de Jesús, como San Juan en la sublime noche eucarística. Por dificultades materiales, por incuria de los fieles, a veces por escaso celo de los clérigos, ello era que muchos morían sin todos los Sacramentos. Infelices heterodoxos de superficial incredulidad, en el fondo cristianos; cristianos tibios, buenos creyentes descuidados, pasaban a otra vida sin los consuelos del *oleum infirmorum,* sin el aceite santo de la Iglesia..., y como Juan creía firmemente en la espiritual eficacia de los Sacramentos, su caridad fervorosa se empleaba en suplir faltas ajenas, multiplicándose en el servicio del Viático, vigilando a los enfermos moribundos. Corría a las aldeas próximas, a donde alcanzaba la parroquia de San Pedro; aún iba más lejos a procurar que se avisara el celo de otros sacerdotes en misión tan delicada e importante. Para muchos, esta especialidad del celo religioso de Juan de Dios no ofrecía el aspecto de grande obra caritativa; para él no había mejor modo de reemplazar aquella otra gran empresa a que había renunciado por amor a su madre. Dar limosna, consolar al triste, aconsejar bien, todo eso lo hacía él con entusiasmo...; pero lo principal era lo otro. Llevar el Señor a quien lo necesitaba. Conducir las almas hasta la puerta de la salvación, darles para la noche oscura del viaje eterno la antorcha de la fe, el Guía Divino..., ¡el mismo Dios! ¿Qué mayor caridad que ésta?

V

Mas no bastaba. Juan presentía que su corazón y su pensamiento buscaban vida más fuerte, más llena, más poética, más ideal. Las lejanas aventuras apostólicas con una catástrofe santa por desenlace le hubieran satisfecho, la conciencia se lo decía: aquella poesía bastaba. Pero esto de acá no. Su cuerpo robusto, de hierro, que parecía predestinado a las fatigas de los largos viajes, a la lucha con los climas enemigos, le daba gritos extraños con mil punzadas en los sentidos. Comenzó a observar lo que nunca había notado antes, que sus compañeros luchaban con las tentaciones de la carne. Una especie de remordimiento y de humildad mal entendida le llevó a la aprensión de empeñarse en sentir en sí mismo aquellas tentaciones que veía en otros a quien debía reputar más perfectos que él. Tales aprensiones fueron como una sugestión, y, por fin, sintió la carne y triunfó de ella, como los de sus compañeros, por los mismos sabios remedios dictados por una santa y tradicional experiencia. Pero sus propios triunfos le daban tristeza, le humillaban. Él hubiera querido vencer sin luchar; no saber en la vida de semejante guerra. Al pisotear a los sentidos rebeldes, al encadenarlos con crueldad refinada, les guardaba rencor inextinguible por la traición que le hacían; la venganza del castigo no le apagaba la ira contra la carne. "Allá lejos, pensaba, no hubiera sabido esto; mi cuerpo y mi alma hubiera sido una armonía."

VI

Así vivía, cuando una tarde, paseando, ya cerca del oscurecer, por la plaza, muy concurrida, de San Pedro, sintió el choque de una mirada que parecía ocupar todo el espacio con una infinita dulzura. Por sitios de las entrañas que él jamás había sentido, se le paseó un escalofrío sublime, como si fuera precursor de una muerte de delicias: o todo iba a desvanecerse en un suspiro de placer universal, o el mundo iba a transformarse en un paraíso de ternuras inefables. Se detuvo, se llevó las manos a la garganta y al pecho. La misma conciencia, una muy honda, que le había dicho que allá lejos se habría satisfecho brindando con la propia sangre al amor divino, ahora le decía, no más claro: "O aquello o esto". Otra voz más profunda, menos clara, añadió: "Todo es uno". Pero "no", gritó el alma del buen sacerdote: "Son dos cosas: ésta más fuerte, aquélla más santa. Aquélla para mí, ésta para otros". Y la voz de antes, la más honda, replicó: "No se sabe".

La mirada había desaparecido. Juan de Dios se repuso un tanto y siguió conversando con sus amigos, mientras de repente le asaltaba un recuerdo mezclado con la reminiscencia de una sensación lejana. Olió, con la imaginación, a agua de colonia, y vio sus manos, blancas y pulidas, extendiéndose sobre un grupo de fieles para que se las besaran. Él era un misacantano, y entre los que le besaban las manos perfumadas, la punta de los dedos, estaba una niña rubia de abundante cabellera de seda rizada en ondas, de ojos negros, pálida, de expresión de inocente picardía mezclada con gestos de melancólico y como vergonzante pudor. Aquellos ojos eran los que acababan de mirarle. La niña era una joven esbelta, no muy alta, delgada, de una elegancia muy enfermiza, como una diosa de la fiebre. El amor por aquella mujer tenía que ir mezclado con dulcísima caridad. Se la debía querer también para cuidarla. Tenía un novio que no sabía de estas cosas. Era un joven muy rico, muy fatuo, mimado por la fortuna y por sus padres. Tenía la mejor jaca de la ciudad, el mejor tílburi, la mejor ropa; quería tener la novia más bonita. Los dieciséis años de aquella niña fueron como una salida del sol, en que se fijó todo el mundo, que. deslumbró a todos. De los dieciséis a los dieciocho, la enfermedad de años atrás ayudaba a la hermosura de la rubia, que tanto había sufrido, desapareció para dejar paso a la juventud. Durante estos dos años, Rosario, así se llamaba, hubiera sido en absoluto feliz... si su novio hubiera sido otro; pero el de la mejor jaca, el del mejor coche, la quiso por vanidad, para que le tuvieran envidia; y aunque para entrar en su casa (de una viuda pobre también, como la madre de Juan, también de costumbres cristianas) tuvo que prometer seriedad, y muy pronto se vio obligado a prometer próxima y segura coyunda, lo hizo aturdido, con la vaga conciencia de que no faltaría quien le ayudara a faltar a su palabra. Fueron sus padres, que querían algo mejor (más dinero) para su hijo.

El pollo se fue a viajar, al principio de mala gana; volvió, y al emprender el segundo viaje ya iba contento. Y así siguieron aquellas relaciones, con grandes intermitencias de viajes, cada vez más largos. Rosario estaba enamorada, padecía...; pero tenía que perdonar. Su madre, la viuda, disimulaba tam-

bién, porque si el caprichoso galán dejaba a su hija, el desengaño podía hacerla mucho mal; la enfermedad, acaso oculta,
podía reaparecer, tal vez incurable. A los dieciocho años Rosario era la rubia más espiritual, más hermosa, de su pueblo;
sus ojos negros, grandes y apasionados dolorosamente, los más
bellos, los más poéticos ojos...; pero ya no era el sol que salía.
Estaba acaso más interesante que nunca; pero al vulgo ya no
se lo parecía. "Se seca", decían brutalmente los muchachos que
la habían admirado y pasaban ahora de tarde en tarde por la
solitaria plazoleta en que Rosario vivía.

VII

Entonces fue cuando Juan de Dios tropezó con su mirada
en la plaza de San Pedro. La historia de aquella joven llegó a
sus oídos, a poco que quiso escuchar, por boca de los mismos
amigos suyos, sacerdotes y todo. Estaba el novio ausente; era
la quinta o sexta ausencia, la más larga. La enfermedad volvía.
Rosario luchaba; salía con su madre porque no dijeran; pero
la rendía el mal, y pasaba temporadas de ocho y quince días
en el lecho.

Las tristezas de la niñez enfermiza volvían, más ahora con
la nueva amargura del amor burlado, escarnecido. Sí, escarnecido; ella lo iba comprendiendo; su madre también, pero se
engañaban mutuamente. Fingían creer en la palabra y en el
amor del que no volvía. Las cartas del ricacho escaseaban, y
como era él poco escritor, dejaban ver la frialdad, la distrac-
ción en que se redactaban. Cada carta era una alegría al llegar,
un dolor al leerla. Todo el bien que las recetas y los consejos
higiénicos del médico podían causar en aquel organismo débil,
que se consumía entre ardores y melancolías, quedaba deshecho
cada pocos días por uno de aquellos infames papeles.

Y ni la madre ni la hija procuraban un rompimiento que
aconsejaba la dignidad, porque cada una a su modo temían una
catástrofe. Había, lo decía el doctor, que evitar una emoción
fuerte. Era menos malo dejarse matar poco a poco.

La dignidad se defendía a fuerza de engañar al público, a los maliciosos que acechaban.

Rosario, cuando la salud lo consentía, trabajaba junto a su balcón con rostro risueño, desdeñando las miradas de algunos adoradores que pasaban por allí, pero no el trato del mundo como en los mejores días de sus amores y de su dicha. A veces la verdad podía más que ella, y se quedaba triste, y sus miradas pedían socorro para el alma...

Todo esto y más acabó por notarlo Juan de Dios, que para ir a muchas partes pasaba desde entonces por la plazoleta en que vivía Rosario. Era una rinconada cerca de la iglesia de un convento, que tenía una torre esbelta, que en las noches de luna, en las de cielo estrellado y en las de vaga niebla se destacaba romántica, tiñendo de poesía mística todo lo que tenía a su sombra, y, sobre todo, el rincón de casas humildes que tenía al pie como a su amparo.

VIII

Juan de Dios no dio nombre a lo que sentía, ni aun al llegar a verlo en forma de remordimiento. Al principio, aturdido, subyugado con el egoísmo invencible del placer, no hizo más que gozar de su estado. Nada pedía, nada deseaba; sólo veía que ya había para qué vivir, sin morir en Asia.

Pero por segunda vez que por casualidad su mirada volvió a encontrarse con la de Rosario, apoyada su tristeza en el antepecho de su balcón, Juan tuvo miedo a la intensidad de sus emociones, de aquella sensación dulcísima, y aplicó groseramente nombres vulgares a su sentimiento. En cuanto la palabra interior pronunció tales nombres, la conciencia se puso a dar terribles gritos, y también dictó sentencia con palabras terminantes tan groseras e inexactas como los nombres aquéllos. "Amor sacrílego, tentación de la carne." "¡De la carne!" Y Juan estaba seguro de no haber deseado jamás ni un beso de aquella criatura: nada de aquella carne, que más le enamoraba cuanto más se desvanecía. "¡Sofisma, sofisma!", gritaba el moralista

oficial, el teólogo..., y Juan se horrorizaba a sí mismo. No
había más remedio. Había que confesarlo. ¡Esto era peor!

Si la plasticidad tosca, grosera, injusta con que se presentaba a sí propio su sentir era ya cosa tan diferente de la verdad inefable, incalificable de su pasión o lo que fuera, ¿cuánto
más impropio, injusto, grosero, desacertado, incongruente había
de ser el juicio que otros pudieran formar al oirle confesar lo
que sentía, pero sin oirle sentir? Juan, confusamente, comprendía estas dificultades; que iba a ser injusto consigo mismo,
que iba a alarmar excesivamente al padre espiritual... ¡No
cabía explicarle la cosa bien! Buscó un compañero discreto,
de experiencia. El compañero no le entendió. Vio el pecado
mayor, por lo mismo que era romántico, platónico. "Era que
el diablo se disfrazaba bien; pero allí andaba el diablo."

Al oir de labios ajenos aquellas imposturas que antes se
decía él a sí mismo, Juan sintió voces interiores que salían en
defensa de su idealidad herida, profanada. Ni la clase de penitencia que se le imponía ni los consejos de higiene moral que
le daban tenían nada que ver con su nueva vida; era otra
cosa. Cambió de confesor, y no cambió de sentencia ni de
propósitos. Más irritada cada vez la conciencia de la justicia
en él, se revolvía contra aquella torpeza para entenderla. Y sin
darse cuenta de lo que hacía, cambió el rumbo de su confesión; presentaba el caso con nuevo aspecto, y los nuevos con-
fesores llegaron a convencerse de que se trataba de una tontería sentimental, de una ociosidad seudomística, de una cosa tan
insulsa como inocente.

Llegó un día en que, al abandonar este capítulo, el confesor le mandaba pasar a otra materia, sin oirle aquellos plato-
nismos. Hubo más. Lo mismo Juan que sus sagrados confiden-
tes, llegaron a notar que aquel ensueño difuso, inexplicable,
coincidía, si no era causa con una disposición más refinada en
la moralidad del penitente; si antes Juan no caía en las tentaciones groseras de la carne, las sentía, a lo menos; ahora,
no... Jamás. Su alma estaba más pura de esa mancha que en
los mejores tiempos de su esperanza de martirio en Oriente.
Hubo un confesor, tal vez indiscreto, que se detuvo a considerar el caso, aunque se guardó de convertir la observación en

receta. Al fin, Juan acabó por callar en el confesionario todo lo referente a esta situación de su alma, y, pues, él solo, en rigor, podía comprender lo que le pasaba, porque lo sentía, él solo vino a ser juez y espía y director de sí mismo en tal aventura. Pasó tiempo, y ya nadie supo de la tentación, si lo era, en que Juan de Dios vivía. Llegó a abandonarse a su adoración como a una delicia lícita, edificante.

De tarde en tarde, por casualidad siempre, pensaba él, los ojos de la niña enferma, asomada a su balcón de la rinconada, se encontraban con la mirada furtiva, de relámpago, del joven místico, mirada en que había la misma expresión tierna, amorosa, de los ojos del niño que algún día todos acariciaban en la calle, en el templo.

Sin remordimiento ya, saboreaba Juan aquella dicha sin porvenir, sin esperanza, sin deseos de mayor contento. No pedía más, no quería más, no podía haber más.

No ambicionaba correspondencia, que sería absurda, que le repugnaría a él mismo y que rebajaría a sus ojos la pureza de aquella mujer a quien adoraba idealmente, como si ya estuviera allá en el cielo, en lo inasequible. Con amarla, con saborear aquellos rápidos choques de miradas, tenía bastante para ver el mundo iluminado de una luz purísima, bañándose en una armonía celeste llena de sentido, de vigor, de promesas ultraterrenas. Todos sus deberes los cumplía con más ahinco, con más ansia; era un refresco espiritual sublime, de una virtud mágica, aquella adoración muda, inocente adoración que no era idolátrica, que no era un fetichismo, porque Juan sabía supeditarla al orden universal, al amor divino. Sí; amaba y veneraba la cosa por su orden y jerarquía; sólo que al llegar a la niña de la rinconada de las Recoletas, el amor que se debía a todo se impregnaba de una dulzura infinita, que trascendía a los demás amores, al de Dios inclusive.

Para mayor prueba de la pureza de su idealidad, tenía el dolor que le acompañaba. ¡Oh, sí! Padecía ella, bien lo observaba Juan, y padecía él. Era, en lo profano ("¡qué palabra!", pensaba Juan), como el amor a la Virgen de las Espadas, a la Dolorosa. En rigor, todo el amor cristiano era así: amor doloroso, amor de luto, amor de lágrimas.

IX

"Bien lo veía él, Rosario iba marchitándose. Luchaba en vano, fingía en vano." Juan la compadecía tanto como la amaba. ¡Cuántas noches, al mismo tiempo, estarían ella y él pidiendo a Dios lo mismo: que volviera aquel hombre por quien se moría Rosario! "Sí —decía Juan—; que vuelva; yo no sé lo que será para mí verle junto a ella; pero de todo corazón le pido a Dios que vuelva. ¿Por qué no? Yo no aspiro a nada; yo no puedo tener celos; yo no quiero su cuerpo, ni aun de su alma más que lo que ella da sin querer en cada mirada que por azar llega a la mía. Mi cariño sería infame si no fuera así." Juan no maldecía sus manteos; no encontraba una cadena en su estado, no; cada vez era mejor sacerdote, estaba más contento de su destino. Mucho menos envidiaba al clero protestante. Un discípulo de Jesús casado... ¡Ca! Imposible. Absurdo. El protestantismo acabaría por comprender que el matrimonio de los clérigos es una torpeza, una frialdad, una falsedad que desnaturaliza y empequeñece la idea cristiana y la misión eclesiástica. Nada, todo estaba bien. Él no pedía nada para sí; todo para ella.

Rosario debía estar muy sola en su dolor. No tenía amigas. Su madre no hablaba con ella de la pena en que pensaban siempre las dos. El mundo, la gente, no compadecía, espiaba con frialdad maliciosa. Algunas voces de lástima humillante con que los vecinos apuntaban la idea de que Rosario se quedaba sin novio, enferma y pobre, más valía, según Juan, que no llegasen a oídos de la joven.

Sólo él compartía su dolor, sólo él sufría tanto como ella misma. Pero la ley era que esto no lo supiera ella nunca. El mundo era así. Juan no se sublevaba, pero le dolía mucho.

Días y más días contemplaba los postigos del balcón de Rosario, entornados. El corazón se le subía a la garganta. "Era que guardaba cama; la debilidad la había vencido hasta el punto de postrarla". Solía durar semanas enteras aquella tristeza de los postigos entornados, sin duda para que la claridad del día no hiciese daño a la enferma. Detrás de los vidrios de otro balcón, Juan divisaba a la madre de Rosario, a la viuda enlutada, que cosía por las dos, triste, meditabunda, sin levantar la cabeza. ¡Qué solas estaban! No podían adivinar que él, un transeúnte, las acompañaba en su tristeza, en su soledad, desde lejos... Hasta sería una ofensa para todos que lo supieran.

Por la noche, cuando nadie podía sorprenderle, Juan pasaba dos, tres o más veces por la rinconada; la torre poética, misteriosa o sumida en la niebla o destacándose en el cielo como con un limbo de luz estelar, le ofrecía en su silencio místico un discreto confidente; no diría nada del misterioso amor que presenciaba, ella, canción de piedra elevada por la fe de las muertas generaciones al culto de otro amor misterioso. En la casa humilde todo era recogimiento, silencio. Tal vez por un resquicio salía del balcón una raya de luz. Juan, sin saberlo, se embelesaba contemplando aquella claridad. "Si duerme ella, yo velo. Si vela..., ¿quién le diría que un hombre, al fin soy un hombre, piensa en su dolor y en su belleza espiritual, de ángel, aquí tan cerca... y tan lejos, desde la calle... y desde lo imposible? No lo sabría jamás, jamás. Esto es absoluto: jamás. ¿Sabe que vivo? ¿Se ha fijado en mí? ¿Puede sospechar lo que siento? ¿Adivinó ella esta compañía de su dolor?" Aquí empezaba el pecado. No, no había que pensar en esto. Le parecía no sólo sacrílega, sino ridícula la idea de ser querido... a lo menos, así, como las mujeres solían querer a los hombres. No; entre ellos no había nada común más que la pena de ella, que él había hecho suya.

X

Una tarde de julio, un acólito de San Pedro buscó a Juan de Dios, en su paseo solitario por las alamedas, para decirle que corría prisa volver a la iglesia para administrar el Viático. Era la escena de todos los días. Juan, según su costumbre, poco conforme con la general, pero sí con las amonestaciones de la Iglesia, llevaba, además de la Eucaristía, los Santos Óleos. El acólito que tocaba la campanilla, delante del triste cortejo, guiaba. Juan no había preguntado para quién era; se dejaba llevar. Notó que el farol lo había cogido un caballero y que los cirios se habían repartido en abundancia entre muchos jóvenes conocidos de buen porte. Salieron a la plaza, y las dos filas de luces rojizas, que el bochorno de la tarde tenía como dormidas, se quebraron paralelas, torciendo por una calle estrecha. Juan sintió una aprensión dolorosa; no podía ya preguntar a nadie, porque caminaba solo, aislado, por medio del arroyo, con las manos unidas para sostener las Sagradas Formas. Llegaron a la plazuela de las Descalzas, y las luces tras el triste lamento de la esquila, guiándose como un rebaño de espíritus místicos y fúnebres, subieron calle arriba por la de Cereros. En los Cuatro Cantones, Juan vio una esperanza: si la campanilla seguía de frente, bajando por la calle de Platerías, bueno; si tiraba a la derecha, también; pero si tomaba la izquierda... Tomó por la izquierda, y por la izquierda doblaban los cirios, desapareciendo.

Juan sintió que la aprensión se le convertía en terrible presentimiento, en congoja fría, en temblor invencible. Apretaba convulso su sagrada carga para no dejarla caer; los pies se le enredaban en la ropa talar. El crepúsculo, en aquella estrechez, entre casas altas, sombrías, pobres, parecía ya la noche. Al fin de la calle larga, angosta, estaba la plazuela de las Recoletas. Al llegar a ella miró Juan a la torre como preguntándole, como pidiéndole amparo... Las luces, tristes, descendían hacia la rinconada y las dos filas se detuvieron a la puerta a que nunca había osado llegar Juan de Dios en sus noches de vigilia amorosa y sin pecado. La comitiva no se movía; era él, Juan, el sacerdote, el que tenía que seguir andando. Todos le miraban, todos le esperaban. Llevaba a Dios.

Por eso, porque llevaba en sus manos al Señor, la salud del alma, pudo seguir, aunque despacio, esperando a que un pie estuviera bien firme sobre el suelo para mover el otro. No era él quien llevaba al Señor: era el Señor quien le llevaba a él. Iba agarrado al sacro depósito que la Iglesia le confiaba como a una mano que del cielo le tendieran. "¡Caer, no!", pensaba. Hubo un instante en que su dolor desapareció para dejar sitio al cuidado absorbente de no caer.

Llegó al portal, inundado de luz. Subió la escalera que jamás
había visto. Entró en una salita pobre, blanqueada, baja de
techo. Un altarcito improvisado estaba enfrente, iluminado por
cuatro cirios. Le hicieron torcer a la derecha, levantaron una
cortina; y en una alcoba pequeña, humilde, pero limpia, fresca,
santuario de casta virginidad, en un lecho de hierro pintado,
bajo una colcha de flores de color de rosa, vio la cabeza rubia
que jamás se había atrevido a mirar a su gusto, y entre aquel
esplendor de oro vio los ojos que le habían transformado el
mundo mirándole sin querer. Ahora le miraban fijos a él, sólo
a él. Le esperaban, le deseaban, porque llevaba el bien verdadero, el que no es barro, el que no es viento, el que no es
mentira. "¡Divino Sacramento!", pensó Juan, que a través de
su dolor, vio como en un cuadro, en su cerebro, la última Cena
y al apóstol de su nombre, al dulce San Juan, al bien amado,
que desfalleciendo de amor apoyaba la cabeza en el hombro del
Maestro que les repartía un poco de Pan de su cuerpo.

El sacerdote y la enferma se hablaron por vez primera en
su vida. De las manos de Juan recibió Rosario la Sagrada Hos-
tia, mientras a los pies del lecho, la madre, de rodillas, sollo-
zaba.

Después de comulgar, la niña sonrió al que le había traído
aquel consuelo. Procuró hablar, y con voz muy dulce y muy
honda dijo que le conocía, que recordaba haberle besado las
manos el día de su primera misa, siendo ella muy pequeña; y
después que le había visto muchas veces por la plazuela. "Debe
usted vivir por ahí cerca...".

Juan de Dios contemplaba tranquilo, sin vergüenza, sin
remordimiento, aquellos pálidos, aquellos pobres músculos
muertos, aniquilados. "He aquí la carne que yo adoraba, que
yo adoro", pensó sin miedo, contento de sí mismo en medio
del dolor de aquella muerte. Y se acordó de las velas como
juncos, que tan pronto se consumían ardiendo en su altar de
niño.

Rosario misma pidió la Extremaunción. La madre dijo que
era lo convenido entre ellas. Era malo esperar demasiado. En
aquella casa no asustaban síntomas de muerte, estos santos cuidados de la religión solícita. Juan de Dios comprendió que se

trataba de cristianas verdaderas, y se puso a administrar el
último Sacramento, sin preparativos contra la aprensión y el
miedo; nada tenía que ver aquello con la muerte, sino con la
vida eterna. La presencia de Dios unía en un vínculo puro, su
nombre, aquellas almas buenas. Este tocado último, el supremo, lo hizo Rosario sonriente, aunque ya no pudo hablar más
que con los ojos. Juan la ayudó en él con toda la pureza espiritual de su dignidad, sagrada en tal oficio. Todo lo meramente
humano estaba allí como en suspenso.

Pero hubo que separarse. Juan de Dios salió de la alcoba,
atravesó la sala, llegó a la escalera... y pudo bajarla porque
llevaba el Señor en sus manos. A cada escalón temía desplo-
marse. Haciendo eses llegó al portal. El corazón se le rompía.
La transfiguración de allá arriba había desaparecido. Lo humano, puro también a su modo, volvía a borbotones.

"¡No volvería a ver aquellos ojos!". Al primer paso que
dio en la calle, Juan se tambaleó, perdió la vista y vino a tierra.
Cayó sobre las losas de la acera. Le levantaron; recobró el
sentido. El *oleum infirmorum* corría lentamente sobre la piedra
bruñida. Juan, aterrado, pidió algodones, pidió fuego; se tendió de bruces, empapó el algodón, quemó el líquido vertido,
enjugó la piedra lo mejor que pudo. Mientras se afanaba el
rostro contra la tierra secando la losa, sus lágrimas corrían y
caían, mezclándose con el óleo derramado. Cesó el terror. En
medio de su tristeza infinita se sintió tranquilo, sin culpa. Y una
voz honda, muy honda, mientras él trabajaba para evitar la profanación, frotando la piedra manchada de aceite, le decía en
las entrañas:

"¿No querías el martirio por amor mío? Ahí le tienes. ¿Qué
importa en Asia o aquí mismo? El dolor y Yo estamos en todas
partes".

VIAJE REDONDO

L A madre y el hijo entraron en la iglesia. Era en el campo, a media ladera de una verde colina, desde cuya meseta, coronada de encinas y pinares, se veía el Cantábrico cercano. El templo ocupaba un vericueto, como una atalaya, oculto entre grandes castaños; el campanario vetusto, de tres huecos —para sendas campanas obscuras, venerables con la pátina del óxido místico de su vejez de munís o estilitas, siempre al aire libre, sujetas a su destino— se vislumbraba entre los penachos blancos del fruto venidero y los verdores de las hojas lustrosas y gárrulas, movidas por la brisa, bayaderas encantadas en incesante baile de ritmo santo, solemne. Del templo rústico, noble y venerable en su patriarcal sencillez, parecía salir, como un perfume, una santidad ambiente que convertía las cercanías en bosque sagrado. Reinaba un silencio de naturaleza religiosa, consagrada. Allí vivía Dios.

A la iglesia parroquial de Lorenzana se entraba por un pórtico, escuela de niños y antesala del cementerio. En una pared, como adorno majestuoso, estaba el ataúd de los pobres, colgado de cuatro palos. Debajo dos calaveras relucientes como bajo-relieve del muro, y unas palabras de Job.

La puerta principal, enfrente del altar, bajo el coro, era, según el párroco, *bizantina*; de arco de medio punto, baja, con tres o cuatro columnas por cada lado, con fustes muy labrados, con capiteles que representaban malamente animales fantásticos. Aquellas piedras venerables parecían pergaminos que hablaban del noble abolengo de la piedad de aquella tierra.

El templo era pobre, pequeño, limpio, claro; de una sencillez aldeana, mezclada de antigüedad augusta, que encantaba. En la nave, el silencio parecía reforzado por una oración mental de los espíritus del aire. Fuera, silencio; dentro, *más* silencio todavía; porque fuera las hojas de los castaños, al chocar bailando, susurraban un poco.

Dos lámparas de aceite, estrellas de día, ardían delante de altares favoritos. A la Virgen del altar mayor la iluminaba un rayo de sol que atravesaba una ventana estrecha de vidrios blancos y azules.

Sobre el pavimiento, de losas desiguales y mal unidas, quedaban restos del tapiz de grandes espadañas por allí esparcidas pocos días antes al celebrar una fiesta; la brisa, que entraba por una puerta lateral abierta, movía aquellas hojas marchitas, largas, como espadas rendidas ante la fe; un gorrión se asomaba de vez en cuando por aquella puerta lateral, llegaba hasta el medio de la nave, como si viniera a convertirse, y al punto, pensándolo mejor, salía como una flecha, al aire libre, al bosque, a su paganismo de ave sin conciencia, pero con alegre vida.

En el presbiterio, a la derecha, sentado en un banco, el cura, anciano, meditaba plácidamente leyendo su breviario. No había más almas vivientes en la iglesia. El gorrión y el cura.

Entraron la madre y el hijo, santiguándose, húmedas las yemas de los dedos con el agua bendita tomada a la puerta.

A los pocos pasos se arrodillaron con modestia, temerosos de ser importunos, de interrumpir al buen sacerdote, que se creía solo en la casa del Señor.

En medio de la nave se arrodillaron. La madre volvió la cabeza hacia el hijo, con un signo familiar; quería decir que empezaba el rezo; era por el alma del padre, del esposo perdido. Ella rezaba delante, el hijo representaba el coro y respondía con palabras que nada tenían que ver con las de la madre; era aquel diálogo místico algo semejante a los cuadros de ciertos pintores cristianos de Italia, de los primitivos, en los que los santos, las figuras asisten a una escena sin saber unos de otros, sin mirarse, todos juntos y todos a solas con Dios. Así estaba el cura, sin saber del gorrión, que entraba y salía, ni de la madre y el hijo que oraban allí cerca.

Entonces comenzó el milagro.

Llegó el rezo a la meditación. Cada cual meditaba aparte. La madre, por el dolor de su viudez, llegaba a Dios enseguida, a su fe pura, suave, fácil, firme, graciosa.

El hijo... tenía veinte años. Venía del mundo, de las disputas de los hombres. La muerte de su padre le había herido en lo más hondo de las entrañas, en el núcleo de las energías que nos ayudan a resistir, a esperar, a venerar el misterio dudoso. A veces le irritaba la resignación de su madre ante la común desgracia; sentía en sí algo de la hiel de Hamlet; veía en el fervor religioso de su madre el rival feliz de su padre muerto.

Era estudiante, era poeta, era soñador. Su alma no se había separado de la fe de su madre en arranque brusco, ni por desidia y concupiscencia; como el gorrión en la iglesia aldeana, su espíritu entraba y salía en la piedad ortodoxa... Leía, estudiaba, oía a maestros de todas las escuelas; su absoluta sinceridad de pensamiento le obligaba a vacilar, a no afirmar nada con la fuerza que él hubiera sabido consagrar al objeto digno de una adhesión amorosa definitiva, inquebrantable. Padecía en tal estado, consumía en luchas internas la energía de una juventud generosa; pero por lo pronto sólo amaba el amor, sólo creía en la fe, sin saber en cuál; tenía la religión de querer tenerla. Y en tanto, seguía a la madre al templo, donde sabía que estaba cumpliendo una obra de caridad sólo al complacer a la que tanto quería. Además, su alma de poeta seguía siendo cristiana; los olores del templo aldeano, su frescura, su sencillez, el silencio místico, aquella atmósfera de reminiscencias voluptuosas de la niñez creyente y soñadora le embriagaban suavemente; y, sin hipocresía, se humillaba, oraba, *sentía* a Jesús, y repasaba con la idea las grandezas de diecinueve siglos de victorias cristianas. Él era carne de aquella carne, descendiente de aquellos mártires y de aquellos guerreros de la cruz. No, no era un profano en la iglesia de su aldea, a pesar de sus inconstantes filosofías.

La madre, del pensamiento del padre muerto pasaba al pensamiento del hijo..., acaso amenazado de muerte más terrible, de muerte espiritual, de impiedad ciega y funesta. Recordaba las lágrimas de Santa Mónica; pedía a Dios que iluminase aquel cerebro en donde habían entrado tantas cosas que ella no había transmitido con su sangre, que no eran de sus entrañas. En sus dolorosas incertidumbres respecto de la suerte moral de su hijo, su imaginación se detenía al llegar a la idea de la posible condenación. Aquel infinito terror, sublime por la inmensidad del tormento, no llegaba a dominarla, porque no concebía tanta pena. ¡El infierno para su hijo! ¡Oh, no, imposible! Dios tomaría sus medidas para evitar aquello. Las almas eran libres, sí; podían escoger el mal, la perdición...; pero Dios tenía su Providencia, su Bondad infinita. El hijo se le salvaría. ¡A la oración! ¡a la oración para lograrlo!

Los dos, absortos, llegaron a olvidarse del tiempo, a salir de la sombra del péndulo que va y viene, en la cárcel del segundo que mide, eterno presidiario. Aquél fue el milagro. La previsión, el temor que imagina vicisitudes futuras, se cuajaron en realidad; se les anticipó la vida en aquellos instantes de meditación suprema.

Para el hijo, el argumento poético de la fe se iba alejando como una música guerrera que pasa, que habla, cuando está cerca, de entusiasmo patriótico, de abnegación feliz, y después al desvanecerse en el silencio lejano deja el puesto a la idea de la muerte solitaria. El no pensar en los grandes problemas de la realidad con el acompañamiento sentimental de los recuerdos amados, de la tradición sagrada, llegó a parecerle un deber, una austera ley del pensamiento mismo. Como el soldado en la guerrilla se queda solo ante el peligro, acompañado de las balas enemigas, ya sin la patria, que no le ve en aquella agonía, sin música animadora, sin arengas, sólo con la guerra austera, como la pinta Coriolano el de Shakespeare, así aquel pensador sincero se quedaba solo en el desierto de sus dudas, donde era ridículo pedir amparo a una madre, a la infancia pura, como lo hubiera sido en un duelo, en una batalla. Buena o mala, próspera o contraria, no había allí más ley que la ley del pensar. Lo que fuera verdadero, aunque fuera horroroso, eso había que creer. Como el valiente, que lo es de veras, no cree tener un amuleto que le libra de las balas sino que se mete por ellas seguro de que pueden pasar por su cuerpo como pasan por el aire; así pensaba, con valor; pero la juventud se marchitaba en la prueba: el corazón se arrugaba, encogiéndose. Dudando así, escapaba la vida. Las ilusiones sensuales perdían el atractivo de su valor incondicional; al hacerse relativas, precarias, se convertían en una comedia alegre por su argumento, triste por la fatal brevedad y vanidad de sus escenas. No se podía gozar mucho de nada. La ilusión del amor puro, de la mujer idealizada, se desvanecía también; sólo quedaban de ella jirones de ensueño flotando dispersos, desmadejados a ras de tierra, como el humo de la locomotora, el que huye por los campos con patas de araña gigante, disipándose un poco más a cada brinco sobre los prados y entre los setos...

La lógica lo quería; si la gran *Idea* era problema, ensueño tal vez, la mujer ensueño era fenómeno pueril, vulgaridad fortuita en el juego sin sentido y sin gracia de las fuerzas naturales...

Quedaba la naturaleza. Y el pensador, que ya no esperaba nada del amor, del cielo vaporoso, fantástico, se puso a amar el terruño y su producto con la cabeza inclinada al suelo. Fue geólogo, fue botánico, fue fisiólogo... El mundo natural sin la belleza de sus formas aparentes todavía puede mostrarse grande, poético, pero triste, a veces horroroso, en su destino, como un Edipo; la naturaleza llegó a figurársela como una infinita orfandad; el universo sin padre, daba espanto por lo azaroso de su suerte. La lucha ciega de las cosas con las cosas; el afán sin conciencia de la vida, a costa de esta vida; el combate de las llamadas especies y de los individuos por vencer, por quedar encima un instante, matando mucho para vivir muy poco, le producía escalofríos de terror; eterna tragedia clásica, con su belleza sublime, misteriosa, sí, pero terrible.

Pasaba la vida, y como en una miopía racional, el espíritu iba sintiéndose separado por nieblas, por velos del mundo exterior, plástico; volvían, con más fuerza que en la edad de los estudios académicos, las teorías idealistas a poner en duda, a desvanecer entre sutilezas lógicas la realidad objetiva del mundo; y volvía también con más fuerza que nunca la

peor de las angustias metafísicas, la inseguridad del criterio,
la desconfianza de la razón, dintel acaso de la locura. Un doloroso poder de intuición demoledora y de análisis agudo, como
una fiebre nerviosa, iba minando los tejidos más íntimos de
la conciencia unitaria, consistente: todo se reducía a una especie de polvo moral, incoherente, que por lo deleznable producía vértigo, una agonía...

El pensamiento de la madre, en tanto, volaba a su manera
por regiones muy diferentes, pero también siniestras, obscuras.
El hijo se le perdía. Se apartaba de ella, y se perdía. Muy lejos,
ella lo sentía, vivía blasfemando, olvidado del amor de Dios,
enemigo de su gloria. Era como si estuviera loco; pero no lo
estaba, porque Dios le pedía cuenta de sus actos. Era un malvado que no mataba, ni robaba, ni deshonraba... no hacía mal
a nadie, y era un malvado para Dios. Y ella rezaba, rezaba,
rezaba para sacarle de aquel abismo, para traerle al regazo
en que había aprendido a creer. Cosa rara; le veía en tierra,
de rodillas, en un desierto, como un anacoreta, sin comer, sin
beber, sin flores que admirar, sin amores que sentir, triste, solo,
de hinojos siempre, las manos levantadas al cielo, los ojos fijos
en el polvo, esperando sin esperanza; maldito y a su modo
inocente, réprobo sin culpa, absurdo doloroso para las entrañas de la madre y de la cristiana.

"Más vale enterrarlo", pensaba ella. "Que viva poco y de
prisa, si ha de vivir así". Y ella misma le iba haciendo la
sepultura, arrojando nieve en derredor del cuerpo inmóvil del
anacoreta condenado; en vez de tierra, nieve. Ya caía nieve
sobre él, ya le llegaba a los hombros, ya le cubría la cabeza...
¡Señor, sálvale, sálvale, antes que desaparezca bajo la nieve
en que le sepulto!

En una crisis del espíritu del hijo, las cosas empezaron a
tener un doble fondo que antes no les conocía. Era un fondo
así, como si se dijera, musical. Mientras hablaban los hombres
de ellas, ellas callaban; pero el *curioso* de la realidad, el cre-

yente del misterio, que, a solas, se acercaba a espiar el silencio del mundo, oía que las cosas *mudas* cantaban a su modo. Vibraban, y esto era una música. Se quejaban de los nombres que tenían; cada nombre una calumnia. La duda de la realidad era un juego de la edad infantil del pensamiento humano; los hombres de otros días mejores apenas concebían aquellas sutilezas. Todo se iba aclarando al confundirse; se borraban los letreros en aquel *jardín botánico* del mundo, y aparecía la evidencia de la verdad sin nombre. Ya no se sabía cómo se llamaba en griego el árbol de la ciencia, que ahora no servía de otra cosa que de fresco albergue, de sombra para dormir una dulce siesta, confiada, de idilio. Volvía, de otra manera, la fe; los símbolos seguían siendo venerables sin ser ídolos; había una dulce reconciliación sin escritura ni estipulaciones; era un tratado de paz en que las firmas estaban puestas debajo de lo inefable.

Lo que no volvía era el entusiasmo ardiente, la inocencia graciosa en el creer; había un hogar para el alma, pero el ambiente, en torno, era de invierno. Los años no se arrepentían.

La madre sintió que el alma se le aliviaba de un peso horrendo. Cesó la pesadilla. La brisa le trajo hasta el rostro aromas del bosque vecino; en cuanto gozó aquella dulzura pensó en el hijo, no según le veía en sus ensueños; en el hijo que meditaba a su lado. Volvió hacia él suavemente la cabeza. El hijo también miró a la madre... Apenas se conocieron. El hijo era un anciano de cabeza gris; la madre un fantasma decrépito, una momia viva, muy pálida. El hijo se puso en pie con dificultad, encorvado; tendió la mano a la madre y la ayudó a levantarse con gran trabajo; la pobre octogenaria no podía andar sin el báculo del hijo querido, viejo también, si no decrépito.

Le besó en la frente. Se santiguó con mano trémula frente al altar mayor: comprendía y agradecía el milagro. El hijo volvía a creer, había hecho el *viaje redondo* de la vida del pensamiento; no había más sino que en aquella lucha se había gastado la existencia; él ya era un anciano, y ella, por otro

portento de gracia, vivía en la extrema decrepitud, próxima al
último aliento, pero feliz en el regazo de la fe materna. Sí,
creía otra vez; no sabía ella cómo ni por qué, pero creía otra
vez. Se acercaron a la puerta de columnas labradas con extraños dibujos; tomó la madre agua bendita de la pila y la
ofreció al hijo, que humedeció la frente arrugada y cubierta
de nieve.

En el pórtico se detuvieron. La madre no podía andar,
abrumada por el cansancio. Sonrió, tendiendo la mano hacia
el ataúd de los pobres, una caja de pino, sucia, manchada de
lodo y cera, colgada en el muro blanco.

Y con voz apagada, al perder el sentido, la anciana feliz
exclamó:

—¡En ésa..., mañana... en ésa...!

EL ENTIERRO DE LA SARDINA

RESCOLDO, o mejor, la Pola de Rescoldo, es una ciudad de muchos vecinos; está situada en la falda Norte de una sierra muy fría, sierra bien poblada de monte bajo, donde se prepara en gran abundancia carbón de leña, que es una de las principales riquezas con que se industrian aquellos honrados montañeses. Durante gran parte del año, los polesos dan diente con diente, y muchas patadas en el suelo para calentar los pies; pero este rigor del clima no les quita el buen humor cuando llegan las fiestas en que la tradición local manda divertirse de firme. Rescoldo tiene obispado, juzgado de primera instancia, instituto de segunda enseñanza agregado al de la capital; pero la gala, el orgullo del pueblo, es el paseo de los Negrillos, bosque secular, rodeado de prados y jardines que el Municipio cuida con relativo esmero. Allí se celebran por la primavera las famosas romerías de Pascua, y las de San Juan y Santiago en el verano. Entonces los árboles, vestidos de reluciente y fresco verdor, prestan con él sombra a las cien meriendas improvisadas, y la alegría de los consumidores parece protegida y reforzada por la benigna temperatura, el cielo azul, la enramada poblada de pájaros siempre gárrulos y de francachela. Pero la gracia está en mostrar igual humor, el mismo espíritu de broma y fiesta, y, más si cabe, allá, en febrero, el miércoles de Ceniza, a media noche, en aquel mismo bosque, entre los troncos y las ramas desnudas, escuetas, sobre un terreno endurecido por la escarcha, a la luz rojiza de antorchas pestilentes. En general, Rescoldo es pueblo de esos que se ha dado en llamar levíticos; cada día mandan allí más curas y frailes; el teatrillo que hay casi siempre está cerrado, y cuando se abre le hace la guerra un periódico ultramontano, que es la Sibila de Rescoldo. Vienen con frecuencia, por otoño y por invierno, misioneros de todos los hábitos, y parecen tristes grullas que van cantando lor guai per l'aer bruno.

Pasan ellos, y queda el terror de la tristeza, del aburrimiento que siembran, como campo de sal, sobre las alegrías e ilusiones de la juventud polesa. Las niñas casaderas que en la primavera alegraban los Negrillos con su cháchara y su hermosura, parece que se han metido todas en el convento; no se las ve como no sea en la catedral o en las Carmelitas, en novenas y más novenas. Los muchachos que no se deciden a despreciar los placeres de esta vida efímera cogen el cielo con las manos y calumnian al clero secular y regular, indígena y transeunte, que tiene la culpa de esta desolación de honesto recreo.

Mas como quiera que esta piedad colectiva tiene algo de rutina, es mecánica, en cierto sentido; los naturales enemigos de las expansiones y del holgorio tienen que transigir cuando llegan las fiestas tradicionales; porque así como por hacer lo que siempre se hizo, las familias son religiosas a la manera antigua, así también las romerías de Pascua y de San Juan y Santiago se celebran con estrépito y alegría, bailes, meriendas, regocijos al aire libre, inevitables ocasiones de pecar, no siempre vencidas desde tiempo inmemorial. No parecen las mismas las niñas vestidas de blanco, rosa y azul, que ríen y bailan en los Negrillos sobre la fresca hierba, y las que en otoño y en invierno, muy de obscuro, muy tapadas, van a las novenas y huyen de bailes, teatros y paseos.

Pero no es eso lo peor, desde el punto de vista de los misioneros; lo peor es Antruejo. Por lo mismo que el invierno está entregado a los *levitas,* y es un desierto de diversiones públicas, se toma el Carnaval como un oasis, y allí se apaga la sed de goces con ansia de borrachera, apurando hasta las heces la tan desacreditada copa del placer, que, según los frailes, tiene miel en los bordes y veneno en el fondo. En lo que hace mal el clero apostólico es en hablar a las jóvenes polesas del hastío que producen la alegría mundana, los goces materiales; porque las pobres muchachas siempre se quedan a media miel. Cuando más se están divirtiendo llega la *ceniza...* y, adiós concupiscencia de bailes, máscaras, bromas y alga-

zara. Viene la reacción del terror... triste, y todo se vuelve sermones, ayunos, vigilias, cuarenta horas, estaciones, rosarios...
En Rescoldo, Antruejo dura lo que debe durar, tres días:
domingo, lunes y martes; el miércoles de Ceniza nada de
máscaras... se acabó Carnaval, *memento homo*, arrepentimiento y tente tieso... ¡pobres niñas polesas! Pero ¡ay! amigo,
llega la noche... el último relámpago de locura, la agonía del
pecado que da el último mordisco a la manzana tentadora,
¡pero qué mordisco! Se trata del entierro de la sardina, un
aliento póstumo del Antruejo; lo más picante del placer, por
lo mismo que viene después del propósito de enmienda, después del desengaño; por lo mismo que es fugaz, sin esperanza
de mañana; la alegría en la muerte.

No hay habitante de Rescoldo, hembra o varón que no
confiese, si es franco, que el mayor placer mundano que ofrece
el pueblo está en la noche del miércoles de Ceniza, al enterrar
la sardina en el paseo de los Negrillos. Si no llueve o nieva, la
fiesta es segura. Que hiele no importa. Entre las ramas secas
brillan en lo alto las estrellas; debajo, entre los troncos secula-
res, van y vienen las antorchas, los faroles verdes, azules y colorados; la mayor parte de las sábanas limpias de Rescoldo
circulan por allí, sirviendo de ropa talar a improvisados fantasmas que, con largos cucuruchos de papel blanco por toca, mi-
ran al cielo empinando la bota. Los señoritos que tienen coche
y caballos los lucen en tal noche, adornando animales y vehícu-
los con jaeces fantásticos y paramentos y cimeras de quimérico
arte, todo más aparatoso que precioso y caro, si bien se mira.
Mas a la luz de aquellas antorchas y farolillos, todo se trans-
forma; la fantasía ayuda, el vino transporta, y el vidrio puede pasar por brillante, por seda el percal, y la ropa interior
sacada al fresco por mármol de Carrara y hasta por carne del
otro mundo. Tiembla el aire al resonar de los más inarmónicos
instrumentos, todos los cuales tienen pretensiones de trompe-
tas del Juicio final; y, en resumen, sirve todo este aparato de
Apocalipsis burlesco, de marco extravagante para la alegría
exaltada, de fiebre, de placer que se acaba, que se escapa.
Somos ceniza, ha dicho por la mañana el cura, y... *ya lo sabemos*, dice Rescoldo en masa por la noche, brincando, bailando,

gritando, cantando, bebiendo, comiendo golosinas, amando a hurtadillas, tomando a broma el dogma universal de la miseria y brevedad de la existencia...

Celso Arteaga era uno de los hombres más formales de Rescoldo; era director de un colegio, y a veces juez municipal; de su seriedad inveterada dependía su crédito de buen pedagogo, y de éste dependían los garbanzos. Nunca se le veía en malos sitios; ni en tabernas, que frecuentaban los señoritos más finos, ni en la sala de juegos prohibidos en el casino, ni en otros lugares nefandos, perdición de los polesos concupiscentes.

Su flaco era el entierro de la sardina. Aquello de gozar en lo obscuro, entre fantasmas y trompeteo apocalíptico, desafiando la picadura de la helada, desafiando las tristezas de la Ceniza; aquel contraste del bosque seco, muerto, que presencia la *romería inverniza,* como algunos meses antes veía, cubierto de verdor, lleno de vida, la romería del verano, eran atractivos irresistibles, por lo complicados y picantes, para el espíritu contenido, prudente, pero en el fondo apasionado, soñador, del buen Celso.

Solían agruparse los polesos, para cenar fuerte, el miércoles de Ceniza; familias numerosas que se congregaban en el comedor de la casa solariega; gente alegre de una tertulia que durante todo el invierno escotaban para contribuir a los gastos de la gran cena, traída de la fonda; solterones y calaveras viudos, casados o solteros, que celebraban sus *gaudeamus* en el casino o en los cafés; todos estos grupos, bien llena la panza, con un poquillo de alegría alcohólica en el cerebro, eran los que después animaban el paseo de los Negrillos, prolongando al aire libre las *libaciones,* como ellos decían, de la colación de casa. Celso, en tal ocasión, cenaba casi todos los años con los señores profesores del Instituto, el registrador de la propiedad y otras personas respetables. Respetables y serios todos, pero se alegraban que era un gusto; los más formales eran los más amigos de jarana en cuanto tocaban a emprender

el camino del bosque, a eso de las diez de la noche, formando
parte del cortejo del entierro de la sardina.

Celso, ya se sabía, en la clásica cena se ponía a *medios pelos,* pronunciaba veinte discursos, abrazaba a todos los comensales, predicando la paz universal, la hermandad universal y el
holgorio universal. El mundo, según él, debiera ser una fiesta
perpetua, una semiborrachera no interrumpida, y el amor puramente electivo, sin trabas del orden civil, canónico o penal.
¡Viva la broma! —Y este era el hombre que se pasaba el año
entero grave como un colchón, enseñando a los chicos buena
conducta moral y buenas formas sociales, con el ejemplo y con
la palabra.

Un año, cuando tendría cerca de treinta Celso, llegó el
buen pedagogo a los Negrillos con tan solemne semiborrachera
(no consentía él que se le supusiera capaz de pasar de la *semi*
a la entera), que quiso tomar parte activa en la solemnidad
burlesca de enterrar la sardina. Se vistió con capuchón blanco,
se puso el cucurucho clásico, unas narices como las del escu-
dero del Caballero de los Espejos y pidió la palabra, ante la
bullanguera multitud, para pronunciar a la luz de las antorchas
la oración fúnebre del humilde pescado que tenía delante de sí
en una caja negra. Es de advertir que el ritual consistía en
llevar siempre una sardina de metal blanco muy primorosa-
mente trabajada; el guapo que se atrevía a pronunciar ante
el pueblo entero la oración fúnebre, si lo hacía a gusto de
cierto jurado de gente moza y alegre que le rodeaba, tenía derecho a la propiedad de la sardina metálica, que allí mismo
regalaba a la mujer que más le agradase entre las muchas que
le rodeaban y habían oído.

Gran sorpresa causó en el vecindario allí reunido que don
Celso, el del colegio, pidiera la palabra para *pronunciar* aquel
discurso de *guasa,* que exigía mucha correa, muy buen humor,
gracia y sal, y otra porción de ingredientes. Pero no conocía
la multitud a Celso Arteaga. Estuvo sublime, según opinión
unánime; los aplausos *frenéticos* le interrumpían al final de
cada período. De la abundancia del corazón hablaba la lengua.

Bajo la sugestión de su propia embriaguez, Celso dejó libre curso al torrente de sus ansias de alegría, de placer *pagano*, de
paraíso mahometano; pintó con luz y fuego del sol más vivo
la hermosura de la existencia según *natura*, la existencia de
Adán y Eva antes de las hojas de higuera: no salía del lenguaje decoroso, pero sí de la moral escrupulosa, *convencional*,
como él la llamaba, con que tenían abrumado a Rescoldo frailes descalzos y calzados. No citó nombres propios ni colecti-
vos; pero todos comprendieron las alusiones al clero y a sus
triunfos de invierno.

Por labios de Celso hablaba el más recóndito anhelo de
toda aquella masa popular, esclava del aburrimiento *levítico*.
Las niñas casaderas y no pocas casadas y jamonas, disimula-
ban a duras penas el entusiasmo que les producía aquel pre-
dicador del diablo. ¡Y lo más gracioso era pensar que se trataba de don Celso el del colegio, que nunca había tenido novia
ni trapicheos!

Como a dos pasos del orador, le oía arrobada, con los ojos
muy abiertos, la respiración anhelante, Cecilia Pla, una joven
honestísima, de la más modesta clase media, hermosa sin arro-
gancia, más dulce que salada en el mirar y en el gesto; una de
esas bellas que no deslumbran, pero que pueden ir entrando
poco a poco alma adelante. Cuando llegó el momento solemní-
simo de regalar el triunfante Demóstenes de Antruejo la *joya*
de pesca a la mujer más de su gusto, a Cecilia se le puso un
nudo en la garganta, un volcán se le subió a la cara; porque,
como en una alucinación, vio que, de repente, Celso se arrojaba de rodillas a sus pies, y con ademanes del *Tenorio,* le ofrecía el premio de la elocuencia, acompañado de una declaración
amorosa ardiente, de palabras que parecían versos de Zorrilla... en fin, un encanto.

Todo era broma, claro; pero burla, burlando, ¡qué efecto
le hacía la inesperada escena a la modestísima rubia, pálida,
delgada y de belleza así, como recatada y escondida!

El público rió y aplaudió la improvisada pasión del *famoso*
don Celso, el del colegio. Allí no había malicia, y el padre de
Cecilia, un empleado del almacén de máquinas del ferrocarril,

que presenciaba el lance, era el primero que celebraba la ocurrencia, con cierta vanidad, diciendo al público, por si acaso:

—Tiene gracia, tiene gracia... En Carnaval todo pasa. ¡Vaya con don Celso!

A la media hora, es claro, ya nadie se acordaba de aquello; el bosque de los Negrillos estaba en tinieblas, a solas con los murmullos de sus ramas secas; cada mochuelo en su olivo. Broma pasada, broma olvidada. La Cuaresma reinaba; el Clero, desde los púlpitos y los confesonarios, tendía sus redes de pescar pecadores, y volvía lo de siempre: tristeza fría, aburrimiento sin consuelo.

Celso Arteaga volvió el jueves, desde muy temprano, a sus habituales ocupaciones, serio, tranquilo, sin remordimientos ni alegría. La broma de la víspera no le dejaba mal sabor de boca, ni bueno. Cada cosa en su tiempo. Seguro de que nada había perdido por aquella expansión de Antruejo, que estaba en la tradición más *clásica* del pueblo; seguro de que seguía siendo respetable a los ojos de sus conciudadanos, se entregaba de nuevo a los cuidados graves del pedagogo concienzudo.

Algo pensó durante unos días en la joven a cuyos pies había caído *inopinadamente,* y a quien había regalado la *simbólica sardina.* ¿Qué habría hecho de ella? ¿La guardaría? Esta idea no desagradaba al señor Arteaga. "Conocía a la muchacha de vista; era hija de un empleado del ferrocarril; vestía la niña de obscuro siempre y sin lujo; no frecuentaba, ni durante el tiempo alegre, paseos, bailes ni teatros. Recordaba que caminaba con los ojos humildes". "Tiene el tipo de la dulzura", pensó. Y después: "Supongo que no la habré parecido grotesco", y otras cosas así. Pasó tiempo, y nada. En todo el año no la encontró en la calle más que dos o tres veces. Ella no le miró siquiera, a lo menos cara a cara. "Bueno, es natural. En Carnaval como en Carnaval, ahora como ahora". Y tan tranquilo.

Pero lo raro fue que, volviendo el entierro de la sardina, el público pidió que hablara otra vez don Celso, porque no había quien se atreviera a *hacer olvidar* el discurso del año anterior. Y Arteaga, que estaba allí, es claro, y alegre y *hecho un hedonista temporero,* como decía él, no se hizo rogar... y habló, y venció, y... ¡cosa más rara! al caer, como el *año pasado,* a los pies de una hermosa, para ofrecerle una flor que llevaba en el ojal de la americana, porque aquel año la sardina (por una broma de mal gusto) no era metálica, sino del Océano, vio que tenía delante de sí a la mismísima Cecilia Pla *de marras.* "¡Qué casualidad! ¡pero qué casualidad! ¡pero qué casualidad!" repetían cuantos recordaban la escena del año anterior.

Y sí era casualidad, porque ni Cecilia había buscado a Celso, ni Celso a Cecilia. Entre las brumas de la *semi*-borrachera pensaba él: "Esto ya me ha sucedido otra vez; yo he estado a los pies de esta muchacha en otra ocasión..."

Y al día siguiente, Arteaga, sin dejo amargo por la semi-*orgía* de la víspera, con la conciencia tranquila, como siempre, notó que deseaba con alguna viveza volver a ver a la chica de Pla, el del ferrocarril.

Varias veces la vio en la calle. Cecilia se inmutó, no cabía duda; sin vanidad de ningún género, Celso podía asegurarlo. Cierta mañana de primavera, paseando en los Negrillos, se tuvieron que tocar al pasar uno junto al otro; Cecilia se dejó sorprender mirando a Celso; se hablaron los ojos, hubo como una tentativa de sonrisa, que Arteaga saboreó con deliciosa complacencia.

Sí, pero aquel invierno Celso contrajo justas nupcias con una sobrina de un magistrado muy influyente, que le prometió plaza segura si Arteaga se presentaba a unas oposiciones a la judicatura. Pasaron tres años, y Celso, juez de primera instancia en un pueblo de Andalucía, vino a pasar el verano con su señora e hijos a Rescoldo.

Vio a Cecilia Pla algunas veces en la calle: no pudo conocer si ella se fijó en él o no. Lo que sí vio que estaba muy delgada, mucho más que antes.

El juez llegó poco a poco a magistrado, a presidente de sala; y ya viejo, se jubiló. Viudo, y con los hijos casados, quiso pasar sus últimos años en Rescoldo, donde estaba ya para él la poca poesía que le quedaba en la tierra.

Estuvo en la fonda algunos meses; pero cansado de la cocina pseudo francesa, decidió poner casa, y empezó a visitar pisos que se alquilaban. En un tercero, pequeño, pero alegre y limpio, pintiparado para él, le recibió una solterona que dejaba el cuarto por caro y grande para ella. Celso no se fijó al principio en el rostro de la enlutada señora, que con la mayor amabilidad del mundo le iba enseñando las habitaciones.

Le gustó la casa, y quedaron en que se vería con el casero. Y al llegar a la puerta, hasta donde le acompañó la dama, reparó en ella; le pareció flaquísima, un espíritu puro; el pelo le relucía como plata, muy pegado a las sienes.

—Parece una sardina —pensó Arteaga, al mismo tiempo que detrás de él se cerraba la puerta.

Y como si el golpe del portazo le hubiera despertado los recuerdos, don Celso exclamó:

—¡Caramba! ¡Pues si es aquella... aquella del entierro!... ¿Me habrá conocido?... Cecilia... el apellido era... catalán... creo... sí, Cecilia Prast... o cosa así.

Don Celso, con su ama de llaves, se vino a vivir a la casa que dejaba Cecilia Pla, pues ella era en efecto; sola en el mundo.

Revolviendo una especie de alacena empotrada en la pared de su alcoba, Arteaga vio relucir una cosa metálica. La cogió... miró... era una sardina de metal blanco, muy amarillenta ya, pero muy limpia.

—¡Esa mujer se ha acordado siempre de mí! — pensó el funcionario jubilado con una íntima alegría que a él mismo le pareció ridícula, teniendo en cuenta los años que habían volado.

Pero como nadie le *veía* pensar y sentir, siguió acariciando aquellas delicias inútiles del amor propio *retroactivo*.

—Sí, se ha acordado siempre de mí; lo prueba que ha conservado mi regalo de aquella noche... del entierro de la sardina.

Y después pensó:

—Pero también es verdad que lo ha dejado aquí, olvidada sin duda de cosa tan insignificante... O ¿quién sabe si para que yo pudiera encontrarlo? Pero... de todas maneras... Casarnos, no, ridículo sería. Pero... mejor ama de llaves que este sargento que tengo, había de serlo...

Y suspiró el viejo, casi burlándose del prosaico final de sus *románticos* recuerdos.

¡Lo que era la vida! Un miércoles de Ceniza, un entierro de la sardina... y después la Cuaresma triunfante. Como Rescoldo, era el mundo entero. La alegría un relámpago; todo el año hastío y tristeza.

Una tarde de lluvia, fría, obscura, salía el jubilado don Celso Arteaga del Casino, defendiéndose como podía de la intemperie, con chanclos y paraguas.

Por la calle estrecha, detrás de él, vio que venía un entierro.

—¡Maldita suerte! —pensó, al ver que se tenía que descubrir la cabeza, a pesar de un pertinaz catarro. —¡Lo que voy a toser esta noche! —se dijo, mirando distraído el féretro. En la cabecera leyó estas letras doradas: C. P. M. El duelo no era muy numeroso. Los viejos eran mayoría. Conoció a un cerero, su contemporáneo, y le preguntó el señor Arteaga:

—¿De quién es?

—Una tal Cecilia Pla... de nuestra época... ¿no recuerda usted?

—¡Ah, sí! —dijo don Celso.

Y se quedó bastante triste, sin acordarse ya del catarro. Siguió andando entre los señores del duelo.

De pronto se acordó de la frase que se le había ocurrido la última vez que había visto a la pobre Cecilia.

"Parece una sardina."

Y el diablo burlón, que siempre llevamos dentro, le dijo:

—Sí, es verdad, era un sardina. Éste es, por consiguiente, el *entierro de la sardina*. Ríete, si tienes gana.

EL GALLO DE SÓCRATES

CRITÓN, después de cerrar la boca y los ojos al maestro, dejó a los demás discípulos en torno del cadáver, y salió de la cárcel, dispuesto a cumplir lo más pronto posible el último encargo que Sócrates le había hecho, tal vez burla burlando, pero que él tomaba al pie de la letra en la duda de si era serio o no era serio. Sócrates, al expirar, descubriéndose, pues ya estaba cubierto para esconder a sus discípulos, el espectáculo vulgar y triste de la agonía, había dicho, y fueron sus últimas palabras:

—Critón, debemos un gallo a Esculapio, no te olvides de pagar esta deuda. —Y no habló más.

Para Critón aquella recomendación era sagrada: no quería analizar, no quería examinar si era más verosímil que Sócrates sólo hubiera querido decir un chiste, algo irónico tal vez, o si se trataba de la última voluntad del maestro, de su último deseo. ¿No había sido siempre Sócrates, pese a la calumnia de Anito y Melito, respetuoso para con el culto popular, la religión oficial? Cierto que les dada a los mitos (que Critón no llamaba así, por supuesto) un carácter simbólico, filosófico muy sublime e ideal; pero entre poéticas y trascendentales paráfrasis, ello era que respetaba la fe de los griegos, la religión positiva, el culto del Estado. Bien lo demostraba un hermoso episodio de su último discurso (pues Critón notaba que Sócrates a veces, a pesar de su sistema de preguntas y respuestas se olvidaba de los interlocutores, y hablaba largo y tendido y muy por lo florido).

Había pintado las maravillas del otro mundo con pormenores topográficos que más tenían de tradicional imaginación que de rigurosa dialéctica y austera filosofía.

Y Sócrates no había dicho que él no creyese en todo aquello, aunque tampoco afirmaba la realidad de lo descrito con la obstinada seguridad de un fanático; pero esto no era de extra-

ñar en quien, aun respecto de las propias ideas, como las que
había expuesto para defender la inmortalidad del alma, admitía con abnegación de las ilusiones y del orgullo, la posibilidad metafísica de que las cosas no fueran como él se las
figuraba. En fin, que Critón no creía contradecir el sistema ni
la conducta del maestro, buscando cuanto antes un gallo para
ofrecérselo al dios de la Medicina.

Como si la Providencia anduviera en el ajo, en cuanto Critón se alejó unos cien pasos de la prisión de Sócrates, vio,
sobre una tapia, en una especie de plazuela solitaria, un gallo
rozagante, de espléndido plumaje. Acababa de saltar desde un
huerto al caballete de aquel muro, y se preparaba a saltar a
la calle. Era un gallo que huía; un gallo que se emancipaba
de alguna triste esclavitud.

Conoció Critón el intento del ave de corral, y esperó a que
saltase a la plazuela para perseguirle y cogerle. Se le había
metido en la cabeza (porque el hombre, en empezando a transigir con ideas y sentimientos religiosos que no encuentra racionales, no para hasta la superstición más pueril) que el gallo
aquel, y no otro, era el que Esculapio, o sea Asclepies, quería
que se le sacrificase. La casualidad del encuentro ya lo acha-
caba Critón a voluntad de los dioses.

Al parecer, el gallo no era del mismo modo de pensar;
porque en cuanto notó que un hombre le perseguía comenzó
a correr batiendo las alas y cacareando por lo bajo, muy inco-
modado sin duda.

Conocía el bípedo perfectamente al que le perseguía de
haberle visto no pocas veces en el huerto de su amo discutiendo sin fin acerca del amor, la elocuencia, la belleza, etc.,
etc.; mientras él, el gallo, seducía cien gallinas en cinco minutos, sin tanta filosofía.

"Pero buena cosa es, iba pensando el gallo, mientras corría y se disponía a volar, lo que pudiera, si el peligro arre-
ciaba; buena cosa es que estos sabios que aborrezco se han
de empeñar en tenerme por suyo, contra todas las leyes naturales, que ellos debieran conocer. Bonito fuera que después de
librarme de la inaguantable esclavitud en que me tenía Gorgias,
cayera inmediatamente en poder de este pobre diablo, pensa-

dor de segunda mano y mucho menos divertido que el parlan-
chín de mi amo."

Corría el gallo y le iba a los alcances el filósofo. Cuando
ya iba a echarle mano, el gallo batió las alas, y, dígase de
un vuelo, dígase de un brinco, se puso, por esfuerzo supremo
del pánico, encima de la cabeza de una estatua que representaba nada menos que Atenea.

—¡Oh, gallo irreverente! —gritó el filósofo, ya fanático
inquisitorial, y perdónese el anacronismo—. Y acallando con
un sofisma pseudo-piadoso los gritos de la honrada conciencia
natural que le decía: "no robes ese gallo", pensó: "Ahora
sí que, por el sacrilegio, mereces la muerte. Serás mío, irás
al sacrificio."

Y el filósofo se ponía de puntillas; se estiraba cuanto podía, daba saltos cortos, ridículos; pero todo en vano.

—¡Oh, filósofo idealista, de imitación! —dijo el gallo en
griego digno del mismo Gorgias—; no te molestes, no volarás
ni lo que vuela un gallo. ¿Qué? ¿Te espanta que yo sepa
hablar? Pues ¿no me conoces? Soy el gallo del corral de
Gorgias. Yo te conozco a ti. Eres una sombra. La sombra de
un muerto. Es el destino de los discípulos que sobreviven a
los maestros. Quedan acá, a manera de larvas, para asustar a
la gente menuda. Muere el soñador inspirado y quedan los
discípulos alicortos que hacen de la poética idealidad del sublime vidente una causa más del miedo, una tristeza más para
el mundo, una superstición que se petrifica.

—¡Silencio, gallo! En nombre de la Idea de tu género, la
naturaleza te manda que calles.

—Yo hablo, y tú cacareas la Idea. Oye, hablo sin permiso
de la Idea de mi género y por habilidad de mi individuo. De
tanto oir hablar de Retórica, es decir, del arte de hablar por
hablar, aprendí algo del oficio.

—¿Y pagas al maestro huyendo de su lado, dejando su
casa, renegando de su poder?

—Gorgias es tan loco, si bien más ameno, como tú. No se
puede vivir junto a semejante hombre. Todo lo prueba; y eso
aturde, cansa. El que *demuestra* toda la vida, la deja hueca.
Saber el por qué de todo es quedarse con la geometría de las

cosas y sin la substancia de nada. Reducir el mundo a una ecuación es dejarlo sin pies ni cabeza. Mira, vete, porque puedo estar diciendo cosas así setenta días con setenta noches: recuerda que soy el gallo de Gorgias, el sofista.

—Bueno, pues por sofista, por sacrílego y porque Zeus lo quiere, vas a morir. ¡Date!

—¡Nones! No ha nacido el idealista de segunda mesa que me ponga la mano encima. Pero, ¿a qué viene esto? ¿Qué crueldad es ésta? ¿Por qué me persigues?

—Porque Sócrates al morir me encargó que sacrificara un gallo a Esculapio, en acción de gracias porque le daba la salud verdadera, librándole por la muerte, de todos los males.

—¿Dijo Sócrates todo eso?

—No; dijo que debíamos un gallo a Esculapio.

—De modo que lo demás te lo figuras tú.

—¿Y qué otro sentido, pueden tener esas palabras?

—El más benéfico. El que no cueste sangre ni cueste errores. Matarme a mí para contentar a un dios, en que Sócrates no creía, es ofender a Sócrates, insultar a los Dioses verdaderos... y hacerme a mí, que sí existo, y soy inocente, un daño inconmensurable; pues no sabemos ni todo el dolor ni todo el perjuicio que puede haber en la misteriosa muerte.

—Pues Sócrates y Zeus quieren tu sacrificio.

—Repara que Sócrates habló con ironía, con la ironía serena y sin hiel del genio. Su alma grande podía, sin peligro, divertirse con el juego sublime de imaginar armónicos la razón y los ensueños populares. Sócrates, y todos los creadores de vida nueva espiritual, hablan por símbolos, son retóricos, cuando, *familiarizados* con el misterio, respetando en él lo inefable, le dan figura poética en formas. El amor divino de lo absoluto tiene ese modo de besar su alma. Pero, repara cuando dejan este juego sublime, y dan lecciones al mundo, cuán austeras, lacónicas, desligadas de toda inútil imagen son sus máximas y sus preceptos de moral.

—Gallo de Gorgias, calla y muere.

—Discípulo indigno, vete y calla; calla siempre. Eres indigno de los de tu ralea. Todos iguales. Discípulos del genio, testigos sordos y ciegos del sublime soliloquio de una conciencia superior; por ilusión suya y vuestra, creéis inmortalizar el perfume de su alma, cuando embalsamáis con drogas y por recetas su doctrina. Hacéis del muerto una momia para tener un ídolo. Petrificáis la idea, y el sutil pensamiento lo utilizáis como filo que hace correr la sangre. Sí; eres símbolo de la triste humanidad sectaria. De las últimas palabras de un santo y de un sabio sacas por primera consecuencia la sangre de un gallo. Si Sócrates hubiera nacido para confirmar las supersticiones de su pueblo, ni hubiera muerto por lo que murió, ni hubiera sido el santo de la filosofía. Sócrates no creía en Esculapio, ni era capaz de matar una mosca, y menos un gallo, por seguirle el humor al vulgo.

—Yo a las palabras me atengo. Date...

Critón buscó una piedra, apuntó a la cabeza, y de la cresta del gallo salió la sangre...

El gallo de Gorgias *perdió el sentido*, y al caer cantó por el aire, diciendo.

—¡Quiquiriquí! Cúmplase el destino; hágase en mí según la voluntad de los imbéciles.

Por la frente de jaspe de Palas Atenea resbalaba la sangre del gallo.

BIBLIOGRAPHY

WORKS BY ALAS[1]

1. FICTION:

La Regenta, Barcelona, 1884-1885.
Pipá, 1886.
Su único hijo, 1890.
Doña Berta, Cuervo, Superchería, 1892.
El Señor, y lo demás son cuentos, no date (1893).
Teresa. Ensayo dramático, 1895.
Cuentos morales, 1896.
El gallo de Sócrates, Barcelona, 1901.
Doctor Sutilis (Obras completas, T. III), 1916.

2. OTHER WORKS:

El derecho y la moralidad (Discurso doctoral), 1878.
Solos de Clarín, 1881.
La literatura en 1881 (with Palacio Valdés), 1882.
Sermón perdido, 1885.
Un viaje a Madrid (Folletos literarios, I), 1886.
Cánovas y su tiempo (Folletos literarios, II), 1887.
Apolo en Pafos (Folletos literarios, III), 1887.
Nueva campaña (1885-6), 1887.
Alcalá Galiano: el período constitucional (1821-23), (Ateneo lecture), 1887.
Mis plagios. Un discurso de Núñez de Arce (Folletos literarios, IV), 1888.
A 0.50 poeta (Folletos literarios, V), 1889.
B. Pérez Galdós: semblanza biográfica, 1889.
Mezclilla, 1889.
Rafael Calvo y el teatro español (Folletos literarios, VI), 1890.
Museum. Mi revista (Folletos literarios, VII), 1890.
Un discurso (Folletos literarios, VIII), 1891.
Ensayos y revistas, 1892.
Palique, 1893.
Siglo pasado, 1901.

---

[1] Published in Madrid except where stated.

3. CORRESPONDENCE:

Epistolario a Clarín. Menéndez Pelayo, Unamuno, Palacio Valdés. Prólogo y notas de Adolfo Alas, Madrid, 1941.

M. *Menéndez Pelayo, L. Alas - Epistolario,* Prólogo de G. Marañón. Notas de Adolfo Alas, Madrid, 1943.

STUDIES OF ALAS AND HIS WORKS [1]

AZORÍN: 'Leopoldo Alas', in *Clásicos y modernos,* Madrid, 1913.

BALSEIRO, J. A.: 'Leopoldo Alas,' in *Novelistas españoles modernos,* New York, 1933.

BAQUERO GOYANES, M.: Prologue to Leopoldo Alas: *Cuentos,* Oviedo, 1953.

BAQUERO GOYANES, M.: 'Una novela de *Clarín: Su único hijo',* and 'Exaltación de lo vital en *La Regenta',* in *Prosistas españoles contemporáneos,* Madrid, 1956.

BRENT, A.: *Leopoldo Alas and La Regenta: a study in nineteenth century Spanish fiction,* University of Missouri, 1951.

BROWN, G. G.: *The novels and cuentos of Leopoldo Alas,* D. Phil. thesis, Oxford, 1963.

BULL, W. E.: 'The naturalistic theories of Leopoldo Alas', *Proceedings of the Modern Language Association,* 57, 1942, pp. 531-536.

BULL, W. E.: 'The liberalism of Leopoldo Alas', *Hispanic Review,* 10, 1943, pp. 329-339.

BULL, W. E.: '*Clarín*'s literary internationalism', *Hispanic Review,* 16, 1948, pp. 321-334.

CABEZAS, J. A.: Clarín, el provinciano universal, Madrid, 1936.

CLAVERÍA, C.: 'Flaubert y *La Regenta*' and '*Clarín* y Renan', in *Cinco estudios de literatura moderna,* Salamanca, 1945.

CLOCCHIATTI, E.: '*Clarín* y sus ideas sobre la novela,' *Revista de la Universidad de Oviedo,* Nos. 53-60, 1948-1949.

EOFF, S. H.: 'In quest of a God of Love,' in *The Modern Spanish Novel,* London, 1962.

FERNÁNDEZ MIRANDA, T.: 'Actitud ante *Clarín*', *Cuadernos hispanoamericanos,* January 1953, pp. 33-48.

FISHTINE, E.: '*Clarín* in his early writings', *Romanic Review,* XXIX, 1938, pp. 325-342.

---

[1] Extensive bibliographies are to be found in M. Gómez Santos: *Leopoldo Alas, 'Clarín': ensayo bio-bibliográfico,* Oviedo, 1952, and J. M. Martínez Cachero: 'Crónica y bibliografía del primer centenario de Leopoldo Alas', *Archivum* (Oviedo), 1953, No. 1, pp. 79-112. The following list is a selection of a few of the more important and interesting studies that have been made of Alas's work.

GARCÍA LORCA, L. DE: *Los cuentos de Clarín: proyección de una vida*, Doctoral dissertation, Columbia University, 1958.

GÓMEZ SANTOS, M.: *Leopoldo Alas, 'Clarín': ensayo bio-bibliográfico*, Oviedo, 1952.

GRAMBERG, E. J.: *Fondo y forma del humorismo de Leopoldo Alas, 'Clarín'*, Oviedo, 1959.

KRONIK, J. W.: *The short stories of Leopoldo Alas (Clarín): an analysis and census of the characters*, Doctoral dissertation, University of Wisconsin, 1960.

MARTÍNEZ CACHERO, J. M.: Prologue to Leopoldo Alas: *La Regenta*, Editorial Planeta, Barcelona, 1963.

PÉREZ DE AYALA, R.: Prologue to Leopoldo Alas: *Doña Berta*, Emecé Editores, Buenos Aires, 1943.

PÉREZ DE AYALA, R.: 'Los novelistas españoles y *Clarín*', *ABC* (Madrid), 3 June 1952.

POSADA, A. G.: *Leopoldo Alas, Clarín*, Oviedo, 1946.

REISS, K.: 'Valoración artística de las narraciones breves de Leopoldo Alas, desde los puntos de vista estético, técnico y temático', *Archivum* (Oviedo), 1955, No. 5, pp. 77-126 and 256-303.

SAÍNZ Y RODRÍGUEZ, P.: *La obra de Clarín*, Madrid, 1921.